On ne vit qu'une fois

MAXINE MORREY

Traduit de l'anglais
par Francine Maigne

City
Roman

Retrouvez tous les titres City Editions :

www.city-editions.com

Publié pour la première fois en 2022 sous le titre *You only live once*
au Royaume-Uni par Boldwood Books Ltd.
Couverture : Debbie Clement Design Cover et Shutterstock

ISBN : 978-2-8246-3889-8
Code Hachette : 59 7716 3
Collection dirigée par Christian English & Frédéric Thibaud
Catalogues et manuscrits : city-editions.com

Dépôt légal : Avril 2024

Pour Maman

Je t'aime. Tu me manques. À jamais

1

— Alors, évidemment, j'ai dit : pas de problème.

— Absolument pas ! m'exclamai-je au même instant.

— Hein ?

Mon frère but une grande gorgée du café outrageusement fort et cher que j'avais acheté pour ses visites, et il prit un autre biscuit dans la boîte.

— J'ai dit : absolument pas.

— Mais je le lui ai déjà dit.

— Eh bien, tu n'auras qu'à revenir sur tes propos.

Je jetai un coup d'œil par les baies vitrées ouvertes qui formaient un mur entier de ma cuisine-salle à manger et observai mon neveu et ma nièce qui jouaient dans le jardin.

— Euh… est-il supposé faire cela ?

Mon frère tourna la tête, leva les yeux au ciel, et se dirigea vers le seuil.

— Freddy ! Qu'est-ce que je t'ai dit à propos du fait de suspendre ta sœur tête en bas ? Sa dent sortira quand elle sera prête, et non parce que tu essaieras de la secouer.

Mon neveu et ma nièce nous regardèrent, de leurs positions respectives. Freddy laissa échapper un lourd soupir en reposant sa sœur sur le sol. Elle se releva, titubant une fois ou deux comme si elle sortait d'une soirée arrosée au pub, puis courut s'installer sur la balançoire.

— Où en étais-je ?

— À désinviter *ton* ami de *chez moi.*

— C'est aussi ton ami.

Je jetai un coup d'œil acéré à Felix.

— Enfin, au moins, tu le connais.

— Je connais beaucoup de personnes, mais cela ne signifie pas que je vais les inviter à rester chez moi pour une durée indéterminée !

— Il n'y a rien d'indéterminé.

— Très bien, alors, dis-je, la main sur la hanche, tandis que mon frère récupérait au fond de sa tasse un morceau de biscuit égaré, suite à un plongeon mal géré. Dans ce cas, combien de temps va-t-il rester ?

— Jusqu'à ce qu'il se remette en selle.

— Ce qui prendra combien de temps ?

— Je ne sais pas exactement.

— Dirais-tu qu'à l'heure actuelle, le temps qu'il faudra à ton ami pour lancer un business qu'il a abandonné il y a des années est indéterminé ?

— C'est possible.

— Ce qui signifie que son séjour ici sera d'une durée que l'on ne peut quantifier.

— Je suis sûr que cela ne prendra pas longtemps. Écoute, je ne veux pas t'offenser, Lily, mais tu es loin d'être la plus divertissante des personnes, alors je suis certain qu'il voudra partir et s'installer dans sa propre maison dès que possible.

— Dans ce cas, c'est parfait.

— Vraiment ?

— Oui. Comme tu viens de le faire remarquer fort justement, ma petite personne est bien en dessous du niveau de divertissement auquel Jack Coulsdon-Hart est habitué, et, comme tu le dis, il voudra rapidement s'installer dans son propre logement. Donc, il est sûrement préférable de sauter l'étape « il peut rester ici » et de passer directement à la partie où il achète ou loue son propre logement. Ça te va ? Très bien. Je suis contente que tout soit réglé. Tu as fini avec ça ?

J'attrapai sa tasse vide et la rangeai dans le lave-vaisselle avant de balayer d'un revers de la main les miettes de biscuits sur le plan de travail.

Felix consulta sa montre puis cria aux enfants de quitter le jardin, car il était temps de rentrer chez eux.

— Ils peuvent rester s'ils le souhaitent.

— Eux, ils ont le droit, mais pas le pauvre Jack qui n'a nulle part où aller ? Ce n'est pas très charitable de ta part.

J'esquissai une grimace.

— Ce n'est pas la même chose, et tu le sais. La famille, c'est différent. De plus, il est loin d'être pauvre.

— Tu sais qu'il ne touche jamais à l'argent de sa famille. D'autre part, à mes yeux, Jack est comme un membre de ma famille. Pour commencer, c'est le parrain de mes enfants.

— Je le sais, mais il n'est pas de *ma* famille.

— Les enfants. À la maison. Maintenant ! cria-t-il de nouveau, étant donné que les enfants n'avaient pas répondu à sa première injonction.

— Heureusement que mes voisins les plus proches sont des moutons.

Felix se mit à bêler, et obtint quelques réponses en retour.

— Non, mais tu vois ça ? Je réussis mieux à communiquer avec les moutons qu'avec ma propre progéniture.

— Tu ne sais pas ce que le mouton a répondu. Il a très bien pu te dire « va te faire voir ».

— C'est possible. Écoute, si tu trouves mon… Ah, vous voilà ! Je croyais que vous aviez disparu pour de bon dans la jungle ! dit mon frère en passant une main dans les cheveux de Freddy et en récupérant une brindille dans ceux de sa fille.

— Ce n'est pas si mal, dehors ! répliquai-je, me sentant un peu obligée de défendre mon jardin.

— Si tu le dis.

— C'est naturel, protestai-je. Je… réensauvage. C'est à la mode, tu sais.

Felix respira l'air.

— Je suppose qu'ils doivent être en train d'épandre de la boue dans l'une des fermes des environs.

Il fronça légèrement un sourcil, et son regard glissa du jardin vers moi.

Freddy renifla à plusieurs reprises, chaque fois plus fort que la précédente.

— Moi, je ne sens rien.

— Peut-être que le vent a tourné, mon pote. Allez, venez, rentrons à la maison. Vous allez prendre un bon bain. Vu votre état, on dirait que vous allez passer une audition pour Sa Majesté des Mouches.

— Qu'est-ce que c'est ?

— Un livre que tu es trop jeune pour lire pour l'instant, déclarai-je en faisant enfiler à mon neveu son manteau dont il s'était débarrassé pour aller courir dans le jardin.

— Ne dis pas ça ! souffla mon frère. Maintenant, il va vouloir absolument le lire.

— Est-ce qu'il y a des fées, dedans ? demanda Ruby.

— Non, ma chérie. Aucune fée.

— Parfait ! s'exclama Freddy.

— Ce n'est pas un livre pour ton âge, mon chéri.

— Mais je suis doué pour la lecture. Ma maîtresse l'a dit, n'est-ce pas, papa ?

— Oui, mais tante Lily a raison. Ce n'est pas un livre pour les enfants. Quand tu seras plus grand, tu pourras le lire, et décider si tu l'aimes ou pas.

Freddy fit la moue.

Je m'accroupis pour remonter la fermeture éclair de son manteau.

— Si tu cesses de faire cette moue, la prochaine fois que tu viendras, on pourra regarder sur le site Internet de la librairie du coin et voir s'il y a de nouveaux livres qui pourraient te plaire, au lieu de celui-ci. Qu'est-ce que tu en penses ?

Freddy reprit une mine normale.

— Allez, va mettre tes chaussures, s'il te plaît. J'arrive dans une minute.

Les enfants, ayant abandonné les bottes de pluie que je gardais pour eux afin qu'ils puissent aller jouer dans le jardin, se précipitèrent dans le couloir.

— Sinon, tu peux aussi les emmener directement à la librairie, suggéra Felix.

— S'il te plaît, pourrions-nous éviter d'avoir cette conversation aujourd'hui ?

— Tu n'es jamais prête à l'avoir.

— Exactement. C'est peut-être un indice que je ne veux pas en parler.

— Tu ne peux pas te cacher ici pour toujours, tu sais.

— Je sais. Et pour ta gouverne, je sors.

— À peine. Et seulement quand tu n'as plus de lait.

— Eh bien, cela compte quand même.

— Non, Lily. Cela ne compte pas. Malheureusement, je n'ai pas le temps d'en parler pour l'instant. Je dois ramener ces deux-là à la maison avant que Poppy pense que nous nous sommes enfuis.

— Dis-lui bonjour de ma part.

— OK, mais tu pourras le lui dire toi-même samedi. N'oublie pas que c'est le soir des plats à emporter. Les parents de Poppy gardent les enfants ce week-end.

— Pourquoi vous n'en profitez pas pour sortir ensemble tous les deux ? Histoire de vous faire une petite virée nocturne, de faire la fête ?

— C'est ce qu'on a prévu pour vendredi soir, et depuis que nous avons des enfants, notre endurance pour les soirées à l'extérieur est très limitée. Nous écrouler à la maison avec un plat à emporter sera notre limite, d'ici là.

— OK. Tant que ça vous va.

— Oui. Une préférence pour la nourriture ?

— Non. Commandez ce que vous voulez, mais c'est moi qui régale.

— Pas cette fois. Tu trouves toujours un moyen de payer en douce. Cette fois, c'est moi qui règle.

— Très bien. D'accord. Dans ce cas, je voudrais un homard thermidor, et du caviar en entrée.

Je m'interrompis.

— Il faudra que je pense au pudding.

— Très drôle. Tu sais que je sais que tu ne supportes pas le caviar, n'est-ce pas ? Je n'ai pas non plus oublié que la dernière fois que tu as mangé du homard, il a fait un aller-retour très rapide dans ton estomac.

— Et toi, tu sais que tu peux parfois être terriblement ennuyeux, n'est-ce pas ?

— Je suis ton frère. C'est dans le contrat.

— Rentre chez toi avant que ta femme n'ait le temps de se rendre compte qu'elle a été dupée et qu'il existe de bien meilleures options que toi.

Felix me sourit et m'embrassa sur la joue.

— À plus tard.

— Au revoir, tante Lily ! s'exclamèrent les enfants en chœur tandis que Felix se dirigeait vers la porte d'entrée.

— Euh, excusez-moi, je crois que certaines personnes ont oublié quelque chose.

À ces mots, les deux enfants se précipitèrent vers moi, et se jetèrent à mon cou en criant :

— Je t'aime, Tatie !

Je me penchai vers eux et couvris leurs têtes d'une multitude de petits baisers.

— Je vous aime aussi. À bientôt.

J'attendis à la porte jusqu'à ce que la voiture de mon frère disparaisse de l'allée, puis je refermai la porte d'entrée en essayant de ne pas penser au silence qui, soudain, m'entourait de nouveau.

Je savais que quitter la ville avait été la bonne décision après tout ce qui s'était passé, et j'aimais toujours cet endroit. Je l'avais aimé dès que je l'avais vu. De l'extérieur, la maison avait un air merveilleusement et authentiquement géorgien. Elle avait été construite par un architecte qui adorait ce style et qui en avait fait son cheval de bataille pour un client qui lui avait donné carte blanche. Sauf qu'en fin de compte, le client avait décidé que ce n'était pas du tout ce qu'il désirait, mais qu'en fait il voulait non seulement la technologie la plus récente à l'intérieur, mais aussi un extérieur à l'allure moderne. La maison, qui n'avait donc jamais été habitée, avait été mise en vente le jour où j'avais décidé de quitter la ville. Contrairement au client initial, j'adorais l'idée que tous les équipements modernes et la technologie économe en énergie puissent être intégrés dans une maison d'époque aussi authentique. Je n'avais même pas prêté attention au reste. Dès l'instant où j'étais entrée ici, je m'y étais sentie à l'aise. J'avais ressenti un sentiment de paix et de sécurité, et le vaste terrain me procurait l'intimité dont j'avais besoin.

Je savais que Felix et Poppy avaient leurs réserves, mais d'un autre côté, c'était beaucoup plus proche d'eux et des enfants, et, sans vergogne, j'avais utilisé cette excuse pour les convaincre. Non qu'ils m'auraient dissuadée de l'acheter. De toute façon, au moment où je leur avais annoncé la nouvelle, j'avais déjà versé l'acompte, mais cette proximité avait aidé à apaiser leur anxiété à l'idée que j'allais me retrouver seule dans une grande maison qui nécessiterait beaucoup d'entretien. J'avais promis de faire appel à une femme de ménage et à un jardinier pour m'aider, et ils semblaient satisfaits.

Bien entendu, les choses ne se passèrent pas ainsi. J'avais décidé que ce serait peut-être le bon moment pour me remettre au jardinage. Toutes sortes d'études ont été réalisées pour démontrer les avantages physiques et mentaux d'un tel passe-temps, alors je voulus essayer. Je n'avais littéralement aucune idée de ce que je faisais. Devais-je couper cela ? Est-ce que cette plante était censée ressembler à cela, ou bien était-elle morte ? Lorsque Poppy m'expliqua que je venais juste d'arracher une plante qui m'avait quasiment coûté un millier de livres, et qu'elle n'était pas morte, mais simplement entrée en dormance pour l'hiver, j'abandonnai. Voilà pourquoi les jardins autrefois magnifiquement aménagés ressemblaient désormais davantage au projet de remise à l'état sauvage auquel j'avais tenté de faire adhérer mon frère – sans succès. C'était un vrai bazar. Il faudrait que je me reprenne à deux fois. Je révisai quelques épisodes du *Monde des jardiniers*, et fis de mon mieux pour imiter l'animateur en m'aventurant sur place avec mon sécateur. Je contemplai de nouveau la nature sauvage – une machette serait peut-être plus appropriée – mais par où commencer ?

Je regagnai la cuisine lumineuse et aérée qui donnait sur le jardin et les champs au-delà. L'un d'eux était un enclos qui faisait partie de la propriété, mais qui abritait deux chevaux appartenant à une personne du village. Heureusement, Felix était là lorsque la femme était venue me demander s'il était possible d'utiliser le paddock comme écurie. J'avais souhaité que mon frère s'occupe de tout, sauf de fixer le prix, dont j'avais stipulé que c'était un montant minimum. Au cours de la conversation, à laquelle je m'étais soustraite en me réfugiant dans mon bureau sous prétexte que j'avais un délai à respecter (j'avais toujours un délai à respecter, donc ce jour-là ne faisait pas exception, mais c'était une raison suffisante pour m'exclure de la discussion), j'avais entendu la dame dire qu'elle se servait des chevaux pour un travail thérapeutique avec des enfants handicapés. Je n'avais pas besoin d'argent et le paddock était vide de toute façon, il était donc logique de le louer à quelqu'un qui pourrait en faire bon usage. Le fait que cette personne apporte de l'aide et de la joie à des enfants et à leurs familles pour qui la vie était un combat permanent faisait de cette décision une évidence.

J'avais voulu le louer gratuitement, mais lorsque j'en avais parlé à mon conseiller juridique, il s'était lancé dans un long discours sur… à vrai dire, je ne suis pas certaine de ce qu'il a dit. Après les premières phrases de jargon juridique, mon cerveau s'était éteint, ne se rallumant que lorsque j'avais compris qu'il s'était tu. Je lui avais alors demandé quel était le montant minimum que je pouvais facturer tout en respectant ses conditions. Une fois qu'il m'en eut indiqué un – à contrecœur –, je le sollicitai pour rédiger un contrat en ce sens. Dans l'idéal, j'aurais tout fait sans que personne d'autre ne soit impliqué, mais comme Felix me l'avait fait remarquer, ce terrain faisait partie de mon domaine et il était logique que les conditions d'occupation soient clairement définies afin d'éviter tout problème à l'avenir. Il avait raison. La dernière chose que je voulais, c'était la confrontation et le désordre. Mon frère m'avait aussi fait remarquer que la rédaction du contrat m'avait coûté plus cher que le loyer annuel que je demandais, mais quand je lui avais rappelé les enfants handicapés, il avait haussé les épaules, répondu « pas de problème » et il avait laissé tomber.

Dans mon élan d'inspiration pour le jardinage quelques années plus tôt, Poppy et moi avions transformé l'autre champ en prairie de fleurs sauvages. Nous nous y étions attelés ensemble, débroussaillant l'herbe, puis plantant des graines. Les premiers résultats, bien qu'un peu clairsemés, étaient encourageants, et aujourd'hui, trois ans plus tard, la prairie était belle. En été, elle se transformait en un véritable maelstrom de couleurs vives, bourdonnant d'une population prospère d'insectes et de divers pollinisateurs. Les enfants l'adoraient et quand je m'y promenais, ou même quand je me contentais de m'adosser simplement contre le portail qui la séparait du jardin, ainsi entourée par la nature, je trouvai là une véritable source de calme, et j'étais alors capable de ne plus penser à rien. J'avais continué à vivre dans notre appartement londonien pendant plus d'un an après l'accident qui avait coûté la vie à mon mari, mais au lieu de devenir plus facile, chaque jour semblait apporter un nouveau souvenir du temps de notre vie ensemble, rouvrant constamment une blessure qui avait déjà du mal à cicatriser. Mon frère et sa femme avaient été de véritables rocs, me rendant souvent visite et restant avec moi, même lorsque je ne voulais personne à mes côtés. Ils refusaient de me laisser seule trop longtemps, ce qui était probablement aussi bien. Ce que je pensais vouloir et ce dont j'avais réellement besoin étaient, je m'en rends compte maintenant, deux choses très différentes.

Au début, mes amis me téléphonaient et m'envoyaient des cartes, mais lorsqu'ils me rendaient visite, ou lorsque je me forçais à accepter leurs invitations, je sentais leur mal-être aussi fort que le mien. Ils marchaient sur des œufs, s'assurant de ne pas évoquer des sujets dont ils craignaient qu'ils me perturbent. Ils ignoraient comment se comporter avec moi, alors que tout ce dont j'avais besoin était un peu de normalité, quelle qu'elle soit. Ils voulaient bien faire, mais aucun d'entre nous n'appréciait ses soirées, et je crois qu'ils ont été soulagés lorsque j'ai commencé à décliner leurs invitations, et moi je l'ai véritablement été lorsqu'ils ont cessé de me proposer de me joindre à eux.

Je restai assise à contempler le jardin. Les premiers signes du début du printemps se manifestaient timidement, les crocus pointant à travers l'herbe, remplaçant les perce-neige qui avaient éclaté plus tôt dans l'année. Un jardin et la nature en général ont quelque chose de fiable. C'était l'une des nombreuses choses qui m'avaient attirée dans cet endroit, même si j'avais conscience de ne pas avoir su m'occuper correctement de ces magnifiques espaces. Quoi qu'il arrive dans la vie, les feuilles des arbres grandissaient, les jonquilles dansaient en larges plates-bandes, les perce-neige sortaient leurs petites têtes du sol pour signaler le début de tout. Même lorsque votre vie avait été brisée, le cycle de la nature continuait, et à une époque où j'avais du mal à trouver du réconfort dans quoi que ce soit, c'est là que j'en trouvais.

2

Après nous être gavés de plats à emporter, Felix, Poppy et moi, nous nous installâmes sur les canapés du salon pendant que mon frère naviguait sur les chaînes de streaming pour essayer de trouver un film qui nous plairait à tous les trois. Poppy et moi avions déjà mis notre veto à plusieurs versions d'une apocalypse de zombies et à d'innombrables incarnations de superhéros. Savoir qu'il existait des tas de scénarios brillants qui ne faisaient que prendre la poussière sur des étagères tandis que l'industrie cinématographique nous ressortait toujours les mêmes recettes était l'une des nombreuses raisons pour lesquelles j'avais affirmé haut et fort que je n'aurais pas de télévision lorsque j'emménagerais dans mon nouveau chez-moi. L'expression d'horreur qui s'était alors peinte sur le visage de mon frère avait fait basculer ma décision, et je lui avais donné carte blanche pour commander ce qu'il pensait convenir à la pièce, après lui avoir bien sûr précisé que je voulais une simple télévision et non un écran de cinéma géant.

J'avais donc à présent une TV que j'utilisais plus que je ne l'avais prévu, ne serait-ce que pour la compagnie, et j'avais trouvé une chaîne de streaming qui proposait principalement des documentaires, souvent intéressants et parfois inspirants, donc ce n'était pas un gâchis total. Et bien sûr, je regardais également des choses drôles, comme la série *Toy Story* avec les enfants. J'avais aussi regardé quelques films de superhéros avec Freddy tandis que Ruby s'endormait recroquevillée sur mes genoux. Malgré le peu d'intérêt que j'y portais, ces films me permettaient de passer du temps avec les personnes que j'aimais, et je savais que c'était la chose la plus importante, car nous ne sommes jamais sûrs du temps dont nous disposons. Le jour où mon mari et moi nous fêtions notre troisième anniversaire de mariage, nous pensions avoir des décennies devant nous. En fait, il ne nous restait plus que quelques minutes.

***

Paris avait son éclat et son romantisme habituels lorsque nous nous promenions le long de la Seine, ce soir-là, nous dirigeant tranquillement vers un restaurant sur lequel j'avais lu de bonnes critiques et que j'avais eu envie de tester. L'endroit s'était révélé à la hauteur de nos espérances, et après un merveilleux repas et une bouteille de champagne pour fêter notre anniversaire, nous étions restés assis à contempler le monde parisien qui défilait sous nos yeux depuis notre table en terrasse, tout en sirotant du café. Mike avait suggéré que nous regagnions notre hôtel cinq étoiles en faisant une autre promenade romantique, en passant devant la tour Eiffel magnifiquement éclairée, et compte tenu du champagne et du café que j'avais consommés, je m'étais excusée pour faire un saut aux toilettes avant de partir. En chemin, j'avais croisé notre serveuse qui apportait le terminal pour carte bleue à Mike, à notre table.

J'étais en train de me laver les mains quand j'entendis le bruit, un énorme fracas accompagné d'éclats de verre, puis, pendant une fraction de seconde, un silence absolu. Silence qui fut immédiatement suivi par une cacophonie de cris et de hurlements. Plus tard, je me rendis compte que l'un de ces cris était le mien.

L'autopsie révéla que le conducteur de la voiture qui avait percuté le trottoir et foncé sur la façade du restaurant avait été victime d'une crise cardiaque fatale. Il rentrait chez lui, comme d'habitude, et trente secondes plus tard il aurait tourné dans une petite rue secondaire, vide. Il serait malheureusement mort quoi qu'il en soit, mais il n'aurait alors pas emporté avec lui un homme d'affaires italien, la serveuse qui s'était occupée de nous, et mon cher mari. Aucun d'entre eux n'avait eu la moindre chance de s'en sortir. D'après les témoins oculaires, tout s'était passé si vite qu'ils avaient à peine eu le temps de voir la voiture arriver avant qu'elle ne les percute.

Je ne me souviens pas de grand-chose des premiers jours après cela. Il y eut un appel téléphonique hystérique et confus à Felix, qu'un gentil secouriste français qui parlait un excellent anglais avait pris en charge à ma place, informant Felix des faits tels qu'il les connaissait à ce moment-là, ce qui n'était pas grand-chose, mais suffisant. Plus que suffisant. Le fait principal, le seul fait auquel j'étais capable de penser, un peu égoïstement, c'était que Mike, mon mari, n'était plus là. Si je n'étais pas allée aux toilettes, je me serais moi aussi trouvée à cette table, et tout ce que je voulais, c'était remonter le temps et être assise avec lui à cette table. Trois ans plus tôt, nous nous étions promis « jusqu'à ce que la mort nous sépare ». Mais je ne voulais pas que la mort nous sépare. Je voulais partir avec lui. Je voulais mourir avec lui.

Il fallut beaucoup de temps pour que ces sentiments s'apaisent, et il y a encore des jours où ils se manifestent en moi. Je me rends compte aujourd'hui à quel point il a dû être difficile pour mon frère de m'entendre répéter le même refrain, encore et encore, et je me suis sentie mal de leur avoir infligé cela à Poppy et à lui. Ils ne méritaient pas. Mais à ce moment-là, je n'étais pas capable de parler à qui que ce soit d'autre. Je ne faisais que passer sans fin d'une sensation d'engourdissement total à une douleur si profonde et si violente que j'aspirais à retrouver l'engourdissement.

Les gens essayaient de m'aider, mais en leur présence j'avais l'impression d'être un véritable automate. J'étais incapable de me concentrer sur les conversations. Aussi terrible que cela puisse paraître, je ne m'intéressais pas à eux. Peu m'importait leur vie, leurs fêtes de fin d'année ou leurs enfants. Je ne m'intéressais pas à ma propre vie, alors comment aurais-je pu faire semblant de m'intéresser à la leur ? Et lorsque quelques amis bien intentionnés tentèrent de me présenter un homme dix mois après la mort de Mike, je compris que je ne pouvais plus faire face à tout cela. Partout où je regardais, que ce soit dans notre appartement londonien ou à l'extérieur, me revenait en mémoire un souvenir de quelque chose que nous avions fait, ou de quelque chose que nous avions planifié et qui ne se réaliserait jamais. Je n'avais pas besoin de ces rappels. Ils étaient tous gravés dans mon âme et le Londres que j'avais autrefois aimé était devenu douloureux à regarder parce que je ne le regardais plus avec l'homme qui était le cœur de ma vie. C'est ce jour-là que je décidai de quitter Londres, et que je trouvai Meadow Blossom House.

Installée dans la chaise longue, un plaid posé sur moi, une tasse de chocolat chaud entre les mains, je contemplai le début du crépuscule et la beauté sauvage de mon jardin. Il faudrait vraiment que je fasse venir un jardinier, mais cette idée m'effrayait. Plus je restais à l'écart de la société, en dehors de ma famille proche, plus je me sentais mal à l'idée d'avoir à interagir avec qui que ce soit. Comme je l'avais dit à Felix, je faisais un saut au magasin local quand j'en avais besoin, mais je m'assurais toujours d'y aller dès l'ouverture, à 6 heures du matin, car j'avais ainsi moins de risques de rencontrer qui que ce soit à ce moment-là. Les villageois n'étaient pas désagréables, bien au contraire. Ils étaient toujours souriants et prêts à bavarder gentiment. Poppy m'avait dit qu'il y avait eu des ragots à mon sujet pendant un certain temps lorsque j'avais emménagé. Je représentais l'archétype de l'écrivaine recluse, cachée derrière de hautes grilles et de hauts murs. Il était évident, même pour moi qui, en tant qu'écrivain, détestais les clichés, que j'avais l'air d'en être devenue une. Mais ce n'était pas intentionnel, et ce n'était pas non plus comme si je ne sortais jamais – c'est juste que cela n'arrivait pas très souvent. Bien sûr, je voyais ma famille tout le temps ici, chez moi. Même si, à l'heure actuelle, je n'étais pas certaine que ce soit une bonne chose.

Poppy et moi avions baissé les bras sur les choix épouvantables de Felix et nous l'avions abandonné à son film. Je lui avais lancé une paire d'écouteurs sans fil et il était maintenant confortablement installé dans un large fauteuil en train de regarder quelque chose qui, d'après ce que je pourrais voir en y jetant un coup d'œil, compensait son intrigue mince comme une feuille de papier par des océans de sang et de scènes gores. Poppy et moi nous continuâmes à discuter des enfants, de *Bake Off*, le concours de pâtisserie télévisé, et ce que nous espérions de la prochaine saison de *Sewing Bee*, jusqu'à ce que le téléphone de Felix se mette à sonner. Comme il ne l'entendait pas, happé par la violence de son cauchemar apocalyptique, Poppy s'en empara et le lui lança. Le portable atterrit droit sur son estomac bien plein. Felix laissa échapper un « ouille », mit son film en pause et répondit à l'appel vidéo.

— Jack, mon pote, comment ça va ?

Poppy et moi retournâmes à notre conversation jusqu'à ce que mon frère nous interrompe.

— Attends, je vais projeter ça sur la télé. Nous pourrons tous te voir.

Je lui lançai un regard horrifié et chuchotai :

— Cette TV a une webcam. Il pourra nous voir aussi !

Mon frère me contempla d'un air navré qui semblait mettre en doute mon intelligence.

— C'est un peu le but de ces appels vidéo, Lily.

Alors que j'ouvrais la bouche pour répondre, je fus interrompue par une image de plus d'un mètre de haut et en haute définition de Jack Coulsdon-Hart qui remplissait mon salon. Je ne l'avais vu qu'en de rares occasions au fil des ans, et mon souvenir le plus important de Jack restait donc une soirée à la fin de mon adolescence lors d'une fête de village, et bien que mes souvenirs de cette soirée soient un peu confus et pourtant toujours aussi mortifiants, il était, si cela était possible, devenu encore plus beau au fil des ans.

Jack était souvent venu chez nous – par loyauté, Felix ne parlait pas beaucoup de la vie de son copain à la maison. Je ne pense pas qu'il ait été lui-même complètement certain de tous les faits, mais il était difficile de ne pas remarquer qu'il passait le moins de temps possible chez lui. Ils étaient amis pour avoir vécu leur enfance dans le même petit village, mais leur amitié s'était consolidée à l'université. Felix était brillant, et il avait travaillé dur pour entrer à Cambridge. Jack aussi était brillant, mais, que l'on admette ou non, il avait l'avantage supplémentaire d'être allé à Eton et d'être le fils d'un comte. Il n'en parlait jamais, et la plupart du temps, nous n'y pensions guère. Jusqu'à ce qu'un chauffeur se présente chez nous et que le domestique en uniforme informe Jack que sa mère souhaitait qu'il rentre chez eux. Lorsque cela arrivait, Jack avait toujours l'air mortifié. Quand il venait passer du temps avec Felix, je le surprenais parfois à jeter un coup d'œil par la fenêtre (non que je passais du temps à le regarder, évidemment). Lorsqu'il me surprenait en train de l'observer, il me faisait toujours un petit sourire bref et essayait d'avoir l'air détendu. J'étais peut-être plus jeune que lui, mais je n'étais pas stupide.

Le voir à l'écran raviva ces souvenirs à mon esprit. La nuit de la fête estivale du village était toujours une soirée magnifique. Sans l'embarras que j'avais éprouvé ce soir-là, ce serait probablement un autre souvenir d'adolescence relégué dans les recoins de ma mémoire. Mais ce soir-là, encouragée par mes amies et un nombre un peu trop élevé de piña coladas, j'avais abordé Jack d'une manière que j'avais considérée comme charmeuse, sexy. En y repensant aujourd'hui, et en me remémorant son visage à l'époque, ce n'était probablement ni l'un ni l'autre. Le temps et l'alcool ont effacé les mots exacts que j'avais utilisés ce soir-là, mais, oh, Seigneur, c'était quelque chose de ridicule sur le fait qu'il devait être agréable d'être si grand et de pouvoir atteindre des objets sur des étagères en hauteur.

Mon Dieu ! J'en étais encore gênée en y repensant. Il avait acquiescé et reconnu que c'était pratique. Puis, pensant clairement que j'étais sur la bonne voie, j'avais commencé à lui dire à quel point je le trouvais beau, en adoptant une position que j'avais jugée sexy. Encore une fois, ce n'était probablement pas le cas. À dire vrai, absolument pas le cas ; puisque la réponse de Jack, après un moment passé à me fixer du regard, avait été de *me tapoter la tête* ! Oui. Il m'avait tapoté la tête et remerciée avant de disparaître dans la foule. Après avoir été secourue par mes amies qui regardaient de loin cette situation désastreuse se dérouler, j'avais titubé jusqu'à un coin du terrain.

— Je n'ai même pas eu droit à un « je ne peux pas, tu es la sœur de mon meilleur ami », avais-je crié en avalant davantage de cocktails. Il m'a juste tapoté la tête comme il l'aurait fait avec un crétin de chiot.

Nous l'avions tous observé en silence, une demi-heure plus tard, lorsqu'il avait quitté la fête avec la plus jolie fille du village. Il avait tout juste jeté un regard dans notre direction, puis il était sorti de ma vie. Cette nuit regrettable avait été couronnée par les nombreux allers-retours penchée au-dessus de la cuvette des toilettes alternant avec les crises de pleurs, dès les premières heures du lendemain matin.

Après cela, je me suis efforcée d'éviter Jack, une stratégie qui a exceptionnellement bien fonctionné. Il y avait eu bien sûr de brèves rencontres lors du baptême des enfants, puisque nous étions tous les deux parrain et marraine, mais nous avions passé le moins de temps possible en compagnie l'un de l'autre. J'étais allée à l'église et j'avais fait ma part, mais sans Mike, j'étais totalement incapable d'affronter quoi que ce soit de plus. Heureusement, Felix et Poppy avaient compris. Ou du moins, ils avaient essayé, et je leur en serai toujours reconnaissante. Bien qu'il vive à l'étranger, Jack avait également tenu à assister aux funérailles de mes deux parents. Apparemment, il était aussi venu à l'enterrement de Mike, ce que j'avais trouvé gentil de sa part, mais je ne me souvenais que très peu de ce jour-là, à cause d'un mélange dû au choc, au chagrin et à la prise de Valium.

J'avais repoussé le moment de désir que j'avais éprouvé pour Jack lors de la fête estivale dans les tréfonds de ma mémoire. Jusqu'à maintenant, bien sûr. Mais le passé était loin. Je doutais qu'il se souvienne de cet épisode, de toute façon, et aujourd'hui j'étais une femme adulte, une romancière à succès. Alors que son beau visage s'affichait sur l'écran de ma télévision, Jack Coulsdon-Hart n'avait désormais plus d'emprise sur moi. Mais bon sang, avait-il vraiment besoin d'être aussi beau ? La vie n'est vraiment pas juste, parfois.

— Salut !

Jack leva une main un peu maladroite devant la décision de Felix de le propulser soudain virtuellement dans mon salon. Pendant un instant, je songeai qu'il semblait aussi mal à l'aise que moi, mais le moment était passé et j'étais sûre de l'avoir imaginé. Poppy s'approcha de son mari et salua joyeusement Jack qui affichait un sourire sincère et chaleureux.

— Pas d'enfants, ce soir, ou bien ils sont déjà au lit ?

— Ils sont chez leurs grands-parents, répondit Felix, alors nous sommes chez Lily à nous gaver de plats à emporter et à regarder des films horribles.

— C'est toi qui regardes ces bêtises, corrigea Poppy. Lily et moi, nous avons des conversations sérieuses.

— Inutile de raconter des bobards ! se moqua Felix. J'ai entendu vos commentaires sur *Bake Off*. Vous disiez qu'offrir une poignée de main en sorte de prix c'est plutôt arrogant.

Poppy se redressa.

— Je sais que tu es d'accord.

— Oui, je suis d'accord, mais ce n'est pas la question.

— Salut, Lily !

Jack interrompit la dispute conjugale en me saluant, ses yeux d'un vert étincelant semblant se détacher de l'écran.

Je lui adressai un petit sourire.

— Salut. Bon, je crois que je vais aller faire chauffer la bouilloire, d'accord ?

Je me levai et quittai la pièce avant que quelqu'un ne puisse répondre. La seule compagnie à laquelle j'étais habituée, réelle ou virtuelle, c'était ma famille. Aujourd'hui, Jack Coulsdon-Hart était téléporté directement dans mon salon, et j'en éprouvais une curieuse sensation. Notamment parce que, quelque part au fond de moi, je sentis quelque chose que je croyais mort depuis longtemps s'éveiller. Ignorant ce sentiment que je considérais comme les séquelles d'une consommation excessive de plats à emporter indiens, je tournai en rond dans la cuisine aussi longtemps que possible avant que Poppy ne me rejoigne.

— Bon alors, tu reviens ?

— Oui, désolée, j'ai été distraite, répondis-je. Voilà le thé. Felix a terminé sa conversation ?

— Non, ils discutent toujours.

Une légère nausée me saisit.

— Ah, d'accord.

— Viens, je prends le plateau et toi les biscuits.

J'obéis, et suivis Poppy dans le salon.

3

Lorsque je pénétrai dans le salon, Jack riait de bon cœur. Je supposai que c'était à cause de quelque chose que mon frère venait de dire. Je profitai de ce qu'il était distrait pour prendre le temps de l'étudier. Les années écoulées avaient marqué ses traits élégants de « fils aîné de famille distinguée ». Cela lui allait bien. Ses yeux étaient davantage ourlés de rides de rire, des yeux qui se plissaient tandis que mon frère continuait à le taquiner. Son visage était légèrement marqué par le temps. Pas comme celui d'un vieux pêcheur au teint buriné, mais comme celui d'une personne qui passe beaucoup de temps en plein air. Le léger bronzage qu'il arborait contrastait avec ses yeux d'un vert extraordinaire qui m'avaient toujours secrètement envoûtée.

— Qu'est-ce qui vous fait rire ? demanda Poppy.

Un sourire aux lèvres, mon frère me fixa du regard, et aussitôt je fus sur mes gardes.

— Nous étions juste en train de nous rappeler la fête du village, et à quel point Lily était mal fichue cette nuit-là. Bon sang, je crois que tu n'as pas quitté la chambre pendant trois jours, n'est-ce pas ?

À mon tour, je fixai mon frère du regard.

— Je ne m'en souviens pas, mentis-je. C'était il y a très longtemps. Je suis sûre que Jack a oublié lui aussi.

Nous nous tournâmes tous vers l'écran.

— Oh, moi, je suis sûr du contraire, décréta Felix.

Il but une gorgée de thé et se brûla la bouche. J'avoue qu'à ce moment-là j'eus du mal à compatir.

Les splendides yeux de Jack capturèrent les miens. Aussitôt, je sus. Il se souvenait parfaitement.

— Je ne peux pas dire que je me rappelle vraiment, lâcha-t-il, soutenant mon regard. Comme l'a fait remarquer Lily, c'était il y a longtemps.

Oh, mon Dieu. Il se souvenait de tout.

— Au fait, félicitations pour ton dernier livre, continua-t-il, changeant rapidement et efficacement de sujet, ce dont je lui fus reconnaissante. J'ai vu qu'il était entré directement dans la liste des best-sellers du *Times*. C'est formidable.

— Oui. Merci. C'est un peu une surprise.

— Je ne sais pas pourquoi elle est surprise, intervint mon frère, la bouche pleine de biscuit. C'est quasiment toujours le cas. Les premières critiques étaient dithyrambiques avant même la sortie. Et bien sûr, une fois que le film sera sorti lui aussi, les ventes du livre augmenteront encore.

— Seulement si les gens l'aiment.

Felix poussa un soupir et prit un autre biscuit.

— Évidemment qu'ils l'aimeront. Au fait, tu as combien de billets pour l'avant-première ?

— Aucune idée. De toute façon, je n'ai pas prévu d'y aller.

Poppy se décomposa.

— Ah bon ? Je croyais que ce serait l'occasion pour nous habiller chic et passer une belle soirée tous ensemble.

Je m'installai sur le canapé et remontai mes genoux sous mon menton.

— Désolée – et je l'étais vraiment – vous savez que ce n'est pas mon truc.

— Il n'y a pas grand-chose qui soit ton truc, ces derniers temps, marmonna Felix.

Je me triturai les cheveux, gênée que nous ayons cette discussion devant un quasi-inconnu, du moins un quasi-inconnu pour moi.

— Alors, tu vis toujours en Nouvelle-Zélande ? demandai-je à Jack dans une vaine tentative de détourner l'attention de ma personne.

— Oui, je suis à l'aéroport. Je pars demain.

Ce qui expliquait le décor quelconque, les murs rose pâle et l'œuvre d'art qui se voulait post-moderne sur le mur à gauche de son épaule, dérisoire tentative pour injecter un peu de personnalité dans une pièce par ailleurs fade et sans âme.

— C'est un long vol.

Je me donnais mentalement une gifle. Pour quelqu'un dont le métier consistait à travailler avec les mots, mes compétences en matière de conversation étaient aussi plates qu'une limonade éventée.

Jack ne sembla pas s'en préoccuper.

— Oui, heureusement que j'ai un bon livre, répondit-il en levant un exemplaire de mon dernier roman.

— Oh !

J'étais vraiment surprise.

Il sourit, et même si notre rencontre mortifiante, des années auparavant, était encore gravée dans mon esprit, je ne pus m'empêcher de lui sourire en retour.

— Tu as l'air choquée, dit-il en riant.

— Pas choquée, ravie, le corrigeai-je. Mais je ne pensais pas que c'était ton genre de lecture.

— Eh bien, c'est chouette de savoir que je peux arriver à cet âge et continuer à surprendre.

— Tu n'es pas si vieux ! s'exclama Poppy en agitant un doigt en direction de l'écran. Et ne t'avise pas de contester parce que je n'ai que quelques mois de moins que toi.

Il lui sourit.

— Je n'y songerai même pas.

— Alors, tu sais où tu vas t'installer ? s'enquit Felix.

— J'ai réservé dans un hôtel pas très loin de chez vous pour quelques jours. J'espère que pendant ce temps-là je trouverai une chambre à louer.

Je regardais l'écran à travers mes cils. M'en voulait-il parce que j'avais refusé qu'il s'installe ici ? Soit il était très bon acteur, soit il ne m'en tenait vraiment pas rigueur.

— J'ai pris contact avec certains de mes anciens clients et ils semblent plutôt satisfaits que je recommence à travailler avec eux, ce qui est une bonne nouvelle. Je suis en train de reconstruire l'entreprise à partir de zéro, donc un prêt hypothécaire est pratiquement hors de question, surtout en ayant vécu à l'étranger pendant si longtemps.

— Tu ne peux pas te contenter d'appeler la banque et de dire ton nom de famille pour qu'ils te donnent tout l'argent que tu voudras ?

Je me moquai un peu, mais c'était également une remarque sincère. Sa famille était riche, mais il n'en avait jamais tiré avantage, ce qui était un peu étrange.

— Ha ! Très drôle.

Le léger accent qu'il avait pris à l'étranger perçait de temps à autre.

— Bien sûr, comme je te l'ai déjà dit, tu peux toujours séjourner ici chez Lily, commenta Felix. Elle a quatre chambres libres. Il y a beaucoup d'espace, alors vous n'auriez même pas besoin de vous voir si vous n'en avez pas envie.

Je me cachai derrière ma tasse et planifiai la mort de mon frère. La meilleure façon de s'assurer que nous ne nous verrions pas serait que Jack ne soit pas là du tout. Je jetai un coup d'œil à Poppy : elle avait l'air mal à l'aise, sachant que j'avais déjà mis mon veto à la suggestion.

— Et comme moi je l'ai déjà dit, rétorqua Jack, ce ne serait pas juste pour Lily. Elle aime son intimité, et la dernière chose dont elle a besoin, c'est de me voir débarquer chez elle.

— Ça, c'est n'importe quoi, répondit mon frère. Un peu de compagnie lui ferait du bien.

— Je croyais que tu venais de dire que nous ne nous verrions presque pas, ne pus-je m'empêcher d'ajouter.

Felix haussa les épaules.

— Eh bien, vous ne seriez pas obligés. Tout ce que je dis, c'est que cela ne te ferait pas de mal de parler à un autre être humain de temps en temps.

— Je parle à d'autres êtres humains de temps en temps. Je te parle même, à toi, donc je couvre toutes les espèces.

Le rire de Jack jaillit de l'écran. Comme Felix se tournait vers lui, il reprit aussitôt un air sérieux, mais je voyais encore l'amusement danser dans ses yeux.

— Je ne parle que de façon temporaire, précisa mon frère. Cela donnerait à Jack une base locale à partir de laquelle il pourrait développer son activité. Dieu sait qu'il a déjà passé assez de temps comme cela dans des chambres fades et des meublés.

Ah bon ? Pourquoi ?

— Jusqu'à ce qu'il soit remis sur pied.

— Felix, mon pote ? Je sais que tu essaies de m'aider, mais je ne tiens pas à harceler Lily.

— Et en étant ici, tu pourrais voir les enfants plus souvent. Et nous aussi, bien sûr, en bonus.

Il eut un large geste, comme pour marquer l'évidence de sa suggestion. Parfois, mon frère était vraiment pénible – mais je savais aussi qu'il avait de bonnes intentions.

— De plus, poursuivit-il, tu pourras peut-être donner à Lily quelques conseils sur l'étendue sauvage qui entoure cet endroit.

— Ce n'est pas une étendue sauvage, c'est… privé.

— Heureusement que ce n'est pas un peu plus privé, sinon le facteur aurait besoin d'une machette.

— Arrête d'exagérer. Ce n'est pas si moche.

Pour toute réponse, je n'eus droit qu'à deux paires d'yeux qui me fixèrent sans conviction. Je me tournai vers l'écran.

— Je t'assure que ça ne l'est pas.

Jack hocha la tête, et me fit ce genre de sourire gêné que l'on fait quand on se retrouve involontairement mêlé à une discussion familiale animée. Non que j'aie pensé qu'il y avait là un quelconque problème. D'ailleurs, le facteur ne s'était perdu qu'une seule fois.

Le sourire de Jack s'élargit.

— Felix exagère, dit-il. Comme toujours. Comment crois-tu qu'il a réussi à trouver un canon comme Poppy ?

— Ouille ! s'exclama Felix tandis que nous riions tous aux éclats.

— Felix a raison sur un point, cependant, commençai-je timidement. Séjourner ici te permettrait de voir davantage les enfants. Tu es leur parrain. Je sais que vous discutez souvent sur Skype, mais ce n'est pas la même chose, n'est-ce pas ?

Je savais que les enfants adoraient Jack, et que Felix avait beaucoup regretté de ne plus pouvoir passer de temps en personne avec son meilleur ami depuis qu'il avait quitté le pays, quelques années plus tôt.

Jack poussa un petit soupir, clairement empreint de tristesse.

— Non, effectivement, ce n'est pas la même chose. Mais j'ai vraiment l'impression que tout cela te tombe dessus par obligation et je ne tiens pas du tout à empiéter sur ta vie privée.

— Comme Felix l'a dit, la maison n'est pas vraiment petite. Nous ne nous verrons probablement jamais.

Jack n'avait pas encore l'air convaincu, et pour être honnête, une petite voix intérieure me criait : *Tu fais quoi, là ?*

J'avais lâché ces remarques en pensant aux avantages pour Felix et sa famille. Mais venais-je vraiment d'inviter Jack Coulsdon-Hart à séjourner chez moi ? Sur l'écran, Jack bâillait largement, se couvrant poliment la bouche de sa main. C'est alors que je me rendis compte d'à quel point il avait l'air fatigué. Épuisé, même. Et que voulait dire Felix lorsqu'il affirmait que Jack avait vécu dans des endroits sans charme bien trop longtemps ? Je savais que, malheureusement, son mariage en Nouvelle-Zélande avait échoué. Mais d'après ce que j'avais entendu, il avait réussi sa vie là-bas. Ce n'était pas exactement comme s'il rentrait au pays sans un sou, et bien sûr, il était l'héritier présomptif d'un immense domaine – à moins qu'il n'ait été déshérité. Même si je n'étais jamais au courant des ragots du village, ce dont je me réjouissais d'ailleurs, j'étais sûre que Felix m'en aurait parlé si cela avait été le cas. Les actuels comte et duchesse de Marsden n'avaient guère apprécié les choix de vie de leur fils aîné, et ils le menaçaient régulièrement de le déshériter, mais j'avais l'impression, grâce à Felix, que s'ils mettaient une telle menace à exécution, ce serait plus un soulagement qu'autre chose. Pour Jack, en tout cas.

— Bien ! dit Felix. C'est donc réglé. Annule ta réservation d'hôtel. Je viendrai te chercher à l'aéroport comme prévu et je t'amènerai directement ici. C'est d'accord, n'est-ce pas Lily ?

Il était un peu tard pour que je puisse m'y opposer.

— C'est parfait, répondis-je en souriant à l'écran, espérant que mon sourire ait l'air sincère.

***

Lorsque Jack arriva avec Felix quelques jours plus tard, j'avais minutieusement nettoyé la maison de fond en comble, organisé une livraison de nourriture pour réapprovisionner tous les placards et le réfrigérateur, puis préparé un grand plat de lasagnes ainsi qu'une salade, au cas où Jack voudrait manger quelque chose une fois installé. Après l'avoir vu ainsi dans une chambre d'hôtel terne et avoir entendu Felix dire qu'il avait passé une bonne partie de son temps dans ce type d'hébergement, j'avais fait un effort supplémentaire pour préparer la chambre que je lui avais réservée, de manière qu'il se sente le plus à l'aise possible. J'avais déposé une carafe en verre remplie d'eau, et un assortiment de produits de toilette de luxe dans la salle de bains adjacente. Quelques fleurs fraîches légèrement précoces de mon jardin trônaient désormais dans un vase sur la commode. J'ignorais le nom de ces fleurs, et même si elles étaient vénéneuses. Quoi qu'il en soit, tant qu'il ne déciderait pas de manger l'une d'entre elles, il n'aurait rien à craindre.

Je dus consulter ma montre une bonne centaine de fois ce jour-là. J'avais l'estomac noué, et je ne parvenais pas à me concentrer sur l'écriture ni sur aucune autre tâche d'ailleurs. Au diable, Felix et Poppy. Je savais que c'était une mauvaise idée !

Plus tard, dans la soirée, lorsque Jack Coulsdon-Hart franchit ma porte d'entrée derrière mon frère, je compris à son visage épuisé qu'il avait dû vivre bien des choses, et pas forcément des plus agréables, depuis notre dernière rencontre. Des choses dont je ne saurais peut-être jamais rien. Néanmoins, ce que je compris aussi, c'est qu'il avait besoin de vivre ailleurs que dans une autre chambre d'hôtel sans âme.

Felix déposa les deux sacs qu'il portait, et se pencha vers moi, m'embrassant sur la joue tout en murmurant un « merci ». Derrière lui, l'homme de haute stature qu'était Jack franchit le seuil, semblant hésiter à entrer.

— Entre, je t'en prie !

J'essayai de dissimuler ma propre nervosité et mon manque d'assurance en affichant un sourire et un ton joyeux. Alors que je refermai la porte derrière eux, Jack posa sa valise, et lorsque je me retournai, nos regards se croisèrent. Je sus tout de suite qu'il avait vu clair dans mon jeu. Je fis de mon mieux pour continuer d'afficher mon sourire. Fais semblant jusqu'à ce que tu réussisses, me dis-je en me rappelant le célèbre proverbe, ou quelque chose comme ça.

— Comment s'est passé ton voyage ?

— Oh, bien. Merci. Un peu long.

— J'imagine. Tu as mangé ? demandai-je en les conduisant tous les deux à la cuisine.

— Juste un truc dans l'avion, tout à l'heure, mais ça va. Je n'ai pas vraiment faim. Mon horloge biologique est complètement déréglée en ce moment.

— Pas de problème. J'ai préparé des lasagnes, mais nous pourrons les manger demain si tu préfères. Oh, je suppose que j'aurais dû te demander si tu étais végétarien ou autre.

— Non, répondit-il en riant. J'ai bien peur d'être toujours carnivore, au grand dam de mon ex-femme.

J'attendis un instant au cas où il aurait l'intention de développer, mais il apparut bien vite que c'était là l'intégralité de sa phrase.

— De toute façon, tu n'avais pas besoin de cuisiner quoi que ce soit pour moi, fit-il remarquer.

— Pas de problème. Mais ne t'y habitue pas, dis-je avec un rire bref. C'est juste pour l'occasion. Le reste du temps, tu devras te débrouiller seul, mais n'hésite pas à utiliser tout ce dont tu auras besoin dans la cuisine. J'ai une livraison qui arrive dans la matinée, donc tout devrait être réapprovisionné. Par contre, si tu as besoin de quelque chose de particulier, dis-le-moi.

Il se balança sur ses pieds, l'air chagriné un instant.

— Je ne voulais pas que tu te donnes tout ce mal. Je te promets que ce ne sera pas pour très longtemps. Je suis déjà à la recherche d'un appartement à louer.

— Je sais. Mais ce n'est pas une raison pour que tu ne sois pas à l'aise ici, et ce n'est vraiment pas un problème, je t'assure. Je sais que tu ferais sûrement la même chose pour Felix s'il était dans une situation similaire.

Nous tournant le dos, Felix acquiesça. Il venait de découvrir les pailles au fromage que j'avais préparées en début d'après-midi. Il en prit deux, et les tendit à Jack.

— Tiens, goûte ça, elles sont délicieuses !

— Felix !

— Quoi ? demanda-t-il, la bouche pleine, des miettes s'en échappant.

Jack, qui était sur le point de goûter celles que mon frère venait de lui donner, interrompit son geste en m'entendant. Je levai les yeux au ciel.

— Peu importe, lui dis-je en désignant d'un mouvement de tête les pailles dans sa main. Tu peux aussi bien les manger maintenant.

Elles disparurent en quelques secondes, et il laissa échapper un petit bruit appréciateur.

— C'est vraiment délicieux.

— Oui, dit Felix. C'est une bonne chose que tu aies un travail actif, mon pote. Vivre avec Lily et manger sa cuisine risquerait de te faire prendre pas mal de kilos.

— Il ne vit pas avec moi, corrigeai-je, me sentant soudain mal à l'aise, et ayant besoin de clarifier la situation, même si je ne savais pas exactement pour qui.

Ce fut au tour de Felix de lever les yeux au ciel.

— Tu vois ce que je veux dire, fit-il remarquer, sa main s'approchant de la boîte qui contenait le reste de mes préparations.

Je l'éloignai et posai le couvercle dessus. Mon frère poussa un lourd soupir.

— D'accord. Tu as besoin d'autre chose, Jack ? demanda-t-il. Je vais rentrer à la maison.

— Non, merci, Felix. J'apprécie vraiment tout ce que tu as fait pour moi. Et aussi, bien sûr, Lily.

Il nous sourit à tous les deux.

— Je n'ai encore rien fait, plaisantais-je. Et d'ici une semaine, tu pourrais bien regretter tout cela.

Le sourire de Jack se fit plus large. Je l'avais vu sourire brièvement sur l'écran durant notre conversation Skype, mais j'avais oublié l'impact qu'il pouvait avoir dans la vie réelle.

— J'en doute un peu, lâcha-t-il.

Je me détournai, et commençai à m'agiter un torchon à la main.

— Nous verrons bien.

Nous dîmes tous les deux au revoir à Felix, l'étreignant chacun un instant, lui demandant d'embrasser de notre part Poppy et les enfants. Je refermai la porte coulissante derrière mon frère et me retournai pour trouver Jack planté, un peu mal à l'aise, dans ma cuisine. La pièce avait beau être grande, il semblait l'emplir entièrement.

— Tu es sûr que tu ne veux pas boire un verre ou manger quelque chose ?

— Non, ça va, merci. Felix et moi, nous avons pris un café en revenant de l'aéroport.

— OK. Peut-être que je ferais mieux de te montrer ta chambre afin que tu puisses t'installer. De toute façon, il y a une carafe d'eau sur la table de chevet. Tu veux que je te porte quelque chose ?

Jack fit passer la bretelle du dernier sac sur son épaule et saisit sa valise.

— Non, c'est bon, merci.

Je gagnai l'escalier, et Jack me suivit. Je n'avais jamais été une grande fan de jeans, mais aujourd'hui j'en portais un, que j'avais associé à un T-shirt avec de jolies manches à petits volants. La plupart du temps, je préférais les robes, mais j'avais passé beaucoup trop de temps à réfléchir à ce que je devais porter ce soir. Si je portais une robe, Jack penserait-il que j'avais fait des efforts vestimentaires pour lui ? Ce n'était définitivement pas l'impression que je voulais lui donner. J'avais donc opté pour un look décontracté. Hélas, maintenant, je me rendais compte que c'était une erreur, car en le précédant, j'avais mes fesses droit dans sa ligne de mire. Non que mes fesses soient moches. Simplement, je n'avais pas l'habitude de les exhiber autant qu'elles l'étaient en ce moment dans ce jean moulant. J'aurais vraiment dû m'en tenir à la robe au lieu de réfléchir à tout va. Flûte.

Dieu merci, nous arrivâmes enfin au palier, et j'ouvris la porte de la chambre d'amis que j'avais réservée à Jack.

— Te voilà chez toi. J'espère que cela te convient.

Jack pénétra dans la pièce, posa soigneusement ses bagages sur le sol et regarda autour de lui.

— Si cela me convient ? répéta-t-il en riant. C'est magnifique. Tu n'aurais vraiment pas dû te donner tout ce mal.

— Pas de problème, insistai-je. J'en aurais fait tout autant pour n'importe quel invité.

Je ressentais soudain le besoin inexplicable de lui assurer qu'il ne bénéficiait pas d'un traitement de faveur.

Il me fixa d'un regard vert quasi hypnotique.

— D'après ce que j'ai entendu dire, tu n'es pas très enthousiaste à l'idée d'accueillir des invités, mis à part ta famille.

Je fis un geste de la main pour minimiser ses propos.

— Tu ne devrais pas croire la moitié de ce que dit mon frère. Tu sais comment il est.

— C'est vrai, mais je pense que nous savons tous les deux qu'il a raison sur ce point. Et bien sûr, n'oublions pas que tu es connue comme une auteure de romans qui adore vivre recluse.

Je me tournai vers la fenêtre pour regarder les vaches dans un champ situé à deux pas du mien, et lui répondis sans le regarder.

— J'aurais pensé que, venant d'une famille comme la tienne, tu étais bien placé pour savoir qu'il ne faut pas croire tout ce qu'on lit dans les médias.

Quand je me retournai, il me sourit.

— Touché.

— La salle de bains est par là, dis-je en continuant la visite. Il y a des produits de toilette ici, et d'autres là.

En ouvrant un placard sous l'évier, je lui désignai les produits de remplacement.

— Si tu as besoin d'autre chose, dis-le-moi.

— Lily, tout cela est très bien, mais tu n'es pas un hôtel. Tu n'as pas besoin de faire tout cela.

— Comme je te l'ai dit, je tiens à ce que tu te sentes à l'aise. D'ailleurs, tu as l'air plutôt fatigué, alors je vais te laisser te reposer. Si je ne suis pas là demain matin, n'hésite pas à te servir dans le réfrigérateur et les placards pour ton petit déjeuner.

Nous savions tous les deux qu'il était plus qu'improbable que je ne sois pas là le lendemain matin, étant donné que je ne sortais que tous les trente-six du mois, mais Jack ne fit aucune remarque.

— Merci, Lily. J'apprécie vraiment tout ce que tu fais. Et j'ai conscience que tout cela n'était pas vraiment ton idée.

— Bah, cela n’a guère d’importance, n’est-ce pas ? Tu es là, et j’aimerais que tu te sentes à l’aise. De plus, Felix ne me pardonnerait jamais que je me comporte mal avec toi, et vu qu’il est l’une des rares personnes que je vois, je suis bien obligée de faire attention à ce qu’il veut.

Je lui fis un petit sourire, ne plaisantant qu’à moitié.

— Bonne nuit, Jack.

— Bonne nuit, Lily.

Sur ce, je refermai la porte dernière moi, redescendis au rez-de-chaussée où je verrouillai la porte d’entrée, et me préparai à profiter d’un bon bain et à lire mon manuscrit. Lorsque je remontai peu de temps après, aucune lumière ne brillait sous la porte de Jack, et l’étage était entièrement silencieux.

4

Le lendemain matin, je passai timidement une tête par la porte de ma chambre, oreilles aux aguets. Comme je n'entendais aucun bruit, j'enfilai mes pantoufles en fourrure et descendis à la cuisine.

Bon sang !

Jack, pieds nus, vêtu d'un T-shirt assez serré pour mettre en valeur un corps bien affûté par le travail manuel, sans pour autant donner l'impression qu'il devrait faire partie d'un boys band, et d'un jean usé, leva les yeux de l'endroit où il était assis – au comptoir de ma cuisine –, un journal étalé devant lui.

— Bonjour à toi également.

Il me décocha ce sourire que bien des femmes avaient dû voir à leur réveil après avoir passé une nuit avec lui. Je tentai d'évacuer aussitôt cette pensée et resserrai ma robe de chambre autour de moi.

— Désolée, c'était si calme que je me croyais seule.

— Ravi de savoir que je suis un invité discret.

Je haussai un sourcil.

— Ce n'est pas parce que tes ronflements n'ont pas fait trembler les vitres la nuit dernière, et que tu es capable de lire le journal en silence que je vais te décerner la médaille d'or du meilleur invité.

Un autre sourire. J'aurais vraiment aimé qu'il cesse avec cela.

— C'est toujours bon d'avoir un objectif à atteindre, plaisanta-t-il.

Il referma le journal et quitta le tabouret de bar.

— Je te sers à boire ?

— Non, mais merci de le proposer.

Je me dirigeai vers le placard où était rangée ma vaisselle et en sortis un bol, puis me tournai vers le frigo pour prendre un yaourt.

— Tu as avalé quelque chose ? Mis à part du café ? demandai-je en désignant d'un mouvement de tête sa tasse vide.

— Oui, j'ai trouvé du muesli dans le placard. J'espère que ça ne te dérange pas que j'en aie pris.

— Absolument pas. Comme je te l'ai dit, prends ce que tu veux. Tu es sûr que cela te suffit ? Je peux te préparer quelque chose, si tu veux.

— Certainement pas, répondit-il en riant. Je sais que quelqu'un a insisté auprès de toi pour que tu m'accueilles, alors pas question que tu me prépares le petit déjeuner.

Pressant le flacon de miel, je fis couler une grosse goutte dorée au cœur de mon yaourt grec, et pris une cuillère dans le tiroir.

— Pouvons-nous nous mettre d'accord pour cesser de discuter du comment tu es arrivé ici, et accepter que tu le sois ?

Il hocha la tête.

— D'accord.

Je me hissai sur le tabouret de bar, faisant de mon mieux pour ne pas heurter les cuisses de Jack, et plaçai mon bol devant moi.

— Tu as quelque chose de prévu aujourd'hui ? demandai-je.

— Oui, j'ai trois rendez-vous avec d'anciens clients qui souhaitent retravailler avec moi, et deux autres plus tard dans la semaine. Entre-temps, il faut que je mette à jour tout mon site web, et je pensais aussi concevoir un flyer pour en déposer partout dans le coin et essayer de trouver de nouveaux clients.

— Eh bien, on dirait que tu as déjà du pain sur la planche. Cela vaudrait la peine que tu passes voir Marge au magasin du village. Je suis sûre qu'elle acceptera de mettre un de tes flyers en ligne quand ils seront terminés, et je suis quasiment certaine qu'il existe un groupe local du village sur Facebook, ou un truc du même genre. Comme tu t'en doutes certainement, je n'en suis pas membre, mais je suis certaine que Marge l'est, et à mon avis cela ne la dérangera pas de publier un post sur les services d'aménagements de jardin que tu proposes.

— Ça me paraît une bonne idée, Lily, merci beaucoup. Je vais m'occuper de tout cela.

— Et, bien sûr, Felix et Poppy ne manqueront pas de parler de toi à tout le monde. Je suis sûre que d'ici peu tu auras plus de travail que tu ne pourras en accepter.

— Il faut toujours garder espoir, n'est-ce pas ? Au moins, dans ce cas, je ne te dérangerai plus.

Je relevai la tête de mon yaourt, laissant ma cuillère retomber dans mon bol.

— Ce n'est pas ce que je voulais dire.

— Non, je sais. Je disais ça juste comme ça, lâcha-t-il avec un haussement d'épaules.

Il était apparemment clair pour tout le monde que je m'étais sentie forcée à fournir un logement à Jack pour son retour en Angleterre, mais je commençais à me demander si j'étais la seule à me sentir poussée dans ce sens. Peut-être Jack aurait-il préféré la solitude d'une chambre d'hôtel pour reconstruire sa vie.

— Tu as déjà revu tes parents ?

Il poussa un profond soupir.

— Non. Je me demandais jusqu'à quand je pourrais repousser cela.

J'esquissai un sourire compatissant.

— Je suppose que tes relations avec eux ne se sont pas vraiment améliorées au fil des ans ?

— Pas exactement. Depuis mes quinze ans, ils n'ont jamais été d'accord avec ce que j'ai fait. Ils étaient plutôt mécontents que je me marie en Nouvelle-Zélande, et lorsque mon mariage a échoué, cela n'a fait, à leurs yeux, que confirmer les mauvais choix que j'avais faits dans ma vie. En ce qui les concerne, si j'avais épousé l'une des mademoiselle Machin ou mademoiselle Truc qu'ils insistaient pour me présenter, je ne serais pas dans le pétrin où je me trouve aujourd'hui.

Je fis une grimace.

— Tu n'es pas dans le pétrin. La vie a l'habitude de faire capoter nos plans soigneusement élaborés. Ce n'est pas forcément la faute de qui que ce soit, et peu importe s'ils étaient d'accord ou non avec tes choix à l'époque, le résultat c'est que tu as fait ces choix, et maintenant tu en fais de nouveaux. Je suis sûre qu'ils veulent le meilleur pour toi, ajoutai-je, estimant que c'était la chose la plus diplomatique à dire.

Jack laissa échapper un rire froid, dépourvu d'humour.

— Ce qu'ils veulent, c'est le meilleur pour le nom de Coulsdon-Hart, la dynastie. Et comme je ne suis même pas rentré avec un héritier pour adoucir le coup, cela n'a pas vraiment amélioré les relations familiales.

— Tu as encore du temps pour cela, et puis il y a ton frère cadet.

— Je ne sais pas si j'aurai un jour des enfants. Au moins, je profite du côté agréable en jouant avec Ruby et Freddy, et je les rends à leurs parents dès qu'ils deviennent grincheux.

— Oui, ça, c'est plutôt sympa, n'est-ce pas ?

Je comprenais très bien ce qu'il voulait dire. Mike et moi n'avions pas encore décidé d'avoir des enfants, et nous pensions avoir quelques années devant nous pour voir comment les choses se passeraient. Nous étions parfaitement heureux, juste tous les deux, puis, à cause de l'accident, la décision fut prise pour nous.

— Edward est très désireux d'avoir des enfants, mais apparemment il n'a pas encore rencontré la femme qui lui conviendrait. Mes parents préféreraient que les choses soient déjà réglées, et il est évident que j'ai laissé tomber ce côté de la chose, mais je suis certain qu'Edward viendra à la rescousse. Il a le don de tout arranger.

À l'évidence, ce commentaire était fait avec résignation plutôt qu'avec malice. Felix m'avait expliqué que, malgré la distance, Jack et son frère étaient demeurés proches, et je savais qu'il était allé lui rendre visite. J'étais heureuse de savoir qu'au moins un membre de sa famille était du côté de Jack.

— Je suis désolée, je n'aurais pas dû te poser de questions sur ta famille.

— Je crois que la phrase classique « nous ne sommes pas contrariés, juste déçus » est le mantra préféré de mes parents quand ils s'adressent à moi.

— C’est un classique.

Le sourire Jack s’élargit.

— J’ai été désolé d’apprendre ce qui est arrivé à vos parents. C’étaient deux personnes merveilleuses.

— Merci. Certains jours, j’ai l’impression que c’est arrivé il y a très longtemps, et d’autres, il me semble que c’était hier. Cela fut un choc qu’ils décèdent si vite l’un après l’autre, mais j’imagine que ce n’est jamais le bon moment, n’est-ce pas ? Nous voulons toujours passer plus de temps avec ceux que nous aimons.

— Absolument.

— Merci d’être venu aux deux enterrements. Nous ne nous y attendions pas. Ce n’est pas comme si tu vivais dans le coin.

— Vos parents ont toujours été incroyablement spéciaux pour moi. Il était hors de question que je ne vienne pas leur rendre hommage. Vous aviez déjà traversé tant d’épreuves en tant que famille.

Je lui souris, et contemplai la photo de maman, papa, Felix et moi que Mike avait prise et encadrée pour nous quelques mois avant sa mort. Quelques années après ce cliché, maman et papa avaient disparu eux aussi.

— Je crois que j’ai passé une bonne partie de ma jeunesse chez vous. Je me suis toujours senti à l’aise dans votre maison, et si l’on en croit les pailles au fromage d’hier soir, tu as hérité des talents de pâtissière de ta mère.

Je descendis du tabouret.

— La flatterie ne te mènera nulle part, tu sais, le taquinai-je.

Je me rendis soudain compte que mon peignoir en soie avait effleuré Jack avant que je n’en saisisse le pan pour mieux le fermer. Par chance, il ne semblait pas avoir remarqué quoi que ce soit. Je mis les affaires du petit déjeuner dans le lave-vaisselle et me retournai vers Jack, une main bien posée sur mon peignoir, cette fois.

— Je suis sûre que mes parents t'auraient adopté s'ils avaient pensé que les tiens l'auraient permis. Maman chantait toujours tes louanges sur tes manières excellentes. Il est clair qu'elle n'a jamais vu que ton bon côté.

— Mais je n'ai qu'un bon côté, dit-il avec un sourire malicieux qui démentit aussitôt les paroles qu'il venait de prononcer.

— Tu oublies que je te connais depuis longtemps. Tu ne peux pas me duper.

— Les gens changent.

Je ne pouvais dire le contraire. Effectivement, les gens changent. Mais avec son séduisant visage et son corps magnifique, j'avais du mal à croire que Jack ait seulement un *bon* côté. D'ailleurs, au fond de moi, je ne pouvais m'empêcher de penser que si c'était le cas, ce serait vraiment dommage.

— À quelle heure est ton premier rendez-vous ?

— Pas avant 10 h 30.

Une pointe d'accent des antipodes perçait dans sa voix, ce qui aurait fort déplu à ses parents. Personnellement, je trouvais que cela lui allait bien.

— Si tu as le temps, tu pourrais me faire visiter ton jardin, et peut-être lorsque j'aurai un creux dans mon emploi du temps, je pourrais t'aider à l'arranger pour qu'il soit plus facile à gérer.

Je ne pus m'empêcher de sourire.

— Tu sembles avoir appris le tact au cours de tes voyages.

— J'ai toujours fait preuve de tact.

Je brûlais d'envie de le contredire, mais comme la seule façon était d'évoquer la fameuse soirée de la fête du village où je m'étais retrouvée mortifiée, je me promis de garder le silence.

— Je sais que le jardin est un peu… hors de contrôle, et que j'aurais déjà dû faire venir quelqu'un, mais je…

Je m'interrompis un instant avant de poursuivre :

— Je n'avais pas vraiment envie de m'en occuper. Et plus j'ai repoussé, plus c'est devenu difficile, et maintenant je suis bien trop gênée pour faire venir quelqu'un.

— Pourquoi diable es-tu gênée ?

— J'imagine que tu as déjà passé la tête dehors et constaté que c'est une véritable jungle. C'était magnifique quand j'ai emménagé ici.

Jack jeta un coup d'œil par la fenêtre.

— Il est toujours magnifique. Peut-être d'une façon différente qu'il l'était précédemment.

— Toujours autant de tact, dis-je en riant. Felix ne me lâche pas sur le sujet, mais moi j'aime ce côté de liberté et de naturel que me procure le jardin dans son état actuel. Cependant, je me rends compte qu'il vaudrait mieux que ce soit une nature sauvage mieux gérée plutôt que l'actuel bordel. J'ai tenté d'en prendre soin. Je sais que ça n'en a pas l'air, mais je n'avais littéralement aucune idée de ce que je faisais. Je suis sûre que Poppy t'a parlé de la plante assez chère que j'ai arrachée en pensant qu'elle était morte.

— Elle y a peut-être fait référence une fois ou deux.

— Eh bien, après cet épisode, j'ai perdu confiance et tout a dégénéré à partir de là.

— OK, mais on peut arranger tout cela. Si tu as le temps, nous pourrions aller y faire un tour ensemble ?

J'acceptai.

— Pourquoi ne pas me retrouver à l'extérieur quand tu seras prête et nous pourrons évaluer les choses correctement ?

J'hésitai.

— Quel est le problème ?

— Je pense simplement que tu auras sûrement plus de travail que tu ne le penses, à effectuer beaucoup plus rapidement que tu ne le prévois. Quand j'ai commencé à chercher un paysagiste, je me suis rendu compte qu'il n'était pas facile d'en trouver un digne de ce nom dans le coin. Savoir que tes anciens clients, d'il y a dix ans, sont prêts à tout pour que tu reviennes prendre soin de leur jardin en dit long. Je doute donc que tu aies envie de rentrer chez toi après une longue journée de labeur pour te remettre au travail.

— Ça, ce ne serait pas un travail. Plutôt quelque chose que je ferais durant mon temps libre. Pour m'amuser.

Il haussa ses larges épaules et je fis mon possible pour ne pas admirer les muscles qui roulaient sous son T-shirt blanc. Bon sang, m'admonestai-je. Je n'étais plus une adolescente, et je n'allais certainement pas m'amouracher de nouveau de Jack Coulsdon-Hart.

— Si tu le dis. Mais s'il te plaît, ne te sens pas obligé de faire quoi que ce soit pendant que tu séjournes ici. Et bien entendu, je te paierai tout ce que tu feras au tarif plein.

— Non.

— Je te demande pardon ?

— Tu m'as bien entendu.

— Oui, c'est bien pour cela que j'ai dit « je te demande pardon » ?

— Tu sais que cela n'a pas de sens, n'est-ce pas ?

— Bien sûr que si. Cela signifie « ne sois pas ridicule, bien sûr que je te paierai ».

— Pas de problème.

Il étira ses bras, fit rouler ses épaules, pencha la tête d'un côté puis de l'autre, étirant ses muscles après son long vol. Même avec le décalage horaire, il avait l'air sexy. Ce n'était vraiment pas juste. Je me rappelai la tape sur la tête qu'il m'avait donnée et ma déconvenue.

— Au fait, ton loyer est dans une enveloppe à côté de la corbeille à pain.

Je relevai la tête pour le regarder. Ses yeux verts me fixaient, semblant me défier.

— J'ai dit à Felix de t'informer que je ne voulais pas de loyer étant donné qu'il s'agit d'un service à un ami.

— Je ne savais pas que nous étions amis aussi. C'est bon à savoir. Mais quoi qu'il en soit, je n'accepterai toujours pas que tu me paies pour le travail que je réaliserai dans ton jardin.

— Dans ce cas, peut-être que je ne te laisserai pas travailler dans mon jardin, dis-je en me redressant de tout mon 1,58 m, soit trente bons centimètres de moins que lui.

L'air amusé, il me fit un large sourire – ses dents blanches parfaites contrastant avec son bronzage – et je sus alors que sa remarque sur le fait de n'avoir qu'un seul bon côté était une foutaise totale.

Dix minutes plus tard, je me promenais avec Jack dans mon jardin. Au bout de quelques instants, il s'arrêta, et ce ne fut qu'après quelques pas que je me rendis compte qu'il avait cessé de me suivre.

— Qu'est-ce qui cloche ? demandai-je. Quelque chose ne va pas ?

— Oui, toi.

Ce commentaire me semblant inutilement brutal, je croisai les bras sur ma poitrine.

— J'étais sur le point de dire « et avant que tu ne te mettes sur la défensive », mais je constate vu la façon dont tu te tiens que je m'y prends trop tard.

— Je ne suis pas sur la défensive. Je n'ai rien dit. Pour l'instant.

J'avais l'impression qu'il se retenait de sourire.

— Tu n'as pas besoin de dire quoi que ce soit. Comme je viens de le dire, il suffit de voir la façon dont tu te tiens et le regard que tu me jettes pour comprendre.

J'émis un petit grognement de désaccord.

— J'aurais peut-être dû être plus clair. Ce que je voulais dire par « toi », c'est que si nous devons travailler ensemble dans ton jardin, tu dois cesser de t'excuser toutes les deux secondes pour l'état dans lequel il se trouve. Il est facile de voir qu'il y a quelque chose de beau, ici, tout comme il est facile de voir comment cela pourrait facilement devenir incontrôlable. C'est un vaste terrain. Cela représente beaucoup de travail pour une seule personne, surtout si elle n'a pas d'aide.

— À dire vrai, je n'étais pas contre l'idée d'avoir de l'aide. Mais je pensais que je serais capable d'y arriver seule et que ce serait une bonne distraction, que ça me ferait un peu d'exercice, prendre l'air – enfin tu vois le genre. Mais les choses sont devenues incontrôlables bien plus vite que je m'y attendais, et l'idée de devoir expliquer ce que je voulais à un parfait inconnu, alors que je ne savais même pas exactement ce que je voulais…

Je laissai ma phrase se terminer seule, me contentant de hausser les épaules pour la ponctuer.

Jack acquiesça d'un hochement de tête.

— Je comprends. Mais tu n'as pas à avoir honte de quoi que ce soit.

Mon visage devait exprimer le contraire, parce qu'il ajouta :

— Non, vraiment. D'ailleurs, les jardins changent et évoluent sans cesse. Le jardin qui se trouvait ici quand tu as acheté la maison était peut-être magnifique, mais tu avais l'intention d'en faire autre chose, d'encore plus beau. Est-ce que ceci était là quand tu es arrivée ?

Nous étions parvenus à la prairie de fleurs sauvages, qui montrait les premiers signes de fleurissement.

— Non. C'est ma seule et unique tentative de faire quelque chose avec le terrain. J'ai pensé qu'avec le nom de la maison ce serait bien qu'il y ait une prairie. Mais ma famille m'a aidée.

Jack se retourna, s'adossa à la grille et posa un talon sur la barre la plus basse.

— Pourquoi penses-tu qu'avoir de l'aide est une si mauvaise chose ?

— Ce n'est pas que je pense que c'est une mauvaise chose. Je ne sais pas. C'est difficile à expliquer.

— Tu veux montrer aux autres que tu es capable de te débrouiller seule.

— Je suppose, oui. Je sais que les gens veulent aider, mais après… (je m'interrompis une seconde, cherchant les mots justes) après tout ce qui s'est passé, j'ai voulu faire les choses moi-même. D'une certaine façon, faire quoi que ce soit avec quelqu'un d'autre que Mike ne me semblait pas correct. Et comme je ne pouvais plus rien faire avec lui, j'ai décidé que je devais tout faire moi-même.

Je contemplai le jardin envahi par la végétation.

— Peut-être ai-je eu tort, conclus-je.

Jack prit une grande inspiration, et regarda au loin, en direction de la maison.

— Lily, je ne peux pas prétendre savoir ce que tu as enduré, et je crains que tu n'aies été obligée de me laisser séjourner ici. Si tu veux que je parte, je le ferai, sans problème. Et je ne t'en tiendrai pas rancune. Par contre, si tu acceptes que je reste, je t'aiderai à transformer cet espace extraordinaire en ce que tu voudras. Mais cela ne pourra se faire que lorsque tu seras prête à accepter l'aide de quelqu'un. En attendant, je peux toujours tailler le pire afin que tu aies au moins des allées pour circuler, profiter de l'espace un peu plus facilement et réfléchir à ce que tu veux en faire. La dernière chose que je voudrais serait de te forcer à quoi que ce soit ou te mettre mal à l'aise. Comme pour toute chose, il faut être prêt pour ce changement.

Je l'étudiai pendant un moment. Calme, détendu, bien dans sa peau. Cela faisait des années que je ne l'avais vu. La dernière fois remontait aux obsèques de ma mère, et je lui avais à peine parlé, juste pour le remercier d'être venu. Le temps qu'il avait passé à l'étranger n'avait pas seulement amélioré son apparence, mais il y avait aussi quelque chose d'autre en lui, désormais. Une empathie qui n'existait pas auparavant. Le poids des attentes familiales qu'il avait toujours porté sur ses épaules semblait avoir disparu, ou du moins avoir été réduit de façon drastique. À l'évidence, vu qu'il avait demandé à mon frère de venir le chercher à l'aéroport, et qu'il logeait chez moi plutôt que dans l'une des très nombreuses chambres que la maison de ses ancêtres avait à offrir, tout n'était pas encore rose au sein de la famille Coulsdon-Hart. Mais il avait manifestement trouvé une meilleure façon de gérer la situation, et j'en étais heureuse pour lui.

Je jetai un coup d'œil au jardin, et à mon tour je pris une grande inspiration.

— Je suis prête, déclarai-je.

5

Durant la demi-heure qui suivit, nous déambulâmes ensemble dans le jardin, Jack citant le nom de plantes que j'oubliais aussitôt, et me demandant ce que je pensais de ceci ou de cela. Le temps fila sans que je m'en rende compte, et bientôt nous regagnâmes la maison.

— Quel usage fais-tu de cela ? demanda Jack en désignant une petite dépendance avec une terrasse à l'avant.

— Rien pour le moment. J'avais prévu de le transformer en bureau, mais peu après sa construction, nous avons eu des pluies torrentielles et des orages, et l'idée de devoir sortir de la maison pour travailler, ne serait-ce que traverser le jardin, ne m'attirait pas vraiment. J'ai préféré garder mes pantoufles et travailler à la maison.

Je haussai les épaules avant de poursuivre :

— Ce n'est pas comme si je devais m'éloigner de quelqu'un, ou trouver un endroit tranquille

Je jetai un coup d'œil à la dépendance avant de me retourner vers Jack.

— Je pensais avoir de bonnes idées, mais il s'avère qu'elles ne l'étaient pas tant que cela, finalement. Cette construction ne sert pas à grand-chose, pour l'instant.

Jack observa le bâtiment pendant un long moment.

— Laissons-le tel qu'il est pour l'instant, et voyons comment les choses se passent. Tu auras peut-être une meilleure idée d'utilisation.

Je lui jetai un regard incrédule, me retournai vers la maison, et nous reprîmes notre chemin.

— Cet endroit est vraiment magnifique. Je comprends que tu aies choisi de t'installer ici.

— Felix et Poppy n'étaient pas convaincus, du moins au début. Pour être honnête, je ne suis pas certaine qu'ils le soient entièrement, mais moi, j'aime ce lieu.

J'étudiai l'arrière de la maison, me protégeant les yeux de la lumière du soleil, d'une main.

— Cette maison est probablement trop grande pour une seule personne, mais je voulais un grand terrain autour de la propriété, et il est assez difficile de trouver un deux-pièces avec autant de terres.

Jack haussa les épaules.

— Tu savais ce dont tu avais besoin. À l'évidence, la première fois que tu es venue ici, cet endroit t'a plu, alors tu as fait ton choix. Certaines personnes ont peut-être nos intérêts à cœur, mais en fin de compte, nous sommes les seuls à devoir prendre ces décisions importantes, les seuls à savoir ce que nous ressentons. Qu'est-ce qui te fait sourire ?

— Toi.

— Oserai-je te demander pourquoi ?

— Je ne sais pas. C'est juste que je ne t'avais jamais perçu comme étant du genre philosophe, donneur de leçon de sagesse.

Jack inclina brièvement la tête.

— Pour être honnête, je l'étais sans doute moins avant mon départ, mais la vie est ainsi faite que nous apprenons, et que nous changeons.

Il me jeta un rapide coup d'œil.

— Et avec de la chance, nous changeons en mieux, conclut-il.

— Je suppose que cela dépend de ce que la vie vous réserve. Je sais que j'ai changé, mais certains diront que ce n'est pas pour le mieux.

De nouveau, Jack eut un petit signe de tête, mais il demeura silencieux. Je ne savais pas trop quoi penser de notre échange.

— Je crois que tu ferais mieux d'aller te préparer pour ton premier rendez-vous, suggérai-je. Tu n'as sûrement pas envie d'être en retard.

Il consulta sa montre.

— Tu as raison. Est-ce que tu connais le nom d'une bonne compagnie de taxis dans le coin ?

— Il y en a une à laquelle Felix fait appel de temps en temps, mais je ne saurais te dire le nom pour l'instant. Je suis sûre que je peux t'en trouver un. Mais, pourquoi as-tu besoin d'un taxi ?

— Pour me rendre à mon rendez-vous. Felix va me donner un coup de main pour trouver une voiture à acheter, demain. Je ne m'attendais pas à avoir des rendez-vous aussi vite, je suis donc un peu pris au dépourvu.

— Eh bien, tu ne pouvais pas refuser. Ne t'inquiète pas pour le taxi. J'ai ma vieille voiture dans le garage. Tu peux l'utiliser pendant un certain temps, si tu veux. De toute façon, elle ne bouge jamais, alors ça lui fera du bien que quelqu'un la conduise un peu. Je devrais vraiment la vendre – ça aussi, c'est quelque chose qui m'effraie un peu.

Je fis une grimace et ajoutai :

— Mais ne t'inquiète pas, elle roule. Je la sors environ une fois par semaine et je fais un tour en boucle à toute allure. Ça me divertit, en fait.

Il me regarda en souriant.

— Un pilote de rallye clandestin ? Tu as plein de secrets cachés !

— Ha, tu parles ! Quoi qu'il en soit, n'hésite pas. Ça lui ferait sûrement du bien de rouler pour de bon.

— Eh bien, ce serait super… si tu es sûre.

— Je le suis. Il faudra juste que tu me donnes quelques informations pour que je prévienne mon assurance. Nous pouvons nous en occuper maintenant, si tu veux, ce sera fait.

Dix minutes plus tard, ma vieille voiture était assurée pour que Jack puisse la conduire. Je la sortis du garage pendant qu'il allait se changer pour son rendez-vous, et je venais juste de finir de nettoyer rapidement le pare-brise lorsque Jack surgit.

— Tu es… euh… bien.

Je cachai le chiffon dans mon dos l'entourant si fort autour de mes doigts que j'allais certainement bloquer ma circulation sanguine. Jack était plus qu'agréable à regarder. Je n'étais pas préparé à le voir dans un costume gris métal parfaitement coupé. Ouah ! Sa peau bronzée était idéalement mise en valeur par sa chemise blanche impeccable, et sa cravate d'un subtil bleu pâle.

— Ça me va bien ? demanda-t-il avec une attachante pointe d'incertitude dans sa voix.

— Absolument. Définitivement. Vraiment bien.

Tais-toi, Lily !

Il tira sur l'un des poignets de la chemise avant de porter sa main sur son nœud de cravate.

— Je n'étais pas certain. Ça fait tellement longtemps que je n'ai pas porté de costume. C'est bizarre.

Comme il commençait à glisser un doigt autour du col de sa chemise, j'interrompis son geste en posant ma main sur la sienne.

— Arrête de t'agiter. Tu es très bien comme ça, tu as l'air très professionnel.

Et super sexy !

Je m'éclaircis la gorge, dans l'espoir de m'éclaircir aussi les idées.

— Mais tu vas tout gâcher si tu continues à tout tripoter comme cela.

Le regard de Jack descendit jusqu'à l'endroit où ma main était toujours posée sur la sienne. Je fis de même, puis lâchai brusquement sa main, comme si elle me brûlait.

— Désolée.

Il eut un très léger mouvement de tête.

— Pas de problème, répondit-il, un petit sourire aux lèvres. Tu es toujours aussi autoritaire ?

— En général, il n'y a que moi ici, alors c'est plutôt difficile de se donner des ordres à soi-même. De toute façon, je ne suis pas autoritaire, j'essaie juste de t'aider.

— Ce que j'apprécie grandement.

— Je pourrais presque te croire, marmonnai-je.

Il se mit à rire, d'un rire profond, chaud et grave, rejetant la tête en arrière, ses dents d'un blanc impeccable brillant dans le soleil printanier. C'était agréable d'entendre ce rire, et je me rendis soudain compte d'à quel point tout était habituellement si calme ici. Non que je n'apprécie pas le calme, mais une petite partie de moi reconnaissait que la compagnie de Jack ce matin était agréable. Bien sûr, cela ne gâtait rien qu'il soit plutôt agréable à regarder, mais il avait gagné en profondeur de caractère depuis la dernière fois où je l'avais vu. À moins que je ne l'aie jamais vraiment connu. Jack Coulsdon-Hart était plus complexe que je ne le pensais, et j'étais contente de pouvoir l'aider. J'ignorais ce qui l'avait fait rentrer au pays, mais s'il cherchait à relancer son entreprise, c'est qu'il avait l'intention de rester dans les parages. J'avais eu la chance que ma famille m'entoure lorsque j'avais eu besoin d'aide. Jack avait une famille, mais il n'avait manifestement pas le soutien dont il avait besoin. Il avait toujours été là pour Felix, et Felix avait toujours été là pour moi. En aidant Jack, j'avais donc l'occasion de remercier Felix pour le soutien indéfectible qu'il m'avait apporté. Je fis un petit signe de la main à Jack pour le saluer avant de faire demi-tour vers la maison et me dirigeai vers mon bureau.

***

J'étais en train de préparer une salade pour accompagner le dîner lorsque j'entendis une voiture remonter l'allée. Quelques minutes plus tard, on frappa à la porte arrière. Dans la lumière déclinante de cette soirée de printemps, je vis la silhouette de Jack contre la vitre. Je lui fis signe d'entrer.

— Tu n'as pas besoin de frapper.

— Ça m'a semblé être la chose polie à faire.

— Ne sois pas si bête, tu vis ici, maintenant. Je veux dire, de façon temporaire, évidemment.

Venait-il de sourire ?

— Évidemment, répéta-t-il.

— D'ailleurs, j'avais prévu de te donner un trousseau de clés hier soir, mais il était tard et j'ai oublié. Mais j'en ai préparé un tout à l'heure, dis-je en montrant un trousseau sur la table. Tu as mangé ?

— Non, mais je peux très bien me préparer quelque chose tout seul. Tu n'as pas besoin de cuisiner pour moi.

— Je sais. Ne t'y habitue pas, mais il y a un plat prêt, et tu as l'air d'avoir eu une longue journée, alors lave-toi les mains et assieds-toi.

Il obtempéra.

— Comment ça s'est passé, aujourd'hui ? demandai-je tout en lui servant une part de lasagne fumante qui débordait de béchamel et de fromage fondu.

— Ça a l'air délicieux !

— Merci. J'espère que ça te plaira. Il y a de la salade pour accompagner et du pain à l'ail.

Jack rit, de ce rire profond et riche.

— Si tu veux que je parte, ce n'est probablement pas la meilleure façon d'y parvenir.

— Je ne veux pas que tu partes. Je veux dire… pas tout de suite. Pas avant que tu ne sois prêt. J'espère que ce n'est pas l'impression que je t'ai donnée. De toute façon, ce ne sont que des lasagnes.

— C'est délicieux, voilà ce que c'est, dit-il en prenant une nouvelle bouchée. Et non, tu ne m'as pas donné cette impression. C'est juste que ce n'est pas un secret que tu aimes ton intimité. Tu es une sorte de mystère dans le coin.

— Ah bon ?

— L'écrivaine recluse qui vit dans la grande maison ? Oh, oui !

Il emplit son assiette de salade et de deux tranches de pain à l'ail.

— Oh, mon Dieu ! Je l'ignorais.

Jack secoua doucement la tête tout en terminant de mâcher sa bouchée.

— Ne t'inquiète pas. Les gens sont toujours à la recherche d'un sujet de conversation.

— Je sais. Je préférerais juste ne pas en être l'objet.

— Désolé. Je n'aurais pas dû te dire cela. Je n'ai pas réfléchi.

— Ce n'est pas grave, dis-je en poussant un soupir. Mais parlons de choses plus intéressantes.

— Tu es intéressante.

— Mmm. Alors, comment ça s'est passé aujourd'hui ?

Jack m'expliqua à quel point ses rendez-vous s'étaient bien déroulés. Il en avait même un supplémentaire de prévu, avait déjà trois nouveaux clients, et, d'après la rumeur du village, deux autres rendez-vous étaient prévus pour la semaine prochaine.

— C'est génial ! m'exclamai-je, sincèrement ravie pour lui.

— Merci. Moi aussi, je suis vraiment content. Je savais que je prenais un risque en revenant ici pour essayer de tout recommencer. J'avais de nombreux clients, mais je ne peux pas m'attendre à ce qu'ils aient tous besoin de mes services.

— Je suis sûre qu'il y a beaucoup de nouvelles personnes qui se sont installées ici depuis tu as déménagé. Et les gens prêtent beaucoup plus d'intérêt à leur jardin, aux espaces extérieurs et au jardinage en général, ces jours-ci. J'ai un bon pressentiment.

— C'est vrai ? demanda-t-il en s'adossant à sa chaise.

— Tout à fait. Bon, tu es prêt pour le pudding ?

— Je ne crois pas qu'il me reste de la place, dit-il en se tapotant le ventre.

— Tu parles, bien sûr que si ! Tu dois compenser le fait de ne pas avoir mangé depuis un jour ou deux. Il n'y a jamais grand-chose à manger sur les plateaux des compagnies aériennes, surtout pour quelqu'un de ta taille. De plus, si tu comptes t'attaquer au jardin en plus du travail que tu es en train d'accumuler, tu auras besoin d'énergie.

Je posai au milieu de la table le plat de pudding au caramel, noyé de crème anglaise.

— Tu peux toujours refuser d'en prendre une part, bien sûr, dis-je d'un air innocent.

Jack leva les yeux vers moi, un air amusé se dessinant sur son visage.

— Oh, oui, je peux toujours refuser, dit-il en prenant une cuillère.

Le lendemain matin, je me hasardai dans le jardin, les yeux toujours un peu ensommeillés, une tasse de tisane entre les mains, les pieds enfoncés dans des bottes en caoutchouc fonctionnelles, mais admettons-le, plutôt laides. L'avantage de vivre seule, c'est que l'on n'a pas besoin de se soucier d'avoir l'air glamour, ni même normale. Je tournai au coin de l'allée et me retrouvai nez à nez avec Jack, qui lui se déplaçait à vive allure. Il recula encore plus vite et retira son T-shirt pour éponger le thé chaud que je venais de lui renverser dessus.

Oh. C'est vrai. En fait, en ce moment, je ne vivais pas seule. Pourtant, j'étais là, les cheveux en bataille, vêtue d'une robe de chambre qui avait connu des jours meilleurs, mes jambes ayant besoin d'une bonne séance d'épilation, et chaussée de bottes en caoutchouc. Face à moi se tenait un Adonis bronzé, à demi nu. Je le fixai un moment du regard. Je n'ai jamais été douée pour les conversations matinales, mais aujourd'hui, c'était pire. Du moins, à ce moment précis.

— Habille-toi ! bredouillai-je.

Jack était encore en train de se frotter le torse avec son T-shirt.

— J'étais habillé jusqu'à ce que tu me jettes de l'eau bouillante dessus !

— Ce n'était pas intentionnel et je ne la chauffe qu'à 90° pour les tisanes.

Il me jeta un regard qui suggérait qu'aucune de mes remarques ne faisait vraiment de différence en ce moment précis, et se dirigea vers la maison dont il revint quelques minutes plus tard vêtu d'un T-shirt propre.

— Désolée, tu m'as fait peur. Je ne m'attendais pas à voir quelqu'un ici si tôt.

— Pas de problème. Tu m'as occasionné une brûlure au troisième degré, alors je crois que nous sommes quittes.

Je fis une grimace, et il abandonna son ébauche de sourire.

— Tu vas bien ?

En posant cette question, j'esquissai un large geste pour désigner son torse tout en essayant de ne pas regarder ledit torse, bien que son image soit probablement gravée dans ma rétine à jamais.

— Oui, ne t'inquiète pas. C'est tout autant de ma faute. Je ne m'attendais pas non plus à ce que tu sois là si tôt et je ne regardais pas où j'allais.

— Qu'est-ce que tu fais ici, de toute façon ?

Il baissa les yeux vers moi, et cette fois, se laissa aller à sourire.

— Viens avec moi.

— Je parie que tu dis cela à toutes les filles.

Il éclata de rire.

— Pas de nos jours. Allez, viens.

Au coin de l'allée se trouvait un énorme tas de choses verdâtres et brunes qui avaient autrefois été vertes. Derrière, une petite partie de mon jardin ne ressemblait plus à un fouillis incontrôlé. Je fus aussitôt ramenée au jour où j'étais venue visiter la propriété, et où j'étais tombée amoureuse de la maison, du jardin, et de la tranquillité qu'il promettait. Une vague d'émotion m'envahit, et je me détournai afin que Jack ne voie pas les larmes qui menaçaient de couler.

— J'ai fait quelque chose de mal ? demanda-t-il d'un ton inquiet.

— Non ! Oh, mon Dieu, non ! Pas du tout. C'est magnifique. Merci.

— Alors pourquoi est-ce que tu pleures ?

— Je ne pleure pas ! répliquai-je d'une voix qui donnait pourtant l'impression que j'étais bel et bien en train de pleurer.

Je sentis Jack se rapprocher de moi. Sa joue toucha presque la mienne alors qu'il se penchait en avant par-dessus mon épaule.

— Menteuse.

Je laissais échapper un petit rire, qui apaisa la tension entre nous deux. Derrière moi, Jack se redressa.

— Tu es sûre que ça va ?

J'acquiesçai d'un hochement de tête.

— Oui, et je te remercie pour ce que tu as fait. Je pensais que tout était perdu, mais tu m'as montré qu'il y a peut-être quelque chose à récupérer ici, après tout.

— J'aime à penser qu'il y a toujours quelque chose à récupérer, même lorsque tout espoir semble perdu.

Je me retournai pour lui faire face, oubliant un instant mes cheveux en bataille et tout le reste.

— Qui êtes-vous et qu'avez-vous fait du véritable Jack Coulsdon-Hart ?

Jack rejeta la tête en arrière et se mit à rire.

— Je t'ai vraiment laissé une mauvaise impression, n'est-ce pas ?

— Tant que tu ne me tapotes pas la tête, cette fois-ci, je t'accorde le bénéfice du doute.

— Ouais. Je n'avais pas très bien géré la situation, hein ?

— Oh, mon Dieu ! Tu t'en souviens ! Je le savais !

Un nouveau sourire.

— C'est vrai, et à mon grand regret. J'ai juste pensé que tu n'apprécierais pas que j'en parle devant Felix et Poppy l'autre soir.

— Non, effectivement, alors merci.

Je me retournai vers la maison.

— Je n'arrive toujours pas à croire que tu m'as tapoté la tête.

Il rit de nouveau.

— Moi non plus. Normalement, je me montrais plus agréable. Tu m'as désarçonné.

J'eus un petit ricanement fort peu féminin.

— Je savais que ce serait ma faute.

6

— Tu te lèves toujours aussi tôt ?

J'acceptai la tasse de thé que Jack me tendait alors que je venais de le rejoindre à la cuisine, après avoir enfilé une tenue plus adaptée à sa compagnie.

— Ça dépend, répondit-il. Je pense que mon horloge biologique est déréglée en ce moment. À cause du jet-lag et de tout le bazar.

— Le bazar ?

— Je crois que j'ai pas mal de choses en tête.

Je bus une gorgée de thé.

— Crache le morceau, dit Jack en souriant.

J'avalai mon thé.

— Pardon ?

— La question, pas le thé. Il est clair que tu meurs d'envie de me demander quelque chose, alors demande-le-moi.

— Non, ça ne me regarde pas.

— J'ai débarqué chez toi, envahi ton intimité sans que tu sois prévenue très à l'avance, et comme je connais Felix, il n'e t'a sûrement pas laissé le choix, alors je pense que tu as le droit de poser quelques questions.

— D'accord, dis-je en m'installant dans la chaise face à lui. Comment se fait-il que tu aies quitté l'Angleterre ?

— Mes parents me rendaient dingue à essayer de me marier à mademoiselle ceci ou mademoiselle cela, à me dire ce que je devrais faire de ma vie, et avec qui je devrais la passer. Est arrivé un moment où je ne l'ai plus supporté, alors j'ai réservé un billet d'avion pour l'endroit le plus éloigné auquel j'ai songé, j'ai fermé mon entreprise et je suis parti. Ce n'était sûrement pas la décision la plus sage, mais... Il haussa les épaules. Je ne supportais plus la pression.

— Parfois, il faut savoir s'éloigner. Je comprends.

Il inclina la tête.

— Oui, je pense que tu es l'une des rares personnes à pouvoir comprendre.

— Est-ce que tu m'autorises une autre question ?

J'eus droit à un autre de ses magnifiques sourires. Bon sang, j'aurais vraiment aimé qu'il cesse de me sourire comme cela !

— Pourquoi s'arrêter à une seule ?

— Pourquoi es-tu de retour en Angleterre ?

— J'avais le mal du pays. J'adore la Nouvelle-Zélande, mais je suis plus vieux, maintenant, et je crois que cela me manquait de vivre ici. Après l'échec de mon mariage, il y a quelques années, plus rien ne me retenait là-bas. J'avais déjà envisagé de rentrer au pays pendant quelques années. Ma femme était très opposée à cette idée, ce que je pouvais comprendre. Toute sa famille, ses amis, sa carrière se trouvaient sur place. Elle n'avait aucune raison de déménager, et moi je perdais la raison à rester là-bas. De toute façon, nous nous étions déjà éloignés l'un de l'autre depuis un certain temps, et finalement notre histoire est arrivée à sa fin.

— Je suis désolée.

— Pas la peine de l'être. Elle a rencontré un autre homme dans les six mois qui ont suivi notre rupture et elle s'est remariée.

— Certes, mais pas toi.

Il eut un léger sourire.

— C'est vrai. Mais il ne faut jamais dire jamais, n'est-ce pas ?

— Je suis sûre qu'il y a quelque part une Lady ceci ou cela qui n'attend que toi.

— Oh, j'espère bien que non.

— Tu ne veux pas te remarier ?

— Comme je viens de le dire, il ne faut jamais dire jamais. C'est juste que je ne suis pas intéressé par ce style de vie aristocratique.

— Mais tu seras comte un jour, Jack. À moins que tu n'aies prévu de renoncer à ce titre ? En serais-tu capable ?

Il haussa les épaules.

— La plupart du temps, j'essaie de ne pas y penser.

Je fis une grimace.

— C'est toujours une bonne stratégie : ignorez la chose, elle finira peut-être par disparaître.

— Et toi, tu aimes toujours faire la petite maline, n'est-ce pas ?

— On dirait que tu fais ressortir mes aptitudes pour cela.

— Je fais de mon mieux.

Je levai les yeux au ciel, pris mon mug et celui devant lui et les mis tous deux au lave-vaisselle.

— Il faut que nous parlions du loyer.

— Non, répondis-je, lui tournant toujours le dos.

J'entendis sa chaise racler le plancher, et lorsqu'il reprit la parole, je sentis qu'il était plus près de moi.

— Si.

Je me retournai pour objecter, et retins mon souffle en constatant qu'il était plus proche que je ne le pensais.

— Tu travailles pour moi au jardin, fis-je remarquer sans le regarder, me faufilant comme je pouvais pour m'éloigner de lui.

— Cela couvre à peine ce que je paierai pour le loyer et la nourriture.

— Mais si ! De toute façon, cela m'aurait coûté une fortune d'engager quelqu'un pour faire ce que tu as déjà accompli, surtout quelqu'un de ton calibre, et ainsi, je n'ai pas à avoir d'étranger chez moi. Cela a donc encore plus de valeur à mes yeux.

— Je suis un étranger.

— Non, tu es juste étrange. Ce sont deux choses différentes.

Son rire emplit la cuisine, la réchauffant, se répercutant en moi.

— Tu as d'autres rendez-vous, aujourd'hui ?

— Je commence à travailler chez Mme Wembley à 14 heures. J'y serai probablement jusqu'à 17 heures.

— Très bien ! Tu démarres fort.

— Oui. En attendant, je suis tout à toi.

Je haussai un sourcil.

— J'en ai de la chance !

Il secoua la tête, ses lèvres retrouvant leur sourire.

— Merci pour le thé, dit-il.

— C'est toi qui l'as préparé.

— C'était le moins que je puisse faire, après avoir envoyé le tien valser tout à l'heure.

— À l'avenir, nous devrions peut-être nous prévenir de l'endroit où nous allons pendant que tu séjournes ici.

— D'accord. Je retourne travailler au jardin.

— Non, tu en as assez fait, surtout si tu travailles aussi cet après-midi. Je ne veux pas que tu t'épuises avant d'arriver à ton travail rémunéré.

— Ne t'inquiète pas, m'assura-t-il, une main déjà sur la poignée de la porte. L'exercice me fait du bien et j'adore mon travail.

Après m'avoir salué d'un petit signe de la main, il traversa le jardin à grandes enjambées et s'enfonça dans la nature.

Je le regardai s'éloigner, ses mots se bousculant dans mon esprit. À en juger par ce que j'avais vu ce matin, lorsqu'il avait retiré son T-shirt imbibé de thé brûlant, Jack n'avait pas vraiment besoin de faire de l'exercice. D'où je me trouvais, son corps me semblait absolument parfait tel qu'il était.

***

— Alors ? demanda Poppy en regardant Felix et Jack qui faisaient tournoyer les enfants dans le jardin. Tu le trouves toujours aussi sexy après toutes ces années ?

— Bien sûr que non, répondis-je d'un ton dédaigneux. C'était juste un béguin d'adolescente. D'ailleurs, pratiquement toutes les filles du village ont eu le béguin pour lui à un moment ou à un autre.

Je sentais son regard me fixer tandis que je pétrissais la pâte à biscuits.

— Quoi ? demandai-je sans lever les yeux.

— Tu as le droit, tu sais ?

D'un revers de la main, je repoussai de mon front une mèche de cheveux qui s'était détachée de ma barrette.

— Le droit de quoi ?

— D'avoir des sentiments pour un autre homme. Mike ne se serait pas attendu à ce que tu restes seule pour toujours. C'est bien la dernière chose qu'il aurait voulue.

— Je crois qu'il s'agit plutôt de ce que moi je veux désormais, tu ne penses pas ? répliquai-je d'un ton plus sec que je ne l'aurais voulu.

Poppy se rassit.

— Désolée, dis-je, je ne voulais pas être désagréable. Mais je ne veux pas que toi ou quelqu'un d'autre pense qu'il y a quoi que ce soit entre nous. Oui, Jack est beau – je ne suis pas aveugle –, mais je ne suis pas non plus intéressée par une autre relation. Et compte tenu de l'état dans lequel il m'a vue l'autre matin, je crois que nous pouvons dire sans aucun doute qu'il n'est pas non plus intéressé par une relation avec moi.

— Oooh, et dans quel état t'a-t-il vue ?

— Calme-toi, rigolai-je. J'étais à moitié endormie et j'avais oublié qu'il était là, alors je suis sortie dans le jardin sans me coiffer, avec ma vieille robe de chambre miteuse, mes jambes poilues et mes bottes en caoutchouc.

— On ne sait jamais, c'est peut-être son genre, répondit Poppy, un sourire malicieux aux lèvres.

— Tu connais le proverbe : chassez le naturel, il revient au galop. Tu ne crois pas ?

— Je n'en sais rien, par contre je sais qu'il a beaucoup évolué pendant son absence.

Je songeai aux paroles philosophiques que Jack avait prononcées les jours précédents, et ne pus m'empêcher d'être d'accord avec Poppy. Cependant, il n'était toujours pas question pour moi d'envisager la moindre relation avec Jack Coulsdon-Hart. J'avais ma routine, mes livres, et ma famille. C'était tout ce dont j'avais besoin. Dans le passé, j'avais essayé autre chose et je ne voulais pas – je ne pouvais pas – revivre cette souffrance.

Poppy m'observa pendant que j'étalais la pâte sur la surface froide.

— Es-tu heureuse ?

— Oui, bien sûr.

Et je l'étais. N'est-ce pas ?

***

— Chérie ! Tu dois absolument y aller !

À travers l'écran, Zinnia, mon agente, agitait un doigt orné d'une impressionnante bague en saphir.

— Je ne *dois* absolument rien, Zinnia, rétorquai-je. Ce n'est pas mon truc. Rappelle-toi, nous en avons déjà parlé. À plusieurs reprises.

— Je sais, ma chérie. Ce n'est vraiment pas ton truc, et honnêtement, je comprends. Mais ça, c'est différent. C'est une avant-première avec de grands noms d'Hollywood. Tu ne peux pas refuser cela.

— Je peux, et je crois que je l'ai déjà fait plusieurs fois. Tu ne pourrais pas y aller à ma place ? De toute façon, tout le monde se fiche des écrivains.

— Non, ce n'est pas vrai, et en tout cas Bella Dupree a énormément parlé de ton livre avant même d'en acheter les droits. Cela a sûrement fait grimper la cote de ton roman, alors tu devrais la remercier.

Je lançai à Zinnia un regard signifiant qu'il y avait peu de chances que cela se produise. Bien sûr, j'étais reconnaissante que mon roman ait été choisi et scénarisé en un grand film hollywoodien. Plus que reconnaissante. Mais il était hors de question que j'aille faire des courbettes devant les grands noms hollywoodiens pour les remercier de m'avoir remarquée. Sans les gens qui écrivent ces histoires, les acteurs seraient au chômage, alors finalement tout s'équilibrait.

— Ce sera une bonne publicité, ma chérie. Je sais que tu n'es pas une grande fan, dit-elle, toujours maîtresse de l'euphémisme, mais cela pourrait être très important pour ta carrière. Il y a sans cesse de nouveaux écrivains sur le marché. Tu le sais, et moi je sais que tu as un lectorat fidèle, mais nous devons rester à la page. L'intérêt de Bella pour ton livre pourrait t'apporter une toute nouvelle frange de lectorat, et il est crucial que nous en tirions parti.

— Je suis d'accord avec ce point. Mais je ne pense vraiment pas que parader à une avant-première m'aidera en quoi que ce soit.

— Chérie, chérie, parfois il faut être vue. C'est très bien de cultiver cette image romantique d'auteure recluse. Cela fonctionne très bien, cette idée de mystère et tout cela.

— Il ne s'agit pas d'une image, Zinnia, rétorquai-je en faisant de mon mieux pour rester calme.

— Non, non, bien sûr que non.

Elle agita la main pour ponctuer son discours, chaque doigt portant une large bague d'une couleur différente, accrochant la lumière, projetant un arc-en-ciel de couleurs sur son bureau.

— Tu sais ce que je veux dire, poursuivit-elle, mais nous ne pouvons pas nous reposer sur nos lauriers. C'est une grande opportunité, et si tu veux continuer comme tu le fais, nous devons en profiter.

— Je vais réfléchir, d'accord ?

— Merveilleux, ma chérie. Tu as les billets, n'est-ce pas ? Je peux demander aux éditeurs de t'envoyer une voiture et de te réserver une suite dans l'hôtel de luxe le plus proche.

— Tu n'as pas besoin de faire cela. Je peux…

— Je dois filer. Je suis si heureuse que tu y ailles.

— Je n'ai pas dit que…

Je laissai ma phrase en suspens, car Zinnia avait déjà raccroché.

Merde. Je n'avais vraiment, vraiment pas envie d'aller à une avant-première à Londres. Il m'était déjà difficile de me rendre à la boutique du village, alors pourquoi diable voudrais-je aller dans le West End ?

***

— Emmène Jack, suggéra Felix d'un ton détaché lorsque j'évoquai mon dilemme le lendemain.

— Quoi ? Non ! Pourquoi ferais-je cela ?

— Pour avoir de la compagnie. Au moins, comme ça, tu ne serais pas seule. Je sais que tes éditeurs et ton agente seront là, mais peut-être que cela t'aiderait d'avoir quelqu'un avec qui tu pourrais te détendre.

— Je ne suis pas sûre de pouvoir me détendre avec lui, pas plus qu'avec n'importe qui d'autre. Et je sais que je finirai probablement par rester là comme une quiche sans que personne ne m'adresse la parole, et ce n'est vraiment pas mon truc.

— Tu ne peux pas rester enfermée chez toi toute ta vie, Lily. Cette soirée te fera du bien. Ça te donnera l'occasion de t'habiller, de sortir.

— Au cas où tu ne l'aurais pas remarqué, ces deux choses ne font pas partie de mes priorités en ce moment.

— Peut-être qu'elles devraient l'être.

— Qu'est-ce que tu entends par là ?

— Que tu ne peux pas, comme je viens de le dire, rester enfermée chez toi durant le reste de ta vie, juste parce que Mike n'est plus là.

Mon frère s'exprimait d'un ton inhabituellement cassant.

— Je suis désolé, Lily, poursuivit-il, je ne veux pas te blesser, tu sais que c'est la dernière chose que je souhaiterais, mais ça nous tue de te voir vivre ainsi, ou plus exactement te contenter de survivre. Tu as été épargnée ce jour-là, il y a sûrement une raison à cela.

— Je ne voulais pas être épargnée ! criai-je en frappant le plan de travail de ma main si fort que cela me fit mal. Si tu savais le nombre de fois où j'ai souhaité ne jamais avoir quitté cette table et ne pas avoir à affronter tout ça, désormais. Je n'aurais pas eu à enterrer mon mari ni à me retrouver comme une idiote à des soirées pendant que les gens m'observaient sans savoir quoi me dire, ou parlaient de moi dans mon dos.

— Personne n'a fait cela.

— Si, Felix. Moins d'un an après la mort de Mike, j'ai entendu quelqu'un dire qu'il était temps que je passe à autre chose.

Il me fixa du regard.

— Mais ça fait bien plus d'un an, maintenant, Lily. Personne ne te dit que tu dois te rendre à des soirées tous les jours, mais tu as accompli quelque chose d'incroyable. Ton livre a été adapté en un grand film hollywoodien, et tu peux en être fière.

— C'est le cas.

— Alors, montre-le ! Montre aux gens qui est la femme extraordinaire qui se cache derrière ce livre brillant. Comme te l'a dit ton agente, c'est de la bonne publicité, ce qui n'est jamais une mauvaise chose, surtout dans un monde aussi compétitif que celui dans lequel tu évolues. Tu dois faire connaître ton nom, et quel meilleur moyen que d'apparaître dans un événement de cette ampleur ?

— Je ne sais pas, Felix. C'est peut-être logique, mais c'est quand même…

— Effrayant ?

— Un peu.

— Hors de ta zone de confort ?

— Complètement.

Il m'étreignit.

— Je ne veux pas t'énerver, mais je crois que tu dois le faire. Et je suis d'accord, aller là où tu ne connais personne, c'est effrayant. Alors, comme je te l'ai suggéré, emmène Jack, ça ne lui fera pas de mal.

— Emmener Jack où ?

Nous nous retournâmes tous les deux au son de sa voix grave. Tout juste sorti de la douche, ses cheveux humides rejetés en arrière, vêtu d'un T-shirt ample, d'un short, et pieds nus, Jack était l'incarnation même de la décontraction, sans oublier le côté sexy. Côté que je ne tenais pas à remarquer. S'il était aussi beau en T-shirt et en short, à quoi ressemblerait-il en smoking ?

— Que dirais-tu d'accompagner ma sœur à l'avant-première d'un film ?

Avec lenteur, Jack reporta son regard sur moi.

— Tout dépend si Lily en a vraiment envie ou pas.

— Ça n'aurait rien d'un rendez-vous galant, dis-je précipitamment. Peut-être un peu trop précipitamment, d'ailleurs. Même si n'importe quelle autre femme se réjouirait d'avoir ce genre de rendez-vous avec toi, évidemment.

— Évidemment, répéta-t-il.

— C'est juste que je suis plus ou moins obligée d'y assister, et je préférerais ne pas avoir l'air d'une idiote à rester plantée là-bas toute seule.

— Comment pourrais-je refuser une aussi irrésistible proposition ? répondit Jack en me souriant.

Felix me regarda et secoua la tête d'un air désespéré.

— Bon, je dois rentrer. Je vous laisse y réfléchir.

Il me déposa une bise rapide sur la joue, donna une tape sur l'épaule de Jack, et se dirigea vers la porte arrière.

Non, mon frère ne nous abandonnait pas dans un moment embarrassant…

7

— Ce n'était pas mon idée ! Et je ne m'attendais pas à ce que tu l'acceptes, de toute façon. Dans la mesure du possible, j'essaie toujours de m'en sortir seule.

— Pourquoi ?

— Parce que ce n'est pas mon truc.

— Avoir un succès incroyable et le célébrer, ce n'est pas ton truc ?

Je jetai un coup d'œil à Jack.

— Tu sais très bien que ce n'est pas ce que je veux dire.

— Alors, qu'est-ce que tu veux dire ?

— Tout le spectacle publicitaire qui l'entoure. Les films ne parlent que des acteurs, des réalisateurs et parfois des producteurs. Personne ne se soucie de l'auteur.

— N'est-ce pas une raison supplémentaire pour te montrer à l'avant-première ? Essayer de faire évoluer les choses dans ce sens, autant pour toi que pour les autres écrivains.

— Je ne crois pas que ma présence là-bas fera une grande différence.

— Tout chemin commence par un pas. Tu es un nom connu. Et qui peut dire que tu ne serais pas une source d'inspiration pour un écrivain en difficulté qui regarderait le reportage, te verrait et se dirait : oui, moi aussi je vais être là-bas, un jour ? Elle peut le faire, et moi aussi. Tu inspires déjà des personnes, Lily. Ce n'est qu'une étape supplémentaire. Si tu ne le fais pas pour toi, fais-le pour tes fans et les écrivains du monde entier.

Autant dire qu'il ne me mettait pas du tout la pression.

— Je sais que je suis très privilégiée d'avoir un tel statut, et que d'autres écrivains tueraient père et mère pour une opportunité comme celle-ci. Ce n'est pas que je n'apprécie pas tout cela.

— Je sais. Et je sais aussi à quel point la perspective d'assister un tel événement est difficile et effrayante pour toi.

Je fis une grimace pour suggérer qu'il n'en avait aucune idée.

— Si, je sais, insista-t-il. C'est comme si tu avais carrément peur d'y aller. Comme si chaque fibre de ton être angoissait à l'idée de s'y rendre. Mais tu ne peux pas avoir peur de la vie pour toujours, Lily.

— Je n'ai pas peur de la vie !

Il ne répondit rien, se contentant de me fixer de son incroyable regard vert, me mettant au défi d'argumenter davantage.

— Tu ne comprends pas !

Je voulus le dépasser, sortir de la cuisine, mais il tendit le bras, m'attrapa le poignet, doucement quoique fermement, me stoppant dans mon élan.

Je levai les yeux, prête à lui demander ce qu'il pensait faire ainsi, mais son expression m'en empêcha. Il y avait en lui une douceur à laquelle je ne m'attendais pas, si bien que je demeurai silencieuse.

Ses yeux se rivèrent aux miens.

— Alors, aide-moi à comprendre, dit-il d'une voix calme et douce.

Presque imperceptiblement, sa prise se resserra et je sentis en moi une vague de quelque chose me traverser, quelque chose que je n'avais pas ressenti depuis tant d'années. Quelque chose que j'avais douté ressentir de nouveau un jour. Quelque chose que je n'étais pas sûre de vouloir ressentir encore une fois. Mon cœur battait la chamade et mon esprit s'emballait.

— Je… je ne peux pas, dis-je en m'éloignant.

Je n'étais même pas sûre de ce que j'étais en train de dire. Plus à l'aise grâce à l'espace qu'il y avait à présent entre nous, je jetai un coup d'œil furtif à Jack. Il était toujours aussi calme, aussi détendu. La seule chose que Jack voulait de moi, c'était que je lui explique pourquoi, selon lui, j'étais effrayée par le monde. Mais mon esprit, ou peut-être plus exactement mon corps, s'était emballé tout seul. Je m'admonestai mentalement, et suggérai à mon imagination de garder la romance et le piment pour l'écriture et de ne pas les laisser s'immiscer dans ma vie réelle.

— Je serai là quand tu seras prête, dit-il.

Je lui tournai le dos, contemplant le jardin que l'on pouvait désormais mieux admirer même après la tombée de la nuit grâce à l'éclairage subtil que Jack avait commencé à mettre en place.

Je ne répondis rien.

— Et, en supposant que tu décides d'aller à cette avant-première, si tu veux que quelqu'un t'accompagne, uniquement pour te soutenir moralement bien sûr, tu sais où me trouver.

— Merci, dis-je avant de me retourner et de quitter la pièce.

***

J'ajoutai plusieurs légumes et quelques fruits à mon panier, songeant que je devrais faire mes courses ici plus souvent, car les produits avaient l'air bien meilleurs que ceux livrés par les supermarchés. De plus, ce serait bien de soutenir les entreprises locales. Dommage que pour cela j'aie à sortir de chez moi et à voir du monde. Dieu merci, le magasin n'était pas très fréquenté et j'avais presque terminé, donc je serais bientôt de retour dans le cocon de ma voiture pour rentrer à la maison. Il n'y avait personne à la caisse quand j'étais entrée, je n'avais donc pas eu à parler à qui que ce soit.

Je m'arrêtai devant la petite sélection de livres et de magazines et y jetai un coup d'œil. Je m'apprêtai à me diriger vers la caisse quand j'entendis deux femmes, hors de vue, entamer une discussion.

— J'ai entendu dire que le seigneur du manoir était de retour.

— Le vieux Charles ? Je ne savais pas qu'il était parti.

— Pas Charles, idiote. Le fils prodigue, Jack.

Je me retournai, sachant que je devrais leur signaler ma présence avant qu'elles n'ajoutent quoi que ce soit, mais j'en étais incapable.

— Ah bon ?

— Oui. Tu n'es pas au courant ? Apparemment, il vit avec Mademoiselle Lily, là-bas à Meadow Blossom House.

— Non, vraiment ? Je n'y ai pas vu un seul homme depuis qu'elle a emménagé, mis à part sa famille. C'est vraiment dommage ce qui s'est passé. On peut difficilement lui reprocher de s'être refermée sur elle-même. Cela a dû être si traumatisant.

— Jack a toujours eu un don avec les femmes. Et il n'a fait qu'embellir, si cela est possible. On peut difficilement lui reprocher d'être tombée amoureuse de lui. J'espère seulement qu'il ne lui brisera pas le cœur. Elle a déjà eu plus que sa part de chagrin.

L'autre femme émit un petit son d'approbation. Je baissai les yeux sur mes mains et constatai que mes jointures étaient blanches tant je serrais fort mon panier d'osier. Je devais aller à la caisse. Mais si je bougeais, ces deux femmes sauraient que j'avais entendu tout ce qu'elles venaient de dire et ce serait terriblement gênant. Pour autant, je ne pouvais pas rester cachée ici toute la journée. Maudit Felix. J'aurais dû savoir qu'il y aurait des ragots si Jack vivait chez moi. Jusqu'à présent, je n'y avais même pas songé.

— Il a laissé tant de cœurs brisés derrière lui quand il est parti, reprit la femme. Ma nièce s'est languie de lui pendant près d'un an.

— Elle n'était pas la seule.

— Je me demande pourquoi il est revenu.

— Peut-être que le vieux Charles est sur le déclin ?

— Tu crois ?

Un silence s'installa. Je ne pus que supposer que, pour toute réponse, la première femme avait haussé les épaules.

— À moins que ce ne soit l'amour qui l'ait fait rentrer ? Peut-être qu'ils ont vécu une histoire à distance. Son frère et son meilleur ami, tu sais. Depuis des années. Il passait beaucoup de temps chez eux. Ils ont dû se connaître durant cette période.

— Je n'ai jamais entendu dire qu'ils se fréquentaient. Et toi ?

— Non, et je ne crois pas qu'il s'intéressait aux filles discrètes.

— Je ne me souviens pas qu'il ait été aussi pointilleux dans ses choix à l'époque. Tout ce qu'il voulait, c'était booster son ego.

— Oh, ça, Marge, c'est un peu dur. Avec quelques années de moins, tu aurais fait la queue toi aussi.

Deux éclats de rire ponctuèrent cette phrase.

— Je crois qu'il n'était pas très heureux chez lui. Ils sont parfois bizarres, ces aristocrates, non ? Sa mère vient ici de temps en temps et elle se comporte comme la lady du manoir.

— Elle est la lady du manoir, Marge.

— Tu vois ce que je veux dire.

— Je ne le blâme pas d'avoir mis autant de distance entre eux. J'imagine qu'il n'a pas eu une éducation très chaleureuse. C'est peut-être pour cela qu'il a cherché du réconfort dans les bras d'autant de femmes.

Je renversai la tête en arrière et scrutai le plafond. Combien de temps pouvais-je réellement rester ici ? Je ne voulais pas entendre la suite de cette conversation et cela faisait un moment que je souhaitais quitter les lieux. Plus je restais, plus la situation empirait. Je pris une grande inspiration et me dirigeai vers la caisse.

— Je me demande…

Alors que j'émergeais de derrière les rangées de produits, j'enregistrai une brève stupéfaction sur le visage des femmes qu'elles s'empressèrent de dissimuler.

— Bonjour, ma chère. C'est un plaisir de vous voir ici. Vous avez trouvé tout ce dont vous avez besoin ?

— Oui, merci, répondis-je en souriant.

— Vous fêtez quelque chose ? demanda Marge enregardant le champagne que j'avais choisi.

Ce n'était pas une grande marque, mais c'était ce qu'il y avait de mieux dans le magasin. En cet instant, je regrettai de ne pas l'avoir laissé sur l'étagère. La vérité, c'est que j'en avais besoin pour les gelées au champagne que Felix et Poppy adoraient, mais après avoir entendu leur conversation je ne pouvais qu'imaginer les pensées qui se bousculaient dans leur tête à cause de mon achat.

— Non, pas du tout. C'est pour faire des gelées au champagne. Ma famille en raffole.

J'avais décidé de dire la vérité, mais je doutais qu'elles en croient un seul mot.

— Oh, parfait ! s'exclama Marge en enregistrant les articles.

Je fis mine de baisser les yeux pour sortir mon porte-monnaie, mais je ne ratai rien du bref échange de regards entre les deux femmes.

Elles ne me croyaient absolument pas. Mais que faire ? Par chance, d'ici le lendemain, elles auraient trouvé d'autres sujets de conversation.

***

Il s'écoula plusieurs jours avant que je ne voie Jack autrement qu'en coup de vent. La nouvelle de son retour s'était répandue, et les gens savaient qu'il reprenait ses activités professionnelles. Je soupçonnais que le bruit avait couru qu'il était également disponible pour d'autres activités, et que cela était peut-être une raison à ses absences. Cela ne me dérangeait pas. En fait, j'en étais plutôt contente. Si l'on savait qu'il voyait une autre femme, les commères auraient moins tendance à parler de moi, et je pourrais retourner à ma petite vie tranquille.

— Tu n'es pas obligée de me laisser quoi que ce soit à manger chaque fois, tu sais ?

La voix grave de Jack me fit sursauter. J'étais en train de répartir le hachis parmentier en portions individuelles, d'en congeler deux et d'en mettre deux de côté afin de les réchauffer pour le dîner. J'avais l'esprit ailleurs, tournant et retournant dans mon esprit le dilemme d'une intrigue. La cuillère s'écrasa sur le sol. Jack la ramassa avant moi et se dirigea vers l'évier pour la rincer avant de me la rendre, et de nettoyer rapidement le sol, là où elle avait atterri.

— Merci.

Je pris la cuillère et continuai ma tâche.

— Tu as entendu ce que j'ai dit ? demanda-t-il.

— Est-ce que tu t'en plains ?

— Bien sûr que non, tes repas sont toujours délicieux, mais ce n'est pas le sujet.

— Quel est le sujet, alors ?

Je l'écartai et me penchai pour prendre les étiquettes dans le tiroir derrière lui.

— C'est que tu n'as pas à cuisiner pour moi. Ça ne fait pas partie de notre accord.

— Il n'y avait pas d'accord. Et nous avons déjà eu cette conversation.

Son rire léger flotta autour de moi.

— Tu as réponse à tout. Ça a toujours été le cas. Je n'ai pas été surpris d'apprendre que ta carrière d'écrivain avait décollé. On dirait que tu trouves toujours les mots justes.

— Ça, je n'en suis pas certaine, mais de toute façon, je cuisine. La seule différence que cela fera, c'est que j'aurai une portion de moins dans le congélateur. Autant que tu la manges. C'est toujours mieux que de devoir cuisiner quand tu rentres tard ou bien que tu manges un plat préparé.

— Mais je me sentirais mieux si tu me laissais payer pour ma chambre et ma nourriture.

— Seulement si tu me laisses payer pour tout le travail que tu accomplis dans le jardin. Plus l'étagère que tu as installée dans mon bureau. Et ne crois pas que je n'ai pas remarqué que la porte de la buanderie ne grince plus. J'ai aussi du mal à croire que l'abri de jardin se soit peint tout seul.

— La peinture se trouvait là.

— Oui, depuis deux ans. Et maintenant elle est sur l'abri de jardin, là où elle devait être, ce qui me fait gagner du temps si je devais le faire moi-même, ou de l'argent si je devais payer quelqu'un pour le faire. Alors, cesse de dire que tu dois me payer un loyer. Je crois que nous sommes quittes.

— Je continue à penser que c'est moi qui fais la meilleure affaire, mais je pense aussi que tu ne me laisseras pas gagner sur ce point, n'est-ce pas ?

— Non. Je suis contente que tu l'aies enfin compris afin que nous puissions passer à autre chose. Tu es prêt pour dîner, ou tu sors ?

— Non, ce n'est pas prévu.

— J'allais justement me mettre à table, mais tu peux manger plus tard, si tu préfères.

— Je serais ravi de manger avec toi, si cela ne t'embête pas.

— Bien sûr que non. Assieds-toi.

— Je nous sers à boire ? proposa-t-il.

— Volontiers, merci.

Il ouvrit le réfrigérateur.

— Du champagne ? Tu as quelque chose à célébrer ?

— Ne commence pas.

Je lui adressai un bref sourire en posant les deux assiettes sur la table.

— Oh, oh, on dirait qu'il y a une histoire là-dessous, dit-il en me rendant mon sourire.

Je levai les yeux vers lui, regardai le champagne, puis les reportai sur lui.

— Oh, bon sang, et pourquoi pas ? Mais n'ouvre pas celle-ci. Il y en a une meilleure sur l'étagère en dessous.

Je sortis deux flûtes de champagne du placard et les disposai sur la table tandis qu'il sortait la bouteille de Veuve Clicquot que je lui avais désignée, l'ouvrait comme un expert, puis versait le pétillant liquide doré dans les flûtes.

Je pris ma fourchette pour commencer à manger, avant de remarquer que Jack tenait sa flûte en l'air. Je reposai ma fourchette, et pris mon verre.

— Alors, il semblerait que quelqu'un ait quelque chose à fêter ?

— Il y a toujours quelque chose à fêter si on cherche bien.

Jack me fixa du regard.

— Pour l'instant, c'est à toi que j'aimerais porter un toast.

— À moi ?

— Oui. Toi. Pour m'avoir ouvert ta maison et avoir rendu ce qui aurait pu être un moment très difficile tellement plus facile. Surtout en sachant que tu aurais pu faire appel à Felix pour qu'il fasse l'offre en ton nom.

— Qu'est-ce que tu en sais, après tout ? Cela aurait très bien pu être mon idée depuis le début.

Il avait vraiment un rire profond, et j'aimais la façon dont il emplissait ma cuisine de chaleur et de joie. Ma détermination à garder un visage impassible ne dura que deux secondes.

— Il était évident en voyant ton visage sur l'écran ce soir-là que ce n'était pas du tout ton idée.

— Foutaises ! Tu ne me connais pas assez bien pour en juger.

— Tu pourrais être surprise. J'ai passé beaucoup de temps chez vous et je t'ai vue grandir.

— Oh, tu parles ! Tu ne remarquais même pas que j'étais là. Tu avais toujours les yeux rivés sur les jolies filles.

— Peut-être, dit-il d'un ton égal. Est-ce que je peux porter ce toast, maintenant ?

— Je t'en prie.

— À toi. À tout ce que tu es.

Il prononça ces mots sans me quitter des yeux, et, sous son regard, sous son attention, deux choses auxquelles je n'étais pas habituée, je sentis une chaleur envahir ma poitrine. Je remarquai une lueur de ce que je supposai être de l'amusement se dessiner sur son visage avant qu'il n'incline sa flûte pour la faire entrer en contact avec la mienne, le cristal tintant gaiement avant qu'il ne porte sa flûte à ses lèvres et n'en boive une gorgée. Pour ma part, je vidai carrément la mienne.

8

Jack me regarda descendre ma flûte d'une traite, et la remplir de nouveau sans un mot.

— J'ai soif, dis-je pour toute explication.

Désireuse de détourner l'attention de ma personne, je demandai à Jack de me raconter sa journée, ce qui l'amena à me parler de la reconstruction de son entreprise et des personnes qu'il avait rencontrées jusqu'à présent, ainsi que de ses projets pour aller de l'avant. Entre-temps, il me complimenta à plusieurs reprises pour le dîner, auquel il fit honneur en se resservant. Mon assiette vide, je restai assise à l'écouter parler, appréciant son enthousiasme lorsqu'il évoquait son travail. Il était facile de voir la joie que cela lui apportait et il était dommage que sa famille ne l'ait jamais soutenu dans son choix. Inévitablement, la conversation dériva sur ce point précis.

— Tu ne les as toujours pas vus, alors ?

— Non, mais je ne vais pas pouvoir repousser plus longtemps. Je crois qu'ils espéraient que je m'étais déjà sorti cette « histoire de jardinier » de la tête. Ils ont été plutôt horrifiés de découvrir que je travaillais toujours la terre, et avec entrain.

— Qu'est-ce qui leur déplaît ? Bon sang, tu es tout de même un paysagiste respecté, formé à Kew ! On ne peut pas faire mieux. Ton entreprise remporte un franc succès et ton travail rend tes clients heureux.

Il eut un rire sans humour.

— En ce qui concerne ma famille, rendre les gens heureux n'a guère d'importance. La tradition, les apparences, les bonnes actions, cela, c'est important. Que les gens soient heureux ou non n'est pas une priorité.

— OK, mais dans ce cas, tu fais ce qu'il faut. La bonne chose, la bonne action pour toi.

— On, ma chère, dit-il, accentuant son accent aristocratique jusqu'à pasticher celui de son propre père. Tu es loin de comprendre tout ceci. Oui, il s'agit de faire ce qu'il faut. Mais ce qui est bien pour la famille, pas pour toi personnellement.

— Il y a sans cesse de nouvelles traditions, dis-je, buvant une gorgée de ma troisième flûte.

Ma troisième, m'interrogeai-je en la contemplant. Était-ce vraiment ma troisième ? Comment en étais-je arrivée là ?

— Pas chez les Coulsdon-Hart, non.

— C'est fort dommage. Tu leur as manqué pendant toutes ces années. Les gens ne sont pas éternels.

— Non, ce n'est pas le cas. Je ne pense pas leur avoir manqué, mais j'apprécie que tu le dises.

— Eh bien, c'est fort dommage pour eux s'ils ne comprennent même pas ce qu'ils ont raté.

— Tu me fais des compliments ? me demanda-t-il, un sourire taquin aux lèvres.

— Ne sois pas ridicule. Je te connais depuis longtemps et je sais très bien que tu n'as pas besoin de plus de compliments que tu n'en reçois déjà.

— Qui dit que j'en reçois ?

Je faillis en cracher mon champagne.

— Voici là une charmante tentative de modestie, mais nous savons tous les deux que tu as toujours été la coqueluche du village, et si j'en crois les ragots que j'ai entendus l'autre jour, rien n'a changé. Manifestement, personne ne sait à quel point tu peux être un emmerdeur.

Il me jeta un regard détaché.

— C'est vrai ?

— Oui. Comme tu l'as dit, en tant que meilleur ami de Felix durant notre enfance et notre adolescence, tu as passé pas mal de temps chez nous, et mes parents t'appréciaient, même si Dieu seul sait pourquoi.

— Parce que je suis un être délicieux, évidemment.

— Eh bien, tu les as dupés. Mais moi, je n'avais pas besoin d'avertissement pour rester loin de toi. La longue traînée des cœurs brisés dans les rues du village me suffisait. Et puis, tu étais tellement sûr de toi !

— C'était tout le contraire, en fait.

— Qu'est-ce que tu veux dire ?

— Je ne pense pas avoir été sûr de moi. Je savais qui j'étais censé être, et ce que j'étais censé être, mais je crois que je n'ai vraiment commencé à découvrir qui j'étais qu'après avoir déménagé à Londres pour mener la vie que je voulais, sans la bénédiction de mes parents. C'était encore un combat, à l'époque, et les choses ne sont devenues plus claires que lorsque je suis parti à l'étranger et que j'ai eu enfin toute latitude pour explorer ma personnalité et comprendre qui je voulais être. Pour le reste, tu as probablement raison. Et je ne t'en veux pas de ne pas t'être intéressée à moi, à l'exception de cette nuit-là, durant la fête.

Ses yeux brillèrent malicieusement dans la lumière rasante du soir.

Je sirotai ma flûte et cachai mon visage un moment derrière le cristal pour m'échapper.

Un sourire paresseux apparut sur le visage de Jack.

— Mais le reste ? Ce n'était que de la bravade. Je suis surpris que Felix ne t'en ait pas fait part. Il l'avait compris il y a des années. Je pense que c'est pour cela que nous étions si bons amis, et que nous le sommes toujours aujourd'hui. Avec lui, je n'avais jamais à faire semblant. Je pouvais simplement être moi-même, et quand je me comportais trop comme un con, il me le disait.

— Ça ressemble bien à mon frère. Je suis contente que tu te sois trouvé, désormais.

— Moi aussi.

— Alors, quand vas-tu aller voir tes parents ?

— Je pense que j'ai attendu le plus longtemps possible. Il va falloir que je me fasse une raison et que je m'y rende.

Il termina sa flûte d'un trait avant de la replacer sur le sous-verre. Étendant ses mains sur la table, il les étudia un instant avant de reporter son attention sur moi.

— Je ne pense pas que tu envisagerais de venir avec moi, n'est-ce pas ?

— Moi ? Pourquoi voudrais-tu que je t'accompagne ?

— Pour me soutenir moralement ?

— Je ne sais pas trop ce que je pourrais bien leur dire.

— Nous sommes deux dans le même cas. Ce n'est pas grave, si tu ne veux pas. Crois-moi, je comprends parfaitement.

Je levai ma flûte, et bus une gorgée du frais liquide ambré, les bulles me chatouillant le nez. Jack avait accepté de m'accompagner à l'avant-première, sans trop de protestations – en supposant que je décide d'y aller – et c'était beaucoup plus important que de se rendre simplement dans une maison. D'accord, c'était une satanée grande maison, mais se retrouver dans l'un de ses certainement innombrables salons n'avait rien à voir avec le fait d'être jetée en pâture au beau milieu d'une importante avant-première de film. Comme d'habitude, l'idée de quitter la sécurité de mes quatre murs s'enroula autour de moi comme un boa, et me comprima l'estomac. Néanmoins, Jack me demandait une faveur, et je ne me sentais pas capable de la lui refuser.

— D'accord, je viendrai.

Jack s'était remis à étudier ses longs doigts. En m'entendant, il redressa la tête et ses grands yeux d'un vert intense, écarquillés de surprise, croisèrent les miens.

— Tu n'es pas obligé d'avoir l'air aussi choqué, dis-je en riant.

— Non ! Je suis juste… OK, je suis choqué. Mais dans le bon sens du terme. Vraiment dans le bon sens.

Je penchai ma flûte pour l'entrechoquer avec la sienne.

— Tu n'es vraiment pas obligée, tu sais.

— Je sais.

J'écartai ma chaise de la table et me levai, débarrassant les assiettes pour les ranger dans le lave-vaisselle. Alors que je commençais à les empiler, Jack vint se placer à côté de moi, et posa un instant ses mains sur les miennes. Aussitôt, j'eus l'impression d'être traversée par une décharge électrique, et je m'écartai d'une manière que j'espérais subtile.

— Désolé, je ne voulais pas te faire sursauter.

Apparemment, je ne m'étais pas montrée aussi subtile que je le pensais.

— J'allais juste te dire de me laisser débarrasser. Tu en as fait assez, aujourd'hui.

— C'est bon, je vais juste finir…

Jack me prit l'assiette des mains, la plaça sur le plan de travail, puis, posant ses mains sur le haut de mes bras, il m'entraîna à l'autre extrémité de la cuisine-salle à manger où trônait un confortable canapé garni de coussins et d'un plaid.

— Assieds-toi !

— Je ne suis pas un chien.

— Assieds-toi, *s'il te plaît* ?

J'obtempérai et l'observai retourner à la cuisine en quelques enjambées. Quelques instants plus tard, il était de retour à mes côtés, ma flûte de champagne de nouveau remplie.

— Je ne devrais pas boire autant en semaine.

— Je te promets que je ne dirai rien à personne.

Si j'avais écrit cette scène, j'aurais qualifié le sourire qu'il affichait de diablement sexy, mais il était évident que cette description ne conviendrait pas dans le monde réel. Il retourna à la cuisine, fredonnant, terminant rapidement la corvée que j'avais commencée. Pendant ce temps-là, je contemplai le jardin, laissant le contentement et le calme m'envahir, le bruit de Jack s'affairant dans la cuisine s'ajoutant à cette sensation de béatitude. Mes yeux se posèrent sur une rangée de ce que je pensais être de la lavande et qui bordait l'allée qui descendait vers l'annexe que je n'avais jamais utilisée. Je l'avais fait construire, et j'avais fait aménager l'allée, mais je n'étais pas allée plus loin dans mes travaux de rénovation.

— Je peux ?

Jack se tenait sur le côté du canapé.

Je me redressai légèrement. Le canapé n'était pas très large, et ma hanche touchait maintenant celle de Jack. Je bus une gorgée de champagne, essayant de ne pas y penser.

— Tu as fait des plantations le long de l'allée ?

Jack but une gorgée de son propre verre avant de me regarder, une expression un peu penaude sur le visage.

— Oui. Désolé, je me suis un peu emporté. J'aurais dû te demander.

— Non, j'aime bien. C'est de la lavande ?

— Oui. J'ai pensé qu'il serait bon d'en introduire pour attirer davantage de pollinisateurs. Et puis, si tu décides d'utiliser cette dépendance, tu sentiras leur parfum en passant. Bon, je vois que tu souris. J'espère que c'est bon signe.

— Ça l'est. C'est assez drôle, mais c'est ce que j'avais envisagé. De toute évidence, comme pour le reste, je n'avais pas encore abordé les aspects techniques de la tâche. Merci. Mais il faut que tu me dises combien je te dois et que tu me donnes tes coordonnées bancaires afin que je te fasse un virement.

— Je ne veux pas d'argent pour cela. De toute façon, je les achète au prix de gros.

— Ce n'est pas la question. C'est toujours de l'argent que tu as dépensé pour moi.

— Tout comme le repas que tu as préparé ce soir. Nous n'allons pas passer notre temps à tout compter. Disons que nous sommes quittes.

— Nous ne pourrons jamais l'être si tu continues à dépenser de l'argent pour moi.

— Ce n'est pas pour toi, répondit-il en se tournant pour me faire face. C'est pour ton jardin. C'est différent.

— Ah bon ?

— Complètement.

Je lui lançai un regard acéré, et m'adossai au canapé.

— Comment ça va, au fait, le travail ? demandai-je.

— Très bien. Mieux que ce à quoi je m'attendais.

— Tu as assez de place à l'étage pour faire tout ce dont tu as besoin ? La paperasserie et tout le reste ?

— Oui, ça va.

Ces deux derniers jours, une idée avait germé dans mon cerveau, et elle venait de remonter à la surface.

— J'ai réfléchi.

— Ah ?

— L'annexe est entièrement équipée avec du chauffage, de la lumière, et tout ce qu'il faut, et elle reste inutilisée. Pourquoi ne pas la transformer en bureau ? Ainsi, tu pourrais séparer ta vie professionnelle et ta vie privée.

— Impossible. Sinon j'occuperai carrément deux logements, et je doute que tu acceptes de l'argent pour cela.

— Ne sois pas idiot. Je préférerais qu'elle soit utilisée. C'est un peu dommage que cette dépendance ne serve à rien.

Il s'agita légèrement, et ce faisant, frôla ma cuisse de la sienne. Je m'efforçai de rester concentrée sur le jardin.

— Tu es sûre ?

— Tout à fait. La seule chose que je te demanderai, c'est que si tu dois recevoir des clients ici, nous puissions trouver une sorte de palissade, qu'il s'agisse de plantes, de clôture ou d'autres éléments comme ce que j'ai vu dans le *Gardener's World* afin qu'ils ne puissent pas regarder en direction la maison ou le reste du jardin. J'imagine que cela te semble ridicule.

— Bien sûr que non. C'est ta maison. Il est normal de vouloir protéger son intimité. Mais ne t'inquiète pas, je n'organiserai pas de rendez-vous sur place. Mais je peux quand même mettre des choses en place pour faire écran, si tu veux.

— Non, non, c'est bon. Mais peut-être qu'on pourrait faire quelques plantations pour adoucir les bords. Ce genre de choses ?

Il sourit.

— Les grands esprits se rencontrent. Tu as quelque chose de particulier en tête ?

— C'est toi le paysagiste.

— Cela ne veut pas dire que tu n'as pas de bonnes idées. Comme tu l'as dit, tu avais déjà pensé à la lavande.

— C'est vrai. Bon, j'aime bien les plantes tropicales, tu sais, celles avec de grandes feuilles. Mais ce serait bien d'avoir un peu de couleur dans le bas, aussi. Est-ce que ça te paraît logique ?

— Tout à fait. Je suis sûr que nous pourrons mettre ça en place facilement.

— Mais seulement si je paie les plantes. C'est le marché ! dis-je en lui lançant mon regard le plus dur.

— Tu es une dure à cuire.

— Ne t'avise pas de l'oublier.

De nouveau, il fit tinter sa coupe contre la mienne et s'adossa au canapé, remplissant l'espace. Sa longue silhouette était quasiment collée à moi, mais il n'y avait aucune tension entre nous. Jack était complètement détendu, et quelque chose semblait s'infiltrer en moi qui m'aidait à me relaxer moi aussi. Bien sûr, ce n'était peut-être que l'effet du champagne. Quoi qu'il en soit, je me sentais bien, et pour une fois, j'essayais de ne pas trop réfléchir et je me contentais de profiter du moment présent.

9

Le lendemain matin, je me réveillai tout habillée sous ma couette, sans me rappeler comment j'étais arrivée là. Je me retournai et jetai un coup d'œil à mon réveil. Il était presque 10 h 30, et j'aurais dû être installée à mon bureau depuis une heure. Je me redressai aussitôt, mais regrettai immédiatement ce mouvement et posai illico une main sur mon front alors que l'inévitable gueule de bois due au champagne de la nuit dernière se faisait sentir. Jack Coulsdon-Hart avait une mauvaise influence.

Une demi-heure plus tard, j'avais pris une douche, lavé mes cheveux, tenté d'avaler un petit déjeuner et j'étais maintenant assise à mon bureau, regardant par la fenêtre. Le ciel était teinté de touches de bleu, mais une légère pluie printanière tombait, et par la fenêtre légèrement entrouverte j'entendais son tap-tap régulier sur les feuilles des arbres. C'était un son doux et apaisant, et je restai à l'écouter quelques minutes, absorbant sa mélodie avant d'allumer mon ordinateur portable et de me replonger dans mon travail en cours.

Je fis plusieurs allers-retours dans la cuisine pour aller me préparer des tasses de café dont j'avais vraiment besoin, ainsi qu'un casse-croûte, mais je travaillais avec une telle ardeur que lorsque je relevai enfin les yeux de mon écran le crépuscule nimbait le jardin. Soudain, mon estomac émit un fort grognement. Refermant mon ordinateur, je me levai, m'étirai et me dirigeai vers les portes-fenêtres qui donnaient sur le jardin. Au loin je vis une lumière allumée dans la dépendance. Apparemment, Jack avait commencé à s'y installer, et j'en étais ravie. Cela faisait longtemps que je me disais que j'avais dépensé beaucoup d'argent pour rien, pour un endroit qui restait vide – vu que mon plan initial n'avait pas fonctionné – j'étais donc contente qu'il ait enfin une utilité. J'éteignis la lumière dans mon bureau et gagnai la cuisine, histoire de me trouver quelque chose à manger pour le dîner. Peu après, Jack entra par la porte derrière.

— Salut, dis-je en sortant une pizza du four. J'allais justement t'appeler. Tu en veux un peu ?

— Bonne idée. Je vais juste me laver les mains.

— J'ai vu de la lumière, là-bas. L'installation se passe comme tu veux ? Tu as besoin de quelque chose ?

— Non, tout va bien. Tu es vraiment sûre de ne pas vouloir l'utiliser pour travailler ?

— Absolument. J'aime bien écouter la pluie, par contre, je n'aime pas avoir à traverser le jardin quand il pleut. Je suis parfaitement à l'aise dans mon bureau.

— Moi j'ai l'habitude de travailler sous la pluie, alors un petit jogging sous les gouttes ne me fait pas peur.

— C'est vrai. Pour être honnête, je ne sais vraiment pas pourquoi j'ai fait construire cette dépendance, car j'adore mon bureau. J'ai mon canapé, tous mes livres, et mon matériel de recherche. Je n'avais pas vraiment besoin de ce lieu supplémentaire, mais dans les magazines et en ligne on voit toujours ces magnifiques bureaux installés en plein milieu du jardin, alors je me suis laissé tenter.

— Je comprends, répondit-il en s'essuyant les mains dans le torchon. Je crois que nous nous laissons tous séduire ainsi de temps en temps, jusqu'à ce que nous découvrions que ce dont nous avons besoin en réalité est le contraire de ce que nous faisons.

J'eus l'impression que nous allions nous aventurer en terrain dangereux, alors pour toute réponse je lui adressai un bref sourire et posai la pizza sur la table.

— Bon appétit !

— La journée a été bonne ? demanda-t-il entre deux bouchées.

— Tout à fait. Bien sûr, elle s'est améliorée quand ma gueule de bois a disparu.

Il eut un rapide haussement de sourcils.

— Peut-être n'aurions-nous pas dû ouvrir cette deuxième bouteille de champagne, finalement.

Son sourire contrastait avec ses paroles.

— J'aimerais qu'il soit noté au procès-verbal que c'est toi qui en as eu l'idée !

— Ça me semble juste.

— Je peux te demander quelque chose ?

— Oh ! Ça semble inquiétant.

— Non, pas vraiment. Je me demandais juste... comment je me suis retrouvée dans mon lit hier soir. C'est juste que je ne me souviens pas avoir monté les escaliers, et je ne dors jamais tout habillée.

— Grâce à moi. Tu t'es endormie ici, et je ne parvenais pas à te réveiller. Bon, je dois admettre que je n'ai pas beaucoup essayé, tu avais l'air si paisible, alors je t'ai aidée à monter.

— Oh ! Tu n'avais pas besoin de faire cela. Tu aurais pu me laisser ici.

— C'est vrai, j'aurais pu. Mais je me suis dit que tu dormirais mieux dans ton lit.

Il avait raison. Cela m'était déjà arrivé de m'endormir sur le canapé, et je m'étais réveillée au milieu de la nuit, frigorifiée, avec un bon torticolis.

— J'espère que cela ne te dérange pas. Je ne voulais pas prendre la moindre liberté, et il m'a fallu environ vingt minutes pour décider ce que je devais faire ou non. J'ai pensé que ce serait mieux ainsi. En fait, je t'ai juste montée là-haut et je t'ai déposée sur ton lit.

— Tu n'es pas obligé de parler de moi comme d'un vieux sac de pommes de terre ! répondis-je en riant.

— Tu sais que tu es très bavarde quand tu es endormie ?

— Mon Dieu, est-ce que je fais encore ça ? Mike avait l'habitude de dire que je parlais plus la nuit que le jour.

— Il avait peut-être bien raison.

— Qu'est-ce que j'ai dit ? Rien de trop embarrassant, j'espère.

— Je n'ai pas compris la majorité de tes propos.

Il s'interrompit un instant, hésitant.

— Oh non, qu'est-ce qu'il y a ?

— Rien de grave.

Il me toucha le bras d'un air rassurant.

— Tu as mentionné son nom.

— De qui ?

— Mike.

Mon estomac se crispa.

— Vraiment ? Tu as compris ce que j'ai dit ?

Il secoua la tête.

— Non. Tu as seulement dit son nom.

Nous restâmes assis en silence pendant quelques instants.

— Je n'aurais pas dû dire cela. Je t'ai énervée.

— Non, pas du tout. Au contraire, je suis contente que tu l'aies fait.

Jack me regarda d'un air interrogateur.

— Cela fait tellement longtemps. Mike est décédé depuis plus de dix ans, et parfois je crains que mes souvenirs s'estompent. Qu'ils ne soient plus aussi clairs dans mon esprit qu'ils l'étaient autrefois.

— Tu ne l'oublieras jamais. Il est évident que tu penses souvent à lui, même quand tu dors.

— Oui. Tu crois aux âmes sœurs ?

— Je dirais que oui.

— À ton avis, nous n'en avons qu'une seule au cours de notre vie ?

— Non. Et je pense qu'elles peuvent se présenter sous différentes formes. On peut avoir des âmes sœurs platoniques aussi bien que des âmes sœurs romantiques.

Je l'observai sans rien dire un moment.

— Quoi ?

— Rien. Je crois que je ne m'attendais pas à une telle réponse de ta part.

— C'est parce que tu penses toujours que je suis la personne que j'étais, ou du moins que je prétendais être, quand j'ai quitté l'Angleterre. Je crois qu'à cette période de ma vie, je n'avais jamais beaucoup pensé aux âmes sœurs ni au fait de se poser. Comme je te l'ai déjà dit, je crois que je pensais faire ce que je devais faire, mais en y repensant aujourd'hui je crois que j'étais peut-être à la recherche de l'attention que je n'avais pas à la maison.

Il laissa échapper un rire sec et se passa une main sur le front.

— Mon Dieu, cela a l'air pathétique quand je le dis à voix haute, poursuivit-il, mais j'espère que tu ne me jugeras pas trop sévèrement.

— Je n'ai pas l'intention de te juger du tout. Comme tu l'as dit, nous faisons ce que nous pensons devoir faire au moment donné. C'est facile pour les autres de nous dire ce qu'ils pensent que nous devrions faire, ou même pour nous de regarder en arrière avec du recul, mais à ce moment-là, nous n'avions pas toutes les informations. La seule chose que nous pouvons faire c'est agir avec les moyens dont nous disposons en temps et en heure. Peut-être avais-tu besoin de faire le vide pour rencontrer la bonne personne et vivre quelque chose de significatif lorsque tu es parti à l'étranger.

— Oui, peut-être. Pourquoi m'as-tu posé des questions sur les âmes sœurs ?

Le doux éclairage et la voix de Jack s'accordaient avec l'ambiance.

— Je ne sais pas. Mike et moi en parlions de temps en temps.

— Et qu'en pensait-il ?

— Il était très logique. D'une logique scientifique. Il ne croyait pas vraiment en quelque chose que l'on ne pouvait pas expliquer, ni toucher, ni voir.

— Mais il était follement amoureux de toi. Tous ceux qui vous ont vus ensemble ont pu s'en rendre compte.

Je cessai de jouer avec le coin de ma serviette et levai les yeux vers lui.

— Merci.

Jack haussa les épaules.

— Je veux dire, il croyait manifestement en l'amour, même si cela n'a rien de tangible. C'est un sentiment.

— Je n'ai jamais pensé à le lui demander. Je suppose qu'il a estimé pouvoir faire une exception pour cela.

— Je pense qu'il savait reconnaître une bonne chose quand il en voyait une et que dans ce cas il ne laissait ni la science ni la logique interférer.

Je souris pour le remercier de ses gentilles paroles, tout en entortillant une mèche de cheveux autour d'un de mes doigts.

— C'est toujours après que l'on pense à toutes les choses dont on voulait parler ou que l'on voulait demander, n'est-ce pas ?

— Selon moi, d'une manière générale, nous pensons tous avoir énormément de temps pour poser ces questions.

— C'est vrai. Mais nous ne savons jamais vraiment de combien de temps nous disposons.

— Non, en effet. Je crois que c'est pour cela que si nous voulons vraiment quelque chose, nous devons trouver un moyen de l'obtenir, ou au moins essayer. Ainsi nous n'aurons pas de regrets.

— C'est ce qui t'a ramené en Angleterre ?

— En partie, je dirais. Mais aussi parce que je voulais revenir ici. Me sentir chez moi.

— Et comment te sens-tu maintenant que tu es rentré ?

— Je pense que j'ai pris la bonne décision.

— C'est bien.

J'étais sincère. J'avais l'impression qu'il me restait beaucoup de choses à découvrir sur Jack, mais je savais aussi que je voulais le voir heureux.

— J'ai vu tout à l'heure qu'il y avait un documentaire sur Jane Austen, dit-il. Tu as prévu de le regarder ?

— Oui, mais si tu veux voir autre chose, pas de problème. Je peux aller le regarder sur ma tablette, au lit.

Jack se mit à rire.

— Nous sommes chez toi, Lily. S'il y a un conflit en matière de TV, c'est à moi de monter dans ma chambre, pas à toi.

— Ça ne me dérange pas. J'aime être confortablement installée dans mon lit, bien au chaud.

Jack resta silencieux un moment puis il se leva, ramassa les derniers couverts sur la table et les plaça dans le lave-vaisselle. Après l'avoir rempli, il en ferma la porte et se tourna vers moi.

— Et que penses-tu d'avoir de la compagnie pour regarder ce documentaire ?

Je levai les yeux vers lui, surprise, mais Jack sembla se méprendre sur mon expression, et soudain, paniqué, il s'empressa d'ajouter :

— Ici, évidemment. Pas dans ton lit !

Je le fixai du regard pendant un moment, essayant de garder mon sérieux et de ne pas sourire.

— Tu rougis, Jack ?

— Ne sois pas ridicule, répondit-il en se détournant.

— Eh bien ! Que vont penser toutes les jeunes filles du village, maintenant ? Je ne te savais même pas capable de rougir !

Il se retourna vers moi.

— Oh, ça va ! Tu t'amuses bien ?

Son visage affichait une pointe de sourire qu'il faisait de son mieux pour réprimer.

— Pas mal, merci d'avoir posé la question.

Il me fit un sourire crispé, mais je vis l'amusement danser dans ses magnifiques yeux verts.

— Je ne pensais pas que le sujet de Jane Austen t'intéresserait.

— Ah, tu vois, c'est là que tu te trompes. Il y a plus en moi que l'on ne peut le remarquer à première vue.

Pour être honnête, ce qui se voyait à première vue était plus que suffisant pour la plupart des gens. Ajoutez à cela une profondeur de caractère, un très bon sens de l'humour, et les choses étaient clairement injustes.

— Je me souviens très bien t'avoir entendu critiquer l'inimitable Jane durant mon adolescence. C'est une chose que je ne serai peut-être jamais capable de te pardonner.

— Jamais, c'est long.

— Tu n'as manifestement aucune idée de l'intensité de mon amour pour Jane Austen.

— Je commence à m'en faire une idée, mais j'ai lu certains de ses livres lorsque j'étais à l'étranger.

Surprise, je me redressai sur mon siège.

— Vraiment ? Et qu'en as-tu pensé ?

— À mon grand dam, tu as raison. Je les adore. C'est une écrivaine brillante. Je retire tout ce que j'avais dit précédemment. De toute façon, je crois que c'était seulement pour t'énerver. Je savais à quel point tu l'adorais.

— C'était un peu méchant de ta part.

— Je suis d'accord. Mais c'était le seul moyen que j'avais trouvé pour que tu me parles. La plupart du temps, tu m'ignorais quand j'étais dans le coin.

Je sentis mes joues s'empourprer.

— Je suis désolée. Je n'ai jamais voulu que tu te sentes ignoré. C'est juste que… je ne sais pas. Tu étais la coqueluche du village et moi… je n'étais que moi. Je ne savais jamais quoi te dire, et sincèrement, je ne pensais pas que tu remarquais si j'étais là ou non.

— Si, je remarquais.

— Mais pas de la manière dont je voulais que tu me remarques, j'imagine. Enfin, à cette époque-là, évidemment ! ajoutai-je à la hâte.

— Bien sûr.

— Bref, je crois que tout cela c'était à cause de nos hormones d'adolescents. Je n'ai jamais eu envie d'être une autre croix sur ta liste.

— Je ne crois pas que tu aies jamais pu être seulement une croix sur la liste de qui que ce soit.

— Oh, crois-moi, si. Non que je l'aie réalisé à l'époque.

Le visage de Jack se fit grave.

— Dans ce cas, c'était un idiot.

Je hochai légèrement la tête et lui souris.

— Je suis d'accord. Il l'était, mais tu n'as pas besoin de me flatter, tu sais. Je ne vais pas te jeter dehors.

Il s'éclaircit la gorge et se passa une main dans les cheveux.

— Mieux vaut être prudent, dit-il en souriant.

— Je préfère l'honnêteté, déclarai-je en lui rendant son sourire. N'oublie pas que je te connais déjà. Tu n'as pas besoin d'essayer de m'impressionner. Bon, à quelle heure commence ce documentaire ?

Jack jeta un coup d'œil à sa montre.

— Dans cinq minutes, environ.

— OK. Tu vas allumer la télé et tu cherches la bonne chaîne, moi je me prépare les boissons. Thé ou café ?

— Qu'est-ce que tu prends ?

— Contente-toi de répondre à la question, Jack.

— Café, alors, s'il te plaît. Merci.

— D'accord, je te l'apporte.

10

Ce soir-là, en me couchant, je songeai à quel point la soirée avait été agréable. Passer du temps en compagnie de ma famille était une chose, mais cette soirée avec Jack était différente. Nous discutions, il y avait aussi des silences, mais des silences confortables, qu'aucun de nous ne se sentait obligé de combler. Il y avait longtemps que je ne m'étais pas sentie aussi à l'aise, et à dire vrai, je pensais ne plus jamais connaître cette sensation. Peut-être qu'inconsciemment je m'étais dit que je ne devrais jamais me sentir de nouveau si bien, et c'était cette pensée qui me retournait l'estomac actuellement. J'aimais bien Jack, mais je n'avais pas de penchant romantique envers lui. J'appréciais son look de star de cinéma, et son corps à se damner, mais c'était comme apprécier l'art pour sa beauté. Le tableau me plaisait, mais je n'avais pas pour autant envie de le voir accroché sur mon mur.

Je lui avais rappelé que je le connaissais, mais il était clair d'après ces dernières semaines que Jack Coulsdon-Hart avait changé, et pour le mieux. Peut-être que, comme il l'avait dit, sa véritable personnalité s'était enfin révélée et que j'avais aujourd'hui affaire au véritable Jack. Simplement, auparavant, il était enfoui sous les attentes, les fanfaronnades et sa capacité à choisir des femmes sans trop réfléchir. Je supposai que nous avions tous changé, dans une certaine mesure. Ce sont le temps et les circonstances qui vous font cela. Même si Jack semblait avoir grandi grâce à ces expériences, je n'étais pas sûre de pouvoir en dire autant.

Mais ma vie actuelle me rendait heureuse. J'avais ma famille, mon travail, j'avais eu la chance d'avoir suffisamment de succès afin de m'offrir une belle propriété. Mike me manquait chaque jour, mais je ne pouvais rien faire pour le ramener, et nombre de personnes se trouvaient dans des situations bien pires que la mienne. J'étais reconnaissante de tout ce que j'avais. Je ne cesserai jamais de penser qu'il avait été effroyablement cruel que l'on m'arrache mon mari, mais j'étais reconnaissante du temps que nous avions passé ensemble. Jamais rien ne viendrait amoindrir mes souvenirs ni notre amour. Jack avait peut-être raison lorsqu'il disait que l'univers était susceptible de nous offrir plus d'une âme sœur, mais je n'étais pas prête à prendre ce risque. J'avais déjà eu le cœur brisé et je n'avais aucune envie de revivre cela.

***

— Tu es toujours partante pour rendre visite à mes parents ? demanda Jack.

Je pouvais difficilement refuser, étant donné que l'avant-première était imminente, et que le soulagement sur le visage de mon agente lorsque je lui avais dit qu'il y avait une chance que je fasse une apparition à la soirée avait été plus que manifeste.

— Les éditeurs seront ravis, chérie. Cela nous donnera plus de visibilité et plus de poids lors de la négociation de ton prochain contrat.

J'avais tenté de ne pas paniquer en entendant le mot « visibilité » et je m'étais concentrée sur le fait que je ne resterais pas trop longtemps, et que j'aurais un soutien moral sous la forme de Jack. En supposant qu'il ne disparaisse pas avec une starlette/un mannequin/les deux. Je n'avais pas vraiment songé au nombre de magnifiques femmes dont nous serions entourés, et je décidai de ne pas y attacher plus d'importance.

— Je t'ai dit que je venais.

— Je sais. J'ai juste pensé qu'il serait bon de te prévenir…

— Oh, mon Dieu ! Que se passe-t-il ? Est-ce que c'est grave ?

— Si tu cesses de paniquer un instant, je te le dirai.

Je m'assis aussitôt, et levai les yeux vers lui, stressée par l'attente de la nouvelle.

— Étant donné qu'ils n'ont pas vu leur fils aîné depuis plusieurs années, mes parents ont estimé que la meilleure chose à faire était d'inviter quelques personnes pour ces retrouvailles.

— Combien de personnes ?

Il allait et venait dans la pièce, s'efforçant délibérément de ne pas croiser mon regard.

— Mmmaine environ, marmonna-t-il, soudain incroyablement intéressé par le tisonnier posé à côté de la cheminée.

— Je suis désolée. Combien dis-tu ?

Il laissa échapper un soupir.

— Une quarantaine.

Je me levai d'un bond.

— Ce ne sont pas des retrouvailles ! C'est carrément une fête, ça !

— Pour eux, une fête, c'est deux cents personnes.

— Oh, mon Dieu ! Cela fait beaucoup de monde.

— Pour être honnête, il y en aura bien plus à ton avant-première.

Je lui jetai un regard acéré, et il leva aussitôt les deux mains devant lui en signe de reddition.

— Désolé.

— Le truc, c'est que devoir parler à beaucoup de monde lors de l'avant-première, cela fait partie de mon travail. Je suis censée t'apporter un soutien moral lors de tes retrouvailles avec ta famille, pas devoir discuter avec la moitié de ce fichu comté.

— Tu exagères un peu, là.

— Pour quelqu'un qui sort rarement de chez elle, crois-moi, c'est l'impression que cela donne.

— Je comprends.

Je commençai à mâchouiller le coin de ma lèvre.

— Je suis désolé, je viens juste de l'apprendre. Ce n'est pas ce que nous avions convenu, alors ne te sens pas obligée de venir. Je te promets que cela n'aura aucune incidence sur ma participation à ton avant-première. Je t'ai déjà donné mon accord et je ne reviendrai pas là-dessus.

Je regardai par la fenêtre. Le crépuscule descendait sur le jardin et la campagne alentour. Dans le ciel, les étoiles s'allumaient les unes après les autres. Venus de nulle part, les vestiges d'un feu de cheminée apportaient leurs volutes de fumée, et la légère senteur de braise voletait à travers la fenêtre ouverte.

— Non. J'ai accepté de venir, je viendrai. Tu t'es porté volontaire pour me soutenir. Moi aussi, je dois tenir ma promesse. Ça ne peut pas être si terrible que cela.

Je forçai un rire que je ravalai immédiatement en regardant Jack et en voyant l'expression qui se peignait sur son visage.

Ouah ! À ce point…

***

— Maître Jack. Quel plaisir de vous voir.

Le majordome affichait un franc sourire. Ses yeux bleu vif contrastaient avec ses cheveux blancs courts, séparés sur le côté par une raie bien nette, et tout aussi nettement plaqués par ce que je soupçonnais être une bonne dose de gel capillaire.

— Bonjour, Dawkins. C'est un plaisir de vous voir.

Jack lui tendit la main, et après un moment de surprise qu'il dissimula habilement avec beaucoup de professionnalisme, l'homme sourit de plus belle tandis que Jack lui serrait la main avec enthousiasme, couvrant leurs deux mains unies de sa main gauche.

— C'est vraiment un plaisir de vous voir. Je ne savais pas si vous seriez encore là. C'est bon de retrouver un visage amical. Le vôtre sera peut-être le seul que je verrai ce soir.

Il lui fit un clin d'œil, et le majordome secoua la tête.

— Vous nous avez beaucoup manqué, maître Jack. Je peux vous l'assurer. À tous.

Je jetai un coup d'œil à mon compagnon. Il n'avait pas l'air convaincu, mais j'aime bien cet homme qui faisait de son mieux.

— Voici mon amie, Lily, Dawkins.

Il se rapprocha de l'homme, et dans un murmure théâtral ajouta :

— Soutien moral.

— Bonjour, dis-je.

Je fus récompensée par un sourire chaleureux et une petite inclinaison de la tête, formelle, mais délicieuse.

— C'est un plaisir de vous rencontrer, madame Lily. Je crois savoir que vous êtes la sœur du jeune Felix, c'est bien cela ?

— C'est le cas. Comment le savez-vous ?

— Je me souviens que votre famille déposait maître Jack ici, de temps en temps. Vous étiez parfois avec eux, et je n'oublie jamais un visage.

Il nous adressa un nouveau sourire bienveillant avant d'appeler un autre membre du personnel, qui prit nos manteaux. À contrecœur, nous fîmes nos adieux à Dawkins et nous nous dirigeâmes vers le bruit des rires, des verres qui s'entrechoquaient et des conversations.

— Je n'avais jamais rencontré de majordome en chair et en os, dis-je avec un petit rire.

Jack s'arrêta, se tourna vers moi et m'observa des pieds à la tête. Ce soir, il était magnifique, au-delà des mots. À dire vrai, les charbons ardents de la flamme depuis longtemps éteinte avaient repris vie, menaçant de se transformer en un véritable brasier au moment où je l'avais vu arriver vêtu de son smoking, rasé de près, ses cheveux sombres fraîchement coupés. J'étais restée muette d'admiration un long moment, m'efforçant d'éteindre le feu qui brûlait en moi.

— Tu es magnifique, avait-il dit.

À ce moment-là, j'avais perdu tout moyen de communiquer. J'avais hoché la tête, agité la main dans sa direction et finalement… finalement j'avais levé les deux pouces. Oui, les deux pouces. Et non, moi non plus je n'arrive pas à y croire. C'était vraiment mortifiant.

— Tu es prête ? demanda Jack, faisant une pause alors que nous nous rapprochions du bruit ambiant.

— Pas vraiment, mais nous y sommes, à présent, et je ne vais pas te laisser entrer seul dans l'arène.

Il sourit, et de nouveau je sentis mon petit brasier interne se rallumer. *Calme-toi. C'est juste que tu n'es pas habituée. Tu vis seule depuis longtemps et Jack est un bel homme. Mais c'est Jack. Juste Jack.* Hélas, cette dernière partie ne semblait pas m'aider. En fait, si je voulais bien me l'avouer à moi-même, ce que je ne ferai évidemment pas, cela ne faisait même qu'empirer les choses.

— Merci de m'accompagner.

— Pas de problème. Comme tu l'as dit, c'est un bon entraînement pour l'avant-première.

— Exactement. Si tu peux survivre à cela, tu pourras survivre à n'importe quoi.

— Tu ne m'aides pas, là.

— Non. C'est une remarque qui vient de me traverser l'esprit, mais ce n'est pas exactement comme cela que je voulais la formuler. Je vais me taire, à présent. Je voulais juste que tu saches à quel point j'apprécie ta présence.

Il me détailla du regard. La robe vert émeraude coupée en biais effleurait mes légères courbes, les mettant en valeur. Cela faisait si longtemps que je ne m'étais pas habillée pour sortir que j'ignorais si mes tenues m'iraient encore ou si elles ne dateraient pas. Mais il s'agissait d'un style classique, qui ne se démodait jamais, et, Dieu merci, mes robes m'allaient toujours. C'était bizarre de porter de nouveau des talons hauts, et il me fallait un peu de temps pour m'y habituer. Néanmoins, cela me rapprochait un peu plus du visage de Jack – mais j'ignorais encore si c'était une bonne chose ou non.

— Tu es magnifique.

— Je suis déjà là. Tu n'as pas besoin de me flatter.

— Il ne s'agit pas de flatterie. Ce n'est pas mon truc, en ce moment. Je dis juste la vérité. Et la vérité, c'est que tu es magnifique.

À ces mots, il posa une main au creux de mes reins et nous pénétrâmes dans la pièce.

Il y eut un moment de silence lorsqu'une première personne remarqua la présence de Jack, puis une autre. J'étais ravie de sentir la chaleur de sa main. L'attention qu'on nous portait me déconcertait complètement, alors je ne pouvais qu'imaginer à quel point elle devait lui paraître bizarre.

Dans un mouvement soudain, une femme que je reconnus comme étant Lady Coulsdon-Hart émergea de la foule et se dirigea vers nous, avec élégance, d'un pas calme.

— Prépare-toi ! marmonna Jack du coin de la bouche.

Je retins un gloussement.

— Jack, chéri, je suis si heureuse que tu aies pu venir.

D'après ce que j'avais compris, cette soirée était donnée spécifiquement en l'honneur de Jack, alors il était plutôt curieux de suggérer qu'il aurait pu ne pas venir. Je ne parvenais pas à savoir si elle était vraiment contente ou s'il s'agissait là d'une allusion à sa longue absence, déguisée en une remarque tout à fait anodine.

— Bonsoir, mère.

Il sourit, déposa un baiser sur sa joue et accepta l'étreinte brève qu'elle lui offrait alors que son mari venait se placer à côté d'elle.

— Jack, dit-il avec un hochement de tête.

Jack lui répondit avec un hochement similaire.

— Père.

Dieu du ciel. Je comprenais à présent pourquoi Jack avait passé tant de temps chez nous pendant ses années de lycée. Partir pendant des années et recevoir un accueil aussi peu chaleureux de la part de ses propres parents ? Incroyable !

— J'ignorais que tu amenais quelqu'un. Tu ne nous présentes pas ?

Sa mère me sourit avec toute la chaleur d'un cône glacé.

— Bien sûr que si. Voici mon amie Lily. Lily, ma mère.

Sa mère me tendit une main dont j'ignorais si je devais la serrer, l'embrasser, ou bien carrément faire une révérence. J'optai pour une poignée de main suivie d'un rapide :

— Enchantée de vous rencontrer.

Je répétai l'opération avec son père.

— Lily ?

Le comte regarda sa femme, puis reporta son attention sur Jack.

— N'est-ce pas le nom de la femme chez qui tu séjournes ?

— C'est exact, confirma Jack.

— Oh, chéri !

Sa mère ricana, l'entraîna à quelques pas – mais toujours à portée de voix –, avant de lui faire remarquer :

— Si tu ne voulais pas venir seul ce soir, j'aurais pu te trouver une cavalière bien plus convenable que ta propriétaire.

— Mère !

Jack fit de son mieux pour se dégager de la main qu'elle avait posée sur son bras sans faire de scène, et se rapprocha de moi. Il avait la mâchoire crispée, les mains enfouies dans les poches tandis que la colère et l'embarras se mêlaient sur son beau visage.

— Je ne suis pas sa propriétaire, répliquai-je d'une voix emplie de bien plus de confiance que je n'en éprouvais. Jack est un vieil ami, et il se trouve que j'ai une chambre de libre donc il séjourne chez moi jusqu'à ce qu'il se remette sur pied. Il ne s'agit que d'une amie qui en aide un autre.

Je lui souris, d'un sourire que j'espérais désarmant, mais je doutais que Lady Marsden soit prête à baisser les armes de sitôt. Il était inutile de se préoccuper de savoir s'ils avaient assez de glace pour la soirée. Le regard de la mère de Jack aurait suffi à faire geler n'importe quoi. Je refusai d'entrer dans son jeu. Je n'allais pas rester là et la laisser nous traiter, Jack et moi-même, comme des moins que rien. Tout prenait sens : si ces deux êtres avaient été mes parents, moi aussi j'aurais voulu déménager à l'autre bout du monde.

— Nous allons nous chercher à boire, dit Jack, posant de nouveau sa main au creux de mes reins. Je vous retrouve un peu plus tard, dit-il à ses parents avec un sourire crispé, avant de m'entraîner doucement vers un bar tenu par deux membres du personnel impeccablement vêtus.

— Que puis-je vous servir, monsieur ?

— Whisky. Irlandais. Double. Sans glace. Merci, demanda Jack avant de se tourner vers moi.

— Désolé, j'aurais dû te demander d'abord. C'était malpoli de ma part.

— Pas de problème. Tu en as plus besoin que moi. Je prendrai juste un jus d'orange, s'il vous plaît, demandai-je à la jeune femme derrière le bar.

Quelques instants plus tard, nos verres en main, nous nous dirigeâmes vers un coin plus calme de la pièce. Jack prit une longue gorgée de son whisky, semblant apprécier la brûlure de l'alcool.

— Je ne sais même pas par où commencer pour m'excuser pour le comportement de ma mère.

— Inutile de t'excuser. Je peux la gérer seule. Je n'aime peut-être pas les mondanités, mais cela ne signifie pas que je vais me laisser marcher sur les pieds quand je sors, ni laisser mes amis être embarrassés à cause de moi.

Je levai les yeux vers lui et lui fis un clin d'œil. Il sourit pour la première fois depuis que nous étions entrés dans sa demeure familiale.

— Tu es pleine de surprises.

— Vraiment ?

— Oui.

J'ouvris la bouche pour répondre, mais je fus interrompue par l'apparition d'une femme très glamour, portant des escarpins vertigineux et ce qui était visiblement une robe de haute couture qui mettait en valeur sa silhouette mince.

— C'est donc ici que tu te caches !

Ses paroles à l'accent distingué furent suivies d'un sourire qui avait largement bénéficié de l'aide d'un chirurgien esthétique.

Jack se détourna de moi pour saluer la nouvelle venue.

— Perséphone. Quel plaisir de te voir. Tu es magnifique, comme toujours.

Il recula d'un pas afin d'éviter que je sois exclue de la conversation. Il était difficile de dire en le regardant si le compliment était sincère ou non, par contre, il était évident que le plaisir de la jeune femme à le revoir était bel et bien réel.

— Oh, Jack !

Elle lui donna un petit coup sur le bras, laissant sa main s'y attarder un peu trop longtemps.

— Tu as toujours été un tel flatteur !

Elle se tourna vers moi.

— On dit que la flatterie ne mène nulle part, mais j'ai bien peur qu'avec des personnes comme moi cela fonctionne.

Elle laissa éclater un rire cristallin, et passa son bras sous celui de Jack.

Jack, lui, étudiait attentivement le fond de son verre. Il était évident que ces deux-là avaient un passé commun, et je devais bien admettre que j'étais intriguée par la nature et la profondeur de leur histoire. En tant qu'écrivain, je m'intéressais par nature aux gens, à leur façon de travailler, de penser. L'isolement que je m'étais imposé m'en avait empêchée, et je me rendais compte à présent à quel point cela m'avait manqué d'observer l'interaction entre les êtres, tout comme l'inspiration que je pouvais en tirer.

La femme tendit la main vers moi.

— Lady Perséphone Ford, dit-elle avec un sourire, me serrant la main. Je me présente moi-même, puisque Jack ne semble pas avoir l'intention de le faire. Heureusement qu'il est aussi beau, sinon il ne s'en tirerait pas de la sorte avec un tel comportement.

J'esquissai un sourire neutre.

— Lily Thomas.

— Enchantée de vous rencontrer, Lily. J'ai entendu dire que Jack logeait chez vous ?

Visiblement, les nouvelles voyageaient vite à cette soirée.

— C'est exact. Il m'aide aussi à réaménager mon jardin.

— Oh ! Comme c'est charmant… et utile. Il a toujours été doué de ses mains.

À ces mots, elle lui serra le bras et le regarda d'un air énamouré.

Je me détournai un instant, essayant de masquer le sourire qui menaçait de s'afficher sur mon visage. Visiblement, le passé de Don Juan de Jack Coulsdon-Hart revenait le hanter. Je savais que je ne devrais pas rire, mais lors de ma seule tentative de séduction envers lui, je n'avais obtenu qu'une tape sur la tête, donnée devant toutes mes copines. Alors, même si je n'étais pas préparée à rester plantée là à regarder sa mère nous écraser de son mépris, ça ne me dérangeait pas de le voir quelque peu mal à l'aise entre les mains de l'une de ses nombreuses ex-petites amies. Lady Perséphone se détourna momentanément de nous pour faire signe à quelques personnes. Jack en profita pour se pencher vers moi.

— Ne crois pas que je n'ai pas remarqué ton sourire.

— J'ignore de quoi tu parles, répondis-je en le fixant du regard, tout en affichant un air innocent.

Il hocha très légèrement la tête.

— Et ne crois pas non plus que tu puisses me duper avec cette expression. Tu es loin d'être aussi candide que tu t'en donnes l'air.

Je posai une main sur ma poitrine et fis un « Oh » silencieux. L'esquisse d'un sourire se dessina sur ses lèvres dont je crois avoir déjà déclaré, dans un état d'ébriété avancée, qu'elles étaient sensuelles. En toute objectivité, elles l'étaient toujours, mais il était difficile de regarder *objectivement* un homme aussi séduisant que Jack Coulsdon-Hart. Il se pencha un peu plus, et cette fois ses lèvres frôlèrent mon oreille quand il murmura tout contre mes cheveux : Tu ne me dupes pas… avant de se redresser et de se retourner vers Perséphone qui essayait d'attirer son attention.

— Je vais me chercher un autre verre, annonçai-je.

— Je t'accompagne, dit Jack en une tentative d'échapper à Perséphone, qui était plus rusée que lui, car elle déclara :

— Je suis sûre que Lily ne verra pas d'inconvénient à te rapporter ton verre. Tu ne peux pas disparaître pendant des années et ne pas t'attendre à être fêté lors de ta soirée de retrouvailles.

— Ce n'est pas une soirée de retrouvailles, dit Jack en une vaine tentative.

Perséphone rejeta son objection, et plusieurs autres personnes se joignirent à la petite foule qui commençait maintenant à l'entourer, m'écartant au passage. J'ignorais si c'était intentionnel ou non, mais je vis Jack froncer les sourcils alors que je m'apprêtais à me diriger vers le bar, et au même moment il tendit la main vers moi, emprisonnant mes doigts. Je serrai les siens dans un geste à la fois de soutien et de réconfort. Me hissant sur la pointe des pieds, je posai une main sur son épaule et murmurai à son oreille que tout allait bien. Il tourna la tête, croisa mon regard et à son tour me pressa les doigts avant que je ne m'éloigne pour chercher nos boissons.

11

— Celui qui a laissé une femme aussi belle que vous assise seule mérite de vous perdre. Il n'a manifestement pas entendu dire que le fils prodigue est de retour et à en croire les apparences, il a repris ses vieilles habitudes.

J'échangeai un regard avec la barmaid avec laquelle je discutais avant d'incliner légèrement ma tête en direction de l'orateur.

— Je suis presque sûre de pouvoir me débrouiller seule contre Jack.

— Voilà des paroles courageuses. Puis-je vous offrir un verre ?

— Juste un jus d'orange, s'il vous plaît. N'est-il pas plutôt désobligeant de parler ainsi de son frère aîné ?

Il se tourna vers moi, surpris.

— Qu'est-ce qui vous fait penser que nous sommes de la même famille ?

— Parce que je sais que c'est le cas, Edward. J'ai grandi dans ce village il y a bien longtemps.

— Cela ne peut pas faire si longtemps, dit-il avec douceur.

Je laissai éclater un rire.

— Je vois que vous êtes doués pour ce genre de remarques flatteuses dans la famille, même si les voyages de Jack l'ont aidé à s'améliorer.

Edward s'assit à côté de moi, me scrutant comme s'il étudiait un spécimen animalier au microscope.

— J'étais certain de connaître toutes les jolies femmes du village, alors comment avez-vous pu échapper à mon attention ?

— J'ai peut-être eu de la chance.

Je souris, le remerciai pour le jus d'orange et en bus une gorgée. Il resta silencieux un instant avant de laisser échapper un rire franc.

— C'est moi qui n'en ai pas eu, on dirait. Étant donné que je suis en position d'infériorité, pourriez-vous me dire votre nom ?

— Je pourrais, mais c'est bien plus drôle ainsi.

Il rit de nouveau, s'apprêtant à quitter son tabouret.

— S'il le faut, je vais vous supplier devant tous ces gens.

— Et si vous essayez, ne pensez pas un instant que je ne déverserai pas ce verre sur vous.

— Oh, je n'en doute pas une seconde, mais s'il vous plaît, dites-moi votre nom.

Jack passa un bras autour de l'épaule de son frère.

— Tu n'as pas reconnu Lily Madison, frangin ? Tu as pourtant eu le béguin pour elle autrefois.

Edward écarquilla les yeux.

— Lily Madison ?

— Elle-même. Même si aujourd'hui c'est Lily Thomas.

— Ah, tu es mariée.

— Oui. Enfin…

Je m'éclaircis la gorge, essayant de ne pas remarquer que Jack donnait un petit coup de coude à son frère tout en fronçant les sourcils à son attention.

— Je suis veuve, en fait.

— Oh, mon Dieu, oui, bien sûr. Je me souviens en avoir entendu parler, maintenant. Je suis vraiment désolé. Tu dois penser que je suis un idiot complètement insensible.

Je lui effleurai le bras, un sourire rassurant aux lèvres, auquel il me répondit par un sourire gêné.

— Pas étonnant que tu n'aies pas été impressionnée par ma conversation et mon accent de la haute société.

— Oui. Je crains que tu ne doives trouver quelqu'un qui ne connaisse pas tous les vieux trucs des Coulsdon-Hart.

— La soirée ne fait que commencer, frangin.

— Le problème, c'est que la plupart des femmes du coin ont eu le cœur brisé par cet idiot, et que personne ne veut avoir affaire à moi juste parce que je porte le même nom de famille. Honnêtement, il a gâché ma vie.

— Si cela peut te rassurer, il ne m'a pas brisé le cœur.

— Vraiment ? C'est très intéressant.

Edward leva les yeux vers Jack, qui fit une grimace.

— Non. Je pense que nous avons toutes eu un léger béguin pour lui, mais c'était normal. Les hormones de l'adolescence, et tout ça, mais une fois que l'on grandit on veut quelque chose d'un peu plus… substantiel.

À mon tour, je levai les yeux vers Jack, qui souriait. Il soutint mon regard.

— Je t'ai dit que je pouvais voir à travers cette douce enveloppe extérieure. Il y a une femme dure, sévère qui se cache là-dedans.

— Je n'en crois pas un mot, me défendit Edward avec bravoure.

— Tu as vraiment eu le béguin pour moi ? lui demandai-je.

— Oh, mon Dieu, oui. Et pas qu'un peu.

— Pourquoi tu ne m'as jamais approchée pour me parler ?

— J'étais assez timide à l'époque, si tu peux le croire. Et, bien sûr, j'avais l'ombre de ce mec qui pesait sur moi la plupart du temps. Les quelques filles que j'ai invitées à sortir avec moi n'ont accepté que dans le but de pouvoir approcher Jack. Après cela, j'ai un peu laissé tomber. Une année, j'avais prévu de t'inviter à la fête du village, mais j'ai remarqué que tu tentais d'approcher Jack.

— Oh, mon Dieu, tu avais vraiment l'intention de m'inviter ?

Une vague d'humiliation adolescente m'envahit.

Il me regarda par-dessous ses longs cils.

— Oui.

Jack plongea le nez dans son verre de whisky, détournant le regard.

— Tu sais qu'il m'a rejetée, n'est-ce pas ? dis-je à Edward.

— Quoi ?

— Je ne l'ai abordé ce soir-là que parce que j'avais bu beaucoup trop de cocktails. Sobre, je ne l'aurais jamais fait.

— J'adore votre conversation.

D'un geste de la main, je balayai les protestations de Jack, et me tournai vers Edward.

— Tu aurais dû m'inviter à cette soirée. Ç'aurait été sympa.

L'air confus, Edward se tourna vers son frère

— Tu l'as repoussée ? Mais je croyais que tu avais dit…

— Pourrions-nous parler d'autre chose ? l'interrompit Jack. Est-ce que tu as réussi à persuader Père de te transmettre le titre plutôt qu'à moi ?

Edward eut soudain l'air las.

— À ton avis ?

Jack leva les yeux au ciel et but une autre gorgée de whisky avant qu'Edward ne se retourne vers moi.

— Comment se fait-il que je n'aie pas su que tu étais de retour au village ?

— Elle protège sa vie privée parce qu'elle ne veut pas être embêtée par des lourdingues comme toi.

Pour toute réponse, Jack reçut de la part de son frère un coup de coude dans les côtes.

— Il a raison dans une certaine mesure, dis-je. Je vis à Meadow Blossom House, mais je ne sors guère.

— Je croyais que cette propriété appartenait à une sorte de vieille écrivaine bizarre.

Jack se posa la main sur les yeux tandis qu'un grand sourire se dessinait sur mon visage.

— C'est moi la vieille écrivaine bizarre.

— Non, non. Apparemment, c'est quelqu'un qui connaît un très grand succès. Je ne peux pas dire que j'ai entendu parler d'elle, mais je ne lis pas vraiment ce genre de livres.

Jack se pencha et posa une main sur l'épaule de son frère.

— Je m'en tiendrais là, maintenant, si j'étais toi, frangin.

À ces mots, Felix sembla enfin comprendre.

— Oh, mon Dieu, c'est toi ?

J'acquiesçai d'un hochement de tête.

— Mais quelqu'un m'a dit que tu étais vieille. Je veux dire, pas toi, mais la femme qui vit là-bas. Enfin, je crois que… j'ai supposé… oh, bon sang.

— Je t'ai conseillé de te taire, répéta Jack.

— Pas de problème, dis-je en riant. Je suis sûre que plein de rumeurs circulent sur moi dans le village, mais vu que j'ai tendance à rester enfermée entre mes quatre murs, je ne les entends pas, alors ça ne me dérange pas.

— Ça ne devrait pas te perturber, même si tu les entendais, fit remarquer Jack.

— C'est vrai. Mais c'est encore plus facile de les ignorer si tu ne les entends pas.

— Elle n'a pas tort, acquiesça Edward. Suis-je pardonné ? demanda-t-il.

J'avais toujours apprécié Edward. Il était de loin le plus calme des deux frères, mais je n'avais guère eu l'occasion de le rencontrer durant notre adolescence. Aujourd'hui, je le regrettais presque. Il était amusant, gentil, et sa beauté était plus discrète, moins ostentatoire, que celle de son frère aîné. Jack n'y pouvait rien, mais il avait certainement tiré le meilleur parti de son physique et de ce qu'il pouvait lui rapporter dans ses jeunes années.

— Bien sûr, répondis-je. Même si je ne suis pas certaine de pouvoir te pardonner notre tout début de conversation.

— Je suis d'accord. C'était impardonnable et je ne peux t'en vouloir. Parfois, je suis tellement nerveux que je ne sais plus ce que je dis.

— Contente-toi d'être toi-même.

— Je m'en souviendrai.

— Eh bien, vu que tu as essayé de draguer Lydie, j'en déduis qu'il n'y a personne de spécial dans ta vie en ce moment ? demanda Jack. Et la fille dont tu m'as parlé dans ton message ?

— Il s'est avéré qu'elle n'était finalement pas l'amour de ma vie.

— Parce que tu croyais qu'elle l'était après avoir passé seulement deux jours avec elle ?

— Que veux-tu. Je suis passionné.

— Ce n'est rien de le dire.

Edward jeta un regard en coin à son frère et but une gorgée de champagne.

— J'imagine que tu as eu le plaisir de rencontrer mes parents ? me demanda-t-il.

— Oh, oui.

— Mère a fait remarquer que je n'étais pas obligé de me faire accompagner par ma propriétaire, et qu'elle avait plein de femmes plus convenables pour moi, déclara Jack.

Edward eut l'air mortifié. Je lui souris pour le rassurer.

— Je t'ai dit qu'elle ne laisserait pas tomber. J'ai cru qu'elle allait faire une crise d'apoplexie quand tu as écrit pour lui dire que tu étais marié. Sérieusement, tout le personnel s'est mis à l'abri – et moi aussi ! Et bien sûr, quand tu as annoncé ton divorce, elle a dit à tout le monde qu'elle savait que cela ne durerait pas et que ce n'était qu'une question de temps avant que tu comprennes enfin.

Jack poussa un long soupir et se pencha vers le bar, discutant avec le barman pendant que ce dernier lui servait un autre verre.

— Toi aussi, tu subis une telle pression ? demandai-je à Edward.

— Moi ? Non, pas vraiment. Je ne suis que le cadet, donc je ne compte pas vraiment, à moins qu'il lui arrive un truc, et dans ce cas, toutes les femmes des alentours se précipiteront sur moi pour m'entraîner vers l'autel aussi vite que possible.

Il hocha la tête en direction de Jack qui riait avec le barman.

— Comment tu te sens par rapport à cela ? demandai-je.

— Quelle partie ?

— Les deux.

— Je n'y pense pas vraiment. Dans le temps, j'étais plutôt jaloux de Jack, car toutes les femmes se jetaient à sa tête, mais cela me faisait aussi un peu de peine pour lui. Sa vie ne lui a jamais vraiment appartenu. On ne devrait pas être obligé de partir à l'autre bout du monde pour échapper à ses propres parents. Je ne crois pas qu'il avait vraiment eu envie de s'en aller, mais ma mère ne cessait de lui présenter de jeunes femmes dans le but qu'il les épouse. Je comprends qu'il ait eu l'impression de ne pas avoir d'autre choix que de partir.

— Il t'a manqué, n'est-ce pas ?

— Terriblement. Mais pour l'amour de Dieu, ne le lui dis pas. Il a déjà un ego suffisamment fort.

— Toi non plus, ne lui rapporte pas cela, mais je crois que son ego a un peu diminué depuis qu'il est parti.

— Qu'est-ce que vous racontez, tous les deux ?

— Rien de très intéressant, dit Edward en me lançant un regard conspirateur. Comment se porte ton affaire ?

— Bien. Mieux que je n'aurais pu espérer, d'ailleurs. Plusieurs clients m'ont réengagé, et d'autres m'ont recommandé à leurs amis ou à leurs familles. Felix, le frère de Lily et sa famille ont été incroyables, ils ont répandu la nouvelle de mon retour, ce qui m'a permis d'augmenter mon chiffre d'affaires. J'ai aussi un beau bureau, même si ce n'est que temporaire.

— C'est vrai ? C'est super !

— Oui. Lily a une dépendance dans son jardin qu'elle n'utilisait pas, et elle a eu la gentillesse de me la prêter jusqu'à ce que je puisse m'installer ailleurs. Avoir un endroit pour travailler donne vraiment la sensation d'un véritable engagement, comme si tout se mettait en place.

— C'est super, Jack. Je suis vraiment content pour toi. Je sais que les parents ont des problèmes avec tes décisions, mais je veux que tu saches que ce n'est pas mon cas.

Jack lui sourit.

— Je sais. Je l'ai toujours su, frangin.

Je bus une gorgée et regardai par la fenêtre où le jardin était artistiquement éclairé. Une grande fontaine double projetait de l'eau dans la nuit calme, les gouttelettes s'accrochant aux rayons de lumière, scintillant comme de petites lucioles au-dessus du bassin. Il était évident que chacun des deux frères avait cruellement ressenti l'absence de l'autre, même si, à mon avis, aucun des deux ne l'avouerait jamais.

Soudain, réclamant l'attention, quelqu'un tapota à plusieurs reprises une coupe de cristal, et chacun fit silence. Le comte fit un signe de tête à sa femme, puis recula d'un pas. Il avait beau posséder le titre, il était facile de comprendre qui portait la culotte.

— Chers amis, nous tenons à vous remercier tous d'être venus ce soir pour célébrer le retour de notre fils aîné au bercail et dans le giron réconfortant de sa famille.

Edward avala son verre de travers et je lui tapotai le dos bien vite tandis que Jack, tête baissée, se balançait d'un pied sur l'autre, attendant manifestement qu'un gouffre s'ouvre dans le plancher pour y disparaître.

— Je suis sûre, poursuivit sa mère, que vous aimeriez tous vous joindre à moi pour souhaiter la bienvenue à Jack, et que vous aimeriez aussi entendre quelques mots de sa part. Viens me rejoindre, Jack chéri.

D'un geste quasi royal, elle fit signe à son fils de les rejoindre. Jack, lui, raide comme un piquet, vibrait de frustration.

— Tu dois y aller, chuchota Edward. Tu pourras te disputer avec elle plus tard.

Jack continuait à fixer ses pieds du regard, comme s'il évaluait ses options. Puis il releva la tête, afficha un large sourire et se dirigea à grands pas vers sa mère, avant de se pencher et de déposer un baiser sur sa joue, exactement comme j'imaginais qu'il avait été élevé à le faire. Il correspondait parfaitement à l'image – l'homme séduisant qui avait tout du gentleman, sans oublier qu'il était sexy en diable dans ce smoking. Cependant, je savais que tout ceci n'était qu'une façade, comme son allure bravache et ses conquêtes féminines durant ses jeunes années n'étaient que de la poudre aux yeux. Il était difficile de jouer la comédie en permanence. Épuisant, même, et je devrais le savoir. Pendant les deux années qui avaient suivi le décès de Mike, j'avais tenté de faire semblant de pouvoir reprendre ma vie en main, de vivre comme précédemment, d'aller de l'avant comme les gens m'y incitaient. Mais cela ne faisait que me rendre encore plus malheureuse. C'était comme vivre deux vies, être deux personnes dont l'une vous était inconnue.

J'observai Jack faire un discours totalement improvisé, mais parfait pour l'occasion, faisant rire l'assemblée, flattant les gens qu'il fallait. Pour résumer, il faisait tout ce que sa mère attendait de lui, mais quand il me jeta un coup d'œil, je compris qu'au fond de lui il détestait ce moment. Je soutins son regard, essayant de lui faire comprendre qu'il n'était pas seul, même s'il en avait l'impression. Il détourna le regard et termina son discours, mais quand il se tourna de nouveau vers moi en levant son verre, je sus que le sourire dans ses yeux n'était destiné qu'à moi.

12

— Je ne pense pas que j'y serais parvenu sans toi, dit Jack alors que nous quittions la voiture pour nous diriger vers la maison.

Le trajet n'avait pas été long, mais il était resté silencieux tout le temps, et je n'avais pas voulu interrompre ses pensées.

— Bien sûr que si. Tu es plus fort que tu ne le penses.

— Toi aussi.

Je levai les yeux vers lui en sortant les clés de ma pochette.

— Peut-être.

Il rit, et je sentis l'odeur du whisky coûteux flotter dans l'air de la nuit.

— Il n'y a pas de « peut-être ». Ma mère intimide tout le monde. Même le vicaire tremble en sa présence, et pourtant, il a Dieu de son côté ! Toi, tu ne t'es pas laissée démonter et tu nous as défendus tous les deux, toi et moi. Je ne pense pas que quelqu'un ait jamais fait cela auparavant, en tout cas, pas pour moi. Toutes les femmes que j'appréciais, mais que ma mère jugeait inadaptées à ma condition, ce qui était le cas de la plupart d'entre elles, me fuyaient après une seule rencontre avec elle.

— Oui, mais c'est différent, répondis-je, attendant qu'il franchisse le seuil.

Perdu dans ses pensées, il ne semblait pas avoir remarqué que j'avais ouvert la porte, alors je tendis le bras vers lui et le tirai doucement vers l'intérieur.

— Ah bon ? Et en quoi est-ce différent ?

— Parce que ces femmes étaient liées à toi par une relation amoureuse. Ce n'est pas mon cas. Elle ne m'apprécie peut-être pas, mais je ne suis pas non plus une menace pour elle, et elle le sait.

— Je ne suis pas sûr qu'elle aime qui que ce soit, dit-il, se dirigeant vers la cuisine, puis se laissant tomber sur le canapé.

Il desserra sa cravate pour qu'elle pende librement autour de son cou.

Heureusement que je n'étais plus la jeune fille énamourée de dix-neuf ans, parce qu'aujourd'hui, à trente-neuf ans, je ne pouvais nier qu'il était sexy en diable.

— Je suppose qu'elle a dû aimer ton père, du moins suffisamment pour l'épouser.

Jack eut un rire amer.

— Tu ne connais vraiment rien à l'aristocratie, n'est-ce pas ?

— Bien sûr que si. J'ai écrit plusieurs romans historiques, et je fais toujours mes recherches avec beaucoup de sérieux.

— Tu aurais dû me dire que tu voulais faire des recherches la fois où tu es venue me voir. Les choses se seraient peut-être passées différemment.

— Ah ! Tu aurais bien aimé.

Jack ne répondit rien.

— Qu'est-ce que tu voulais dire, de toute façon, sur le fait que je n'y connais rien ?

— Que cela peut sembler démodé de se marier pour l'argent ou pour les titres, mais je t'assure que cela n'a pas complètement disparu.

— Tu ferais ça, toi ?

— Non. C'est bien le problème, du moins du point de vue de mes parents. Ils ont épousé « la bonne personne » même s'ils n'étaient pas amoureux, et dans leur entourage beaucoup ont fait de même, alors ils ne comprennent pas pourquoi je suis tellement opposé à cela.

— Oh, je vois. Tu penses qu'Edward épouserait la bonne personne, ou qu'il se marierait seulement par amour ?

La tête appuyée sur le dossier du canapé, il se tourna pour me regarder. Ses beaux yeux étaient lourds de fatigue, peut-être aussi un peu d'alcool et à mon avis du stress dû à la soirée. Mais peut-être également du soulagement que cette dernière soit terminée.

— Tu poses la question pour une copine ? plaisanta-t-il.

Je lui donnai un coup de genou.

— Non, je pose la question parce que je suis une écrivaine et que la curiosité est un trait de caractère nécessaire dans mon cas.

— Felix m'a dit que tu préférais parler d'intérêt.

— Il a raison, c'est une description plus précise, mais tu as bu plusieurs verres et j'essayais de rendre les choses plus faciles à comprendre pour toi.

Il me retourna mon coup de genou.

— Autant que tu le saches, je suis en pleine possession de mes moyens.

— C'est bon à savoir.

— Quant à Edward, si tu es intéressée, je pense qu'il est déjà à moitié amoureux de toi, donc si tu veux que je lui glisse un mot pour toi…

— Oh, ferme-la !

Il éclata de rire, et pour la première fois de la soirée, je le vis se détendre.

— Pour être honnête, poursuivit-il, je ne saurais répondre à ta question. Je ne crois pas qu'il se marierait par intérêt, mais Edward a aussi envie d'une vie tranquille. Jusqu'à présent, il a réussi à éviter trop de pression de la part de mes parents en fréquentant des personnes conformes à leurs souhaits, mais il est évident qu'il n'a jamais eu d'histoire d'amour sérieuse. Je suis sûr qu'ils ne vont pas tarder à faire des allusions et à commenter ses relations, si ce n'est déjà fait.

— Tu crois qu'il sera aussi fort que toi pour résister ?

Jack émit une sorte de grognement sceptique.

— Je ne suis pas certain que s'enfuir à l'autre bout du monde puisse être qualifié de force.

— Ne te fais pas de reproches. Tu as fait ce que tu devais pour ta propre santé mentale. Je comprends.

Je sentais son regard sur moi, mais pour ma part je gardais les yeux rivés sur le jardin.

— Oui, je sais.

Il s'était exprimé avec douceur, et à ce moment-là je sus que, même si ce n'était le cas pour personne d'autre monde, lui au moins, il comprenait les étapes que j'avais endurées après le décès de Mike.

— Mais j'imagine que nous ne pouvons pas fuir pour toujours, ajouta-t-il.

— On peut essayer.

Il eut un rire profond, et soudain je sentis qu'il se tournait complètement vers moi. Un doux baiser effleura mes cheveux sur le sommet de mon crâne.

— Merci d'être venue ce soir. Je sais que ce n'a pas dû être facile pour toi, mais j'apprécie plus que tu ne le penses. Le simple fait de savoir qu'il y avait un visage amical a fait toute la différence.

Il se leva.

— Il y avait de nombreux visages amicaux, là-bas, dis-je en levant les yeux vers lui. Tous absolument ravis de te revoir. Perséphone, pour commencer. Désolée, je voulais dire *Lady* Perséphone.

— Percy est mariée.

— Peut-être, mais tu m'as dit une fois que dans ton monde, la plupart de temps cela ne faisait pas beaucoup de différence.

— Je n'ai pas l'impression d'appartenir à ce monde, et cela fait une différence pour moi.

Je fis un effort pour me lever. Jack me tendit la main pour m'aider, mais il tira peut-être un petit peu trop fort et en l'éclair d'un instant je me retrouvai quasiment contre son torse… sur lequel je posai une main pour me stabiliser, tandis que sa propre main s'approchait de ma taille. Je humai l'odeur de son après-rasage, et pendant une fraction de seconde, je n'eus plus envie de rien d'autre que de rester sans bouger à la respirer. Mais la réalité me rappela brusquement à l'ordre alors que je reculai d'un pas tout en me retournant.

— Oups !

— Lily ?

— Oui ?

Je regardai autour de moi, mais continuai à me diriger vers la plaque de cuisson pour me faire chauffer un peu de lait. Comme il n'ajoutait rien, je lui jetai un coup d'œil. Il étudiait ses pieds.

— Jack ?

Il releva la tête.

— Quoi ?

— Tu voulais me dire quelque chose ?

Il y eut une pause avant qu'il ne secoue la tête et sourie.

— Non. Rien. Désolé. Je n'ai plus l'habitude de boire autant, mais j'avais besoin d'un petit remontant, ce soir.

— Pas de problème. Tu n'es pas ivre.

Il rigola.

— Je ne suis pas complètement sobre non plus.

— C'est vrai. Allez, va te coucher. Tu tombes de sommeil. Repose-toi un peu, la soirée a été épuisante pour toi sur le plan émotionnel.

— J'imagine qu'elle l'a été pour toi aussi.

— Nous ne parlons pas de moi, mais ne t'inquiète pas, tout va bien.

Il n'en avait pas l'air certain.

— Et comme tu l'as dit, c'est un bon entraînement pour l'avant-première à Londres.

— Oui, sûrement. Et au moins, à ce moment-là, tu n'auras pas affaire à ma mère, donc tout sera sûrement plus facile.

— On ne peut qu'espérer, répondis-je avant de le pousser vers l'escalier.

***

Assise en silence, sirotant mon lait chaud, je réfléchis à la soirée qui venait de s'écouler. En réalité, pour moi, l'idée de devoir m'y rendre avait été pire que l'événement en question. Je ne pouvais évidemment pas parler pour Jack, mais il était clair pour Edward et pour moi que l'aîné des deux frères n'avait pas du tout apprécié le tapage créé autour de son retour. Jack était doué pour faire bonne figure en public. Peut-être que cela faisait partie de son éducation, mais je savais, d'après mes propres tentatives, qu'il y avait une limite. Personne ne pouvait faire semblant trop longtemps. Soit on finissait par être submergé, soit on perdait de vue sa véritable personnalité.

Qu'avait-il en tête lorsqu'il avait prononcé mon prénom ? Son visage était quelque peu dissimulé par l'ombre, il m'avait donc été difficile de lire son expression, mais je savais que cela n'était pas seulement à cause de l'alcool. Il y avait autre chose, mais finalement, il n'avait pas souhaité le partager, et je n'allais pas insister. Des années plus tôt, on m'avait suffisamment poussée à parler, à sortir, à avoir des rendez-vous, à faire tout ce que je n'avais pas envie de faire. Même si je comprenais que tous ces souhaits n'étaient que pure bienveillance à mon égard de la part de mon entourage, c'en était trop. Les gens doivent faire les choses uniquement quand ils sont prêts. Et manifestement, Jack n'était pas encore prêt à partager les pensées qui lui avaient traversé l'esprit. Néanmoins, quand il le serait, je serais heureuse de l'écouter.

J'éteignis la lampe d'appoint, vérifiai que les portes étaient bien verrouillées, puis me dirigeai vers mon lit. Aucune lumière ne filtrait sous la porte de Jack, et je n'entendais aucun bruit dans sa chambre. Il était épuisé, alors j'espérais que la combinaison de fatigue, de soulagement et d'alcool lui permettrait de passer une bonne nuit.

***

Le lendemain matin, je fus un peu surprise de voir la porte de Jack entrouverte, mais il n'y avait aucun signe de l'homme en question dans toute la maison. Prenant ma tisane, je me dirigeai vers le garage et constatai que ma vieille voiture avait disparu. Je ne m'étais pas attendue à ce qu'il se lève si tôt aujourd'hui, un dimanche, surtout avec ce qui devait être une sorte de gueule de bois, même légère. Cependant, il était libre d'aller et venir à sa guise. C'était ce qui était convenu, et tant qu'il se sentait suffisamment heureux et détendu, j'étais contente pour lui.

Je me tournai vers la partie principale du jardin, ressentant le même plaisir et le calme éprouvés dès le premier instant où j'y avais pénétré. Ce sentiment n'avait fait qu'augmenter depuis que Jack s'occupait du jardin, et même s'il n'était pas là depuis très longtemps, le nettoyage des zones les plus envahies par la végétation apportait déjà une grande différence à l'état général.

Levant les yeux vers le bleu du ciel, je réfléchis à comment j'allais occuper ma journée. J'avais envisagé de faire un peu de pâtisserie, mais il faisait si beau, le temps était si clément que ce serait dommage de rester enfermée. M'être forcée à sortir la veille ne signifiait pas pour autant que j'allais me lancer dans une série d'engagements sociaux, mais j'avais envie d'être dehors, dans la nature, et chose inhabituelle, d'aller au-delà de mon jardin. Je rentrai à l'intérieur, et étudiai la carte du coin.

***

— Voilà, ma belle.

La serveuse enthousiaste déposa devant moi un délicieux petit déjeuner anglais. J'avais décidé d'aller me promener, et sur l'application de randonnées j'avais trouvé un sentier qui semblait praticable. Il était suffisamment éloigné pour être paisible, pas complètement isolé du point de vue de la sécurité, et je n'avais pas à conduire trop loin de chez moi pour m'y rendre. Durant mon trajet en voiture, ce petit café avait attiré mon attention, et, sur un coup de tête, je m'étais engagée sur le parking avant d'entrer et de m'installer à une table dans un coin, avec ma liseuse Kindle pour toute compagnie. Le personnel était aimable, mais pas importun, la théière était énorme, la nourriture délicieuse et préparée maison. Après avoir quasiment terminé la théière, j'allai faire un tour aux toilettes – impeccables –, afin de prendre mes précautions avant de quitter les lieux et de partir en promenade.

— Merci, ma belle, dit la serveuse en encaissant mon paiement et en ramassant le généreux pourboire que je lui avais laissé. À bientôt.

Je lui fis un geste de la main et lui souris. En moi, une pensée commençait à s'installer. Oui, peut-être bien qu'elle me reverrait, mais je n'allais pas brusquer les choses. Un pas après l'autre, et on verrait bien.

***

Une fois parvenue au sommet de la colline, je contemplai des hectares de collines verdoyantes ponctuées de quelques fermes, et je respirai l'air pur et vivifiant. J'avais la chance de vivre à la campagne, et il y avait quelque chose dans l'air d'ici – peut-être était-ce dû à l'altitude à laquelle je me trouvais – qui semblait plus pur que n'importe où ailleurs et qui me donnait l'impression de pénétrer plus profondément dans mes poumons. Il y avait longtemps que je n'avais pas fait une telle promenade, mais ce ne serait pas la dernière. Je ne savais pas trop ce que Poppy et Felix en penseraient. Ils considéreraient peut-être que cela revenait encore à faire des choses seule, mais au moins, je sortais davantage et j'appréciais. Cette promenade me faisait du bien : l'air frais, l'exercice, surtout avec un travail où je restais assise la plus grande partie de la journée. Cela me donnait également l'occasion de réfléchir, que ce soit sur la vie en général ou sur un point particulier de l'intrigue sur laquelle je travaillais. Les magnifiques paysages qui m'entouraient m'inspiraient, et j'en fixai certains dans ma mémoire afin de les intégrer à des idées que j'avais en tête pour de futurs romans. Je sortis mon téléphone de ma poche et pris quelques photos, aussi bien en souvenir de ma journée que pour y repenser lorsque j'écrirais. Sur un coup de tête, j'en envoyai une à Felix. Bien sûr, il n'y avait pas de réseau, ici, et j'en étais ravie, mais il la recevrait lorsque je serais de nouveau en contact avec la civilisation.

Sur le chemin du retour, mon téléphone sonna.

— Ce n'est pas ton jardin ! dit la voix de mon frère dans le haut-parleur.

— Non, je suis partie me promener. J'ai pensé que cela te ferait plaisir.

— C'est le cas. Tu es seule ?

— Oui.

— Il n'y avait pas de danger ?

— Beaucoup de personnes se promènent avec leur chien, dans ce coin, et j'ai croisé pas mal de monde. Mais je n'ai pas eu à leur parler, donc c'était une situation gagnant-gagnant, et oui j'ai apprécié, merci de demander.

Je levai les yeux au ciel.

— Cela allait être ma prochaine question, mais je suis sûr que tu as déjà levé les yeux au ciel, dit Felix.

Il était un peu irritant que mon frère me connaisse si bien.

— Et je suis content que tu sois sortie au-delà de ton jardin, pour une fois. En fait, j'ai entendu dire que c'était la deuxième fois en quelques jours que tu sortais.

— Les nouvelles vont vite.

— Jack m'avait dit que tu avais prévu de l'accompagner chez ses parents, mais entre toi et moi, je n'étais pas certain que tu le fasses.

— Eh bien, tu lui as demandé de m'accompagner à l'avant-première, alors je n'avais pas trop le choix. Ce n'aurait pas été très sympa de ma part de lui refuser mon soutien alors qu'il en avait besoin.

— C'est vrai, mais les sorties ne sont pas trop ton truc.

— Ce n'est rien de le dire. Tu connais sa mère ?

Felix éclata de rire.

— Oh, oui, l'inimitable lady Coulsdon-Hart. Elle est impressionnante, n'est-ce pas ?

— Oui, certainement.

— Tu comprends mieux pourquoi Jack a passé autant de temps chez nous, non ?

— Je l'ai compris hier soir. Son frère a l'air sympathique. Je ne l'avais jamais vraiment rencontré, auparavant.

— Oui, Ed est sympa. Je crois qu'il a beaucoup manqué à Jack quand il était à l'étranger.

— D'après ce qu'Edward a dit hier soir, chacun regrettait l'absence de l'autre. Je crois qu'il est heureux que son grand frère soit de retour au pays.

— Alors, comment s'est passée cette soirée ? Comment était Jack ?

— Comme s'il préférait être ailleurs, mais il a fait bonne figure, comme on l'attendait de lui.

— Ils essaient toujours de le marier à la « bonne » personne, donc ?

— D'après tous les regards dirigés sur lui, oui, je crois que c'est toujours le cas. Sa mère a été horrifiée d'apprendre qu'il était accompagné de sa propriétaire.

— Sa propriétaire ? Sérieusement ? Alors ça, ça vaut son pesant d'or !

Cette fois, Felix rugit carrément de rire.

— Je sais, dis-je en riant à mon tour. Je l'ai bien vite remise en place sur ce point.

— Vraiment ?

La surprise dans sa voix était évidente.

— Évidemment ! Tu sais bien que ce n'est pas ce qui est convenu entre Jack et moi, et la façon dont elle l'a dit était humiliante pour nous deux.

— Je suis tout de même un peu surpris. Les gens n'ont pas l'habitude de s'opposer à Lady CH. Elle peut être assez intimidante. Surtout pour les personnes qui, normalement, sortent à peine de chez elles.

— Je ne sais pas, peut-être que cela a joué en ma faveur. Cela fait si longtemps que j'ai oublié quand je suis censée être intimidée.

— Tu ne devrais jamais l'être.

— Elle a eu l'air plutôt choquée. Elle ne doit pas avoir l'habitude que les gens lui répondent, surtout une simple propriétaire comme moi.

À ces mots, nous éclatâmes de rire à l'unisson.

— Bon sang, j'aurais aimé être là. Je suis extrêmement fier de toi, j'espère que tu le sais.

— Merci.

— Que fait Jack, aujourd'hui ?

— Je n'en ai aucune idée. Il était déjà parti quand je me suis levée, pourtant il n'était pas très tard.

— Je vais peut-être envoyer un message pour vérifier qu'il va bien après cette soirée. Et, Lily…

— Oui ?

— Je suis vraiment heureux que tu sois sortie aujourd'hui.

— Dans ce cas, tu seras encore plus heureux de savoir que j'ai pris un délicieux petit déjeuner dans un salon de thé qui se trouvait sur ma route.

— Qui êtes-vous, et qu'avez-vous fait de ma sœur ?

Je lâchai un nouveau rire, et dis au revoir à mon frère, lui demandant d'embrasser Poppy et les enfants pour moi. Je lui promis de passer les voir dans la semaine, puis je raccrochai, et conduisis jusqu'à la maison.

13

Lorsque j'arrivai chez moi, je trouvai Jack en train de lire dans la cuisine-salle à manger, étendu sur le canapé, ses longues jambes pendant par-dessus l'accoudoir. Une délicieuse odeur se dégageait d'un plat qui mijotait dans une de mes casseroles en fonte posée sur la plaque de cuisson.

— Salut.

— Salut. Tu as l'air bien installé. Comment s'est passée ta journée ?

— Bien, merci. Tu es sortie ?

— Oui !

J'enlevai mon manteau et gagnai le hall pour le suspendre dans le placard, avant de retourner à la cuisine.

— Super ! dit Jack. Tu es allée dans un endroit sympa ?

— Juste faire un tour dans la campagne. Je me suis promenée, j'ai pris l'air frais et fait un peu d'exercice.

Il posa son livre sur son large torse.

— Et c'était comment ?

— Quoi ? demandai-je en riant. Tu veux dire quitter de nouveau la maison ? Mon frère m'a déjà posé la question. C'était plutôt pas mal, en fait. Et, oui, je sais que ce n'est pas habituel pour moi, mais pour répondre à ta question je pense que cela m'a fait du bien.

— Tu as juste marché ?

— Je me suis arrêtée pour prendre mon petit déjeuner et lire un peu, puis j'ai fait une longue promenade revigorante avant de trouver un endroit où prendre une tasse de thé dont j'avais bien besoin et lire encore quelques chapitres avant de rentrer à la maison.

— On dirait que tu as passé une journée parfaite, et bien remplie.

— Suffisamment remplie pour moi.

— Tu as l'air d'aller mieux.

— Je ne sais pas trop comment le prendre.

— Prends-le comme un compliment, car c'était mon intention. Juste histoire de clarifier les choses, tu avais déjà l'air bien avant, mais là tu as… je ne sais pas… c'est comme si tu irradiais.

Il secoua la tête.

— Enfin, je ne sais pas exactement comment dire cela. Mais en tout cas, il est évident que cela t'a fait du bien. C'est tout ce que j'essaie de dire.

— Merci. Et toi, qu'est-ce que tu as fait ?

— Je suis retourné chez mes parents, puis j'ai fait une longue promenade, dont j'avais bien besoin, pour reprendre ton expression, après les avoir vus.

— Oh, mon Dieu. Ça ne s'est pas bien passé ?

— Aussi bien qu'on puisse s'y attendre, dit-il, mettant le livre de côté avant de se lever, pour me rejoindre en quelques enjambées. Ils veulent toujours que je prenne la place qui me revient à la tête de la famille, que j'épouse la femme parfaite, avec le parfait nom de famille et la parfaite éducation. Je pensais qu'une aussi longue absence leur aurait permis de comprendre que ce n'était pas ce que je voulais et que cela n'arriverait pas.

Il souleva le couvercle de la casserole et remua les ingrédients.

— Qu'est-ce que ça sent bon !

— Merci. Ton expédition t'a probablement ouvert l'appétit. Du moins, je l'espère, et j'espère aussi que tu aimeras, car j'en ai cuisiné assez pour plusieurs repas.

— Tu n'avais pas besoin de cuisiner pour moi.

— Je sais. Et tu n'es pas non plus obligée de cuisiner pour moi, mais quand cela arrive, c'est agréable.

Je levai les yeux vers lui. Il avait raison. Plus je partageais mes dîners avec lui, plus je me rendais compte à quel point le plaisir de converser avec un autre être humain m'avait manqué. Bien sûr, je discutais avec ma famille, mais ces conversations étaient généralement interrompues par les enfants, comme c'était souvent le cas lors des repas de famille. La conversation avec Jack était facile, parfois légère, et parfois étonnamment profonde.

— Alors, où en êtes-vous restés ? demandai-je, avant de me rétracter. Désolée, cela ne me regarde pas. Je ne devrais pas te poser une telle question. Je t'ai déjà dit que j'étais terriblement curieuse.

— Je préfère considérer cela comme de l'intérêt, me taquina-t-il, ses yeux verts pétillant d'amusement. Et j'aime que tu me poses des questions. J'aime te parler. Tu ne juges pas. Tu m'écoutes, c'est tout. Je n'avais pas compris à quel point j'avais besoin de cela.

Il m'adressa un bref sourire, légèrement teinté d'embarras. À coup sûr, il était difficile pour quelqu'un comme Jack d'admettre qu'il avait besoin de quoi que ce soit, alors j'appréciais encore plus ses paroles.

— Bon, assieds-toi, suggéra-t-il, je vais nous servir. Il y a une bouteille de vin blanc dans le réfrigérateur, si tu veux bien la prendre en passant.

J'obtempérai, et attrapai deux verres dans le placard à côté.

— Oooh, on ne se refuse rien ! m'exclamai-je en regardant l'étiquette de la bouteille tout en me dirigeant vers la table.

— Eh bien, il est hors de question que quelqu'un puisse dire que le fils aîné d'un comte n'apporte que de la bière bon marché pour le dîner.

— Oh non. Ce n'est pas possible. Ne t'inquiète pas, je veillerai à ce que tout le monde sache que tu n'apportes que du choix de premier ordre.

— Ce serait aimable à toi, oui, par exemple lors de ta prochaine soirée, dit-il, un sourire malicieux se dessinant sur ses lèvres sensuelles.

— Comme tu le sais, je ne cesse de sortir.

— En effet, et je suis heureux d'avoir l'occasion de te voler un peu de ton temps, ce soir.

— Nous sommes de vieux amis. Il serait grossier de ma part de ne pas te trouver une place dans mon agenda pourtant si bien rempli.

Ses yeux pétillaient de malice lorsqu'il s'assit, et posa mon assiette devant moi.

— Lasagnes aux lentilles et aux légumes méditerranéens. J'espère que cela te plaira. *Bon appétit*, comme disent nos amis français.

— Oh, bon sang, voilà que tu parles aussi une langue étrangère. Je ne suis pas sûre que ma simple éducation soit à la hauteur d'un élève d'Eton et de Cambridge.

Il me fit une grimace du style *arrête de faire la maligne*.

— Miam, c'est délicieux ! dis-je en plaçant une main devant moi pour cacher ma bouche pleine.

La chaleur de son sourire m'enveloppa. Jack semblait sincèrement satisfait de mon compliment. Il semblait également légèrement surpris, et je ne pus m'empêcher de me demander depuis combien de temps il n'avait pas reçu de véritable compliment. J'en étais un peu triste pour lui, mais j'étais aussi heureuse de le voir sourire et j'avais envie que cela continue.

— À quoi penses-tu ? s'enquit-il en buvant une gorgée de vin, m'observant par-dessus le bord de son verre. Tu as l'air très pensive.

— Vraiment ?

— Oui, vraiment.

— Je ne pensais à rien de particulier. Je me disais juste que c'est agréable.

— Quoi ? Le dîner ?

— Tout. Le dîner, ta compagnie, et j'espérais que toi aussi tu te sentais à l'aise.

Cette fois, il baissa les yeux pour boire une nouvelle gorgée, mais il hocha la tête en guise de réponse.

— Alors, quelle distance as-tu parcourue, en fin de compte ? demanda-t-il en reposant son verre avant de prendre sa fourchette.

Si je n'étais pas aussi douée en la matière, j'aurais pensé qu'il faisait de son mieux pour changer de sujet.

***

— Chéééérie ! C'est absolument formidable ! déclara mon agente en avalant bruyamment une gorgée de son café, alors que nous nous entamions notre conversation vidéo. Nous ne pouvions rêver meilleure publicité.

Je lui jetai un regard un peu perplexe.

— Désolée, qu'est-ce qui ne pourrait pas être une meilleure publicité ?

— Toi et ton mec super, et tout ce qui concerne vos amours. Et je voulais te dire – sa voix perdit pendant un moment son côté théâtral – que je suis vraiment ravie pour toi. Personne d'autre ne mérite plus le bonheur que toi. Dieu sait que tu l'as attendu assez longtemps.

— Encore désolée, Zinnia, mais je ne sais vraiment pas de quoi tu parles.

Elle fronça les sourcils un instant avant de brandir un journal montrant une photo de moi au manoir, Jack penché vers moi, sa main posée dans mon dos. C'était un geste tout à fait innocent, et s'il était penché vers moi c'était simplement pour pouvoir me parler par-dessus le bruit des bavardages qui nous entouraient, mais bien sûr, il était facile de comprendre l'interprétation que l'on pouvait donner à ce cliché. Mes yeux se portèrent sur le titre :

L'auteure de romance tragique va-t-elle enfin connaître une fin heureuse ?

— Oh, mon Dieu ! C'est le journal d'aujourd'hui ?

— Oui. Tu ne l'as pas vu ?

— Je ne le reçois pas.

— Oh, mais c'est partout sur Internet. Je suis surprise que tu ne l'aies pas vu.

Je poussai un gémissement et laissai tomber ma tête entre mes mains.

— J'ai passé la journée à écrire, je ne suis même pas allée sur Internet. C'est affreux !

Zinnia me scruta du regard.

— En quoi est-ce affreux ? D'abord, tu es sortie de chez toi, ce qui est une bonne chose. Deuxièmement, tu te trouves en compagnie d'un homme absolument magnifique qui semble avoir été conçu pour le péché et pour briser les cœurs. C'est l'un de tes héros emblématiques qui prend vie. Jusqu'à présent, je ne vois aucun problème à tout cela.

— Ce n'est pas ça du tout. C'est juste un ami d'enfance. L'ami de mon frère, en fait.

— C'est encore plus romantique – les amours de jeunesse !

— Mais non, absolument pas ! Rien à voir avec un amour de jeunesse. Par contre, tu as raison sur sa capacité à briser les cœurs.

Elle haussa un sourcil fortement crayonné en signe d'intérêt.

— Pas le mien, m'empressai-je d'ajouter. Mais celui de la plupart des jeunes femmes du village et quelques autres plus âgées aussi. Je n'en reviens pas. Pourquoi les gens se sentent-ils toujours obligés de fourrer leur nez dans les affaires des autres ? Tu vois, si je n'étais pas sortie, rien de tout cela ne serait arrivé.

— Chérie, tu ne peux pas rester enfermée derrière tes quatre murs pour toujours. Et qui se soucie de savoir si les gens parlent de toi ? Demain, ils parleront de quelqu'un d'autre, crois-moi. En attendant, c'est de la bonne publicité pour la sortie du film, et pour tes livres.

— Mais c'est ma vie, Zinnia. Je ne veux pas qu'elle soit étalée dans les journaux, surtout s'il s'agit de mensonges. C'était déjà assez dur quand j'ai connu mon premier grand succès et que tout le monde a déterré les circonstances de la mort de Mike.

— Ne les lis pas, alors. Ce sera vite oublié. Les journalistes passeront bien vite à quelqu'un d'autre.

Elle jeta un coup d'œil au cliché du journal, et poursuivit :

— Je dois admettre que j'espérais que c'était vrai.

— Désolée de te décevoir.

Elle reporta son regard sur moi.

— Tout ce que je veux dire, c'est que tu mérites le bonheur.

Je me passai une main dans les cheveux.

— Oui, désolée. Je sais. Je ne voulais pas être cassante. C'est juste que je déteste cet aspect des choses.

— Je comprends. Bon, je te laisse retourner à ton livre, et on se reparle bientôt.

Elle me lança un baiser, et je lui fis un petit signe de la main pour lui dire au revoir.

***

Quand Jack franchit la porte, plus tard dans la journée, je sus rien qu'en regardant son visage qu'il avait vu l'article, lui aussi.

— Je n'ai rien à voir avec cela, bredouillai-je aussitôt.

Il retira ses bottes et me rejoignit. Lorsqu'il se retrouva face à moi, il prit mes mains dans les siennes. Gênée, je gardais mes yeux fixés sur le bouton de sa chemise, au niveau de ma ligne de mire.

— Regarde-moi, demanda-t-il d'une voix douce, mais avec un petit air autoritaire.

Je continuai à fixer le bouton.

— J'ai dit, regarde-moi.

Cette fois je lui obéis, renversant la tête en arrière pour croiser son regard.

— Je sais que tu n'as rien à voir avec cela.

Un sourire se dessina sur ses lèvres.

— Personne ne pourrait être moins enthousiaste que toi à propos de cet article, alors l'idée que tu en sois à l'origine est risible.

— Je suis tout de même désolée. Je suis sûre que cela n'a pas arrangé tes relations avec ta famille. Je n'étais même pas au courant jusqu'à ce que mon agente m'appelle pour me dire que c'était une excellente publicité pour le film.

— C'est ce qu'elle pense ?

— Apparemment, oui. Elle trouve que cela correspond plus ou moins à la romance du livre. Même si rien de ce qui est écrit n'est vrai. Je suis vraiment désolée de t'entraîner là-dedans. Je suis sûre que c'est la dernière chose dont tu as besoin en ce moment.

Me tenant toujours les mains, il pencha la tête sur le côté, faisant mine de réfléchir profondément.

— Hmm, voyons voir, être romantiquement lié à une femme belle et qui connaît le succès dans sa carrière. Oui, je comprends tout à fait que tu puisses penser que cela me dérange, ironisa-t-il.

Comme il n'avait pas lâché mes mains, je lui donnai un coup d'épaule dans le torse.

— Très drôle. Tu sais ce que je veux dire. Ta mère va devenir violette lorsqu'elle verra cet article.

— Elle l'a déjà vu.

— Oh, mon Dieu. Vraiment ?

— Oh que oui !

Je scrutai son visage.

— Tu as de gros ennuis ?

Il baissa les yeux vers moi, l'air concentré, le visage grave.

— Je suis puni pour le mois à venir.

Levant nos mains toujours unies, je le poussai et nous libérai tous les deux.

— Très drôle. Imbécile. C'est une question sérieuse.

— Eh bien, ça ne devrait pas l'être. Je suis adulte. Je vois qui j'ai envie de voir, et c'est exactement ce que j'ai dit à ma mère. Une fois de plus.

— Mais tu lui as bien expliqué que tu ne me voyais pas vraiment, n'est-ce pas ?

— D'après mes souvenirs, savoir si ce que racontait l'article était vrai ou pas est un point qui n'a pas été abordé.

— J'aurais pensé que tu le lui aurais dit dès qu'elle a mentionné cet article.

— Oui, je sais que c'est ce que tu pensais. Mais ma mère adore s'emporter, et franchement, être en désaccord avec elle ou essayer de faire valoir mon point de vue demande trop d'efforts. Mieux vaut attendre qu'elle s'essouffle.

— Mais tu lui as bien dit, n'est-ce pas ? Une fois tu as eu l'occasion de t'exprimer.

— Pas vraiment.

Incrédule, je posai mes poings sur mes hanches.

— Comment cela, pas vraiment ? C'est oui ou non. Il n'y a pas d'alternative. Soit tu le lui as dit, soit tu ne le lui as pas dit.

— Dans ce cas, non, je ne le lui ai pas dit. De toute façon, quelle importance, ce qu'elle pense ? Au moins, à présent, elle sait que tu n'es pas ma propriétaire.

Comme je m'éloignais, je lui jetai un regard par-dessus mon épaule, auquel il me répondit par un haussement d'épaules.

— D'un autre côté, Edward est à la fois ravi pour moi et espère que je suis heureux, mais il est aussi écœuré que je t'aie volée à lui.

— Pour l'amour du ciel ! Vous ne valez pas mieux l'un que l'autre. Bon, pourrais-tu attraper cela sur l'étagère pour moi ? Je ne peux pas l'atteindre.

Jack s'approcha et attrapa facilement la boîte de conserve dans le placard au-dessus de moi, et me la tendit.

— Merci.

— Avec plaisir, ma chère. Y a-t-il autre chose que je puisse faire pour toi ?

— Oui. Tu pourrais effacer ce sourire de ton visage et cesser d'être aussi pénible.

— Comment peux-tu dire des mots aussi durs au héros qui te fait tourner la tête ?

— Oh, je t'en prie !

Tel son majordome, il me fit un petit signe de tête très formel, puis quitta la pièce en riant. Je continuai à préparer le dîner, toujours frustrée et contrariée par l'intrusion dans ma vie privée, mais je constatai bien vite que, depuis le retour de Jack, je ne m'énervais plus autant que je le faisais auparavant. Un autre point de vue et le plaisir d'avoir de la compagnie semblaient avoir atténué le choc initial et l'impact de la lecture de l'article.

14

Un peu plus tard dans la soirée, quand Jack descendit pour dîner, il s'approcha de moi, l'air sérieux, cette fois.

— Je comprends, tu sais. Je sais que tu tiens à ta vie privée et que devenir célèbre a été difficile pour toi avec les journalistes qui ont fouillé dans ton passé et ont fait de ta douleur un sujet d'actualité. Je ne prends pas cela à la légère. Mais je ne veux pas que tu sois blessée, cette fois. Je voudrais te faire comprendre que ce ne sont que des ragots et que demain les journaux parleront de quelqu'un d'autre.

— Je sais. Et j'apprécie. Si tu n'avais pas été là…

Je réfléchis un instant en silence avant de poursuivre :

— Eh bien, si tu n'avais pas été là, rien de tout cela ne serait arrivé, mais d'autre part, si tu n'avais pas été là, alors j'aurais probablement tourné et retourné tout cela dans mon esprit à n'en plus finir, alors, merci.

— Je t'en prie.

— Je suis désolée que ta mère t'ait fait des reproches à cause de cela.

Son large sourire réchauffa la pièce, ainsi que des parties de moi-même que je n'avouerai pas maintenant, ni probablement jamais.

— Crois-moi, aujourd'hui, je suis tout à fait capable de gérer ma mère, et je suis presque sûr que toi aussi.

— Je préférerais éviter, cela dit.

— Nous sommes deux, dans ce cas. Viens t'asseoir, je vais nous servir. Tu as eu une sacrée journée.

Je lui jetai un torchon sur les fesses, et allai m'installer à table.

***

Les deux semaines suivantes se déroulèrent assez calmement. Je fis de mon mieux pour oublier les articles des journaux et les ragots d'Internet, et me tins à l'écart du web autant que possible. Avec un peu de chance, comme me l'avait fait remarquer mon entourage, les gens avaient trouvé d'autres sujets de discussion bien plus intéressants. Pour l'instant, je n'avais pas encore réussi à quitter la sécurité de mon jardin pour aller plus loin. Ce n'était pas que je n'en avais pas envie, mais quelque chose me retenait toujours. J'avais eu un sursaut de courage en accompagnant Jack chez ses parents, puis en sortant dans les alentours, mais je semblais avoir fait un pas en arrière. L'article sur Jack et moi avait mis le feu aux poudres et ravivé certaines insécurités. Quelque part, au fond de mon cerveau, une petite voix intérieure me susurrait que, en toute logique, si je me tenais à l'écart, on ne parlerait pas de moi. Mais une autre partie se sentait extrêmement frustrée et avait envie de donner un coup de pied à la première. Entre-temps, j'avais préparé plusieurs gâteaux, de véritables bombes de calories dans l'espoir que cela m'inciterait à trouver la détermination nécessaire pour passer à l'action et sortir. Mais jusqu'à présent, je n'avais fait que quelques tours dans mon jardin.

Jack me fit signe en passant devant la fenêtre de la cuisine. Il portait une casquette à visière qui protégeait ses yeux du soleil couchant de cette belle journée de printemps. Lorsqu'il entra dans la pièce, j'étais en train de laver la salade dans l'évier. Je me retournai pour lui dire bonjour, et me figeai.

— Qu'est-ce que c'est que ça ?

— C'est Clive.

Je jetai à Jack un regard patient qui ne l'était sans doute guère, à vrai dire.

— Ton Clive me semble être un Golden retriever.

— En effet, c'est un Golden retriever, n'est-ce pas mon garçon ? dit-il en jouant avec le chien qui semblait carrément sourire.

Les chiens sont-ils capables de sourire ?

— OK, laisse-moi reformuler cela. Qu'est-ce que Clive fait chez moi ?

— Il a besoin d'un foyer.

— Et qu'est-ce qui cloche avec son foyer actuel ? demandai-je tandis que Jack sortait un chiffon de sa poche arrière.

J'essuyai délicatement les pattes de Clive qui les lui présentait docilement l'une après l'autre.

— Son foyer actuel est une famille d'accueil. Il a eu un mauvais départ, le pauvre. L'éleveuse n'en a pas voulu parce qu'il avait un problème…

Il s'interrompit et pointa vaguement du doigt la zone de son propre entrejambe.

— Oh, mon Dieu. C'est bien trop d'informations juste avant le dîner, m'exclamai-je.

— Donc, elle allait le faire piquer.

Je lui lançai un regard horrifié.

— Je sais. La femme pour laquelle je travaille en ce moment dirige un petit refuge pour animaux. Elle a réussi à persuader l'éleveuse de lui donner Clive, et elle l'a placé en famille d'accueil. Malheureusement, ces gens ne comprenaient rien aux chiens, comme leur besoin d'exercice pour éviter l'ennui, et tout ce genre de choses. C'est comme cela qu'ils se sont retrouvés à se demander pourquoi, après avoir été coincé dans un appartement sans jardin et sans pouvoir faire d'exercice pendant cinq jours, le chien avait, disons, redessiné certains des meubles.

— Donc tu l'as amené ici pour qu'il mâche les miens ? C'est génial.

— Non. Ils l'ont ramené au refuge. Depuis, la propriétaire l'a pris en charge, elle l'a dressé et s'est occupée de lui, attendant que la bonne personne se présente. Elle ne voulait pas qu'il passe son temps à faire des allers-retours dans des foyers qui ne lui convenaient pas.

— Je vois. Je sais que je t'ai dit que tu étais ici chez toi, mais peut-être que tu aurais pu m'en parler avant de décider d'avoir un chien. Est-ce que tu peux l'empêcher de me regarder comme cela ?

— Comme quoi ?

— Avec ses grands yeux de… de chiot.

— C'est un chiot. Ses yeux sont comme cela.

— Oh, très drôle. Tu sais ce que je veux dire.

— D'ailleurs, ce n'est plus un chiot. Il a deux ans et demi, et il est très bien dressé. Il m'a suivi ces deux dernières semaines pendant que je travaillais chez cette dame.

— Tout cela est charmant. Mais je continue à penser que tu aurais dû m'en parler avant de décider d'avoir un chien.

— Clive n'est pas mon chien.

— Donc il repart demain ?

— Pas exactement. Du moins, je l'espère. Je l'ai pris pour toi.

Je me laissai tomber lourdement sur la chaise.

— Je te demande pardon ?

— C'est ton chien.

Je regardai alternativement Jack, puis le chien, avant de revenir à Jack.

— Je me demande si j'ai mangé suffisamment à midi. Suis-je en train d'avoir des hallucinations ?

Jack s'approcha, et vint s'accroupir devant moi. Le chien le suivit, et s'assit docilement à côté de lui.

— Écoute, dit Jack, c'est un très bon chien et il serait une bonne compagnie pour toi. Il pourrait t'aider à renouer avec le monde extérieur. Tu disais que tu aimais faire de grandes promenades, et quelle meilleure excuse qu'un chien avec qui partager ces moments ? Il te tiendrait compagnie et te forcerait à sortir.

— Tu as dit qu'il avait grignoté des meubles !

— Juste une fois.

— C'est bien suffisant !

— C'était il y a longtemps, et il s'ennuyait. De plus, ses maîtres ne le traitaient pas correctement. Ce qui ne serait pas le cas avec toi. Tu as un beau et grand jardin où il pourra se balader et tu l'emmèneras se promener. Il serait au paradis ici, et je pense que cela te ferait du bien de l'avoir chez toi.

— Non.

— Comment cela, non ?

Je me levai, écartant Jack de mon chemin, m'efforçant de garder mon sang-froid.

— Non. Point barre. Je ne veux pas de chien, et je ne veux pas non plus que des personnes prennent des décisions pour moi en croyant savoir ce qui me convient le mieux, sans même me consulter. Je ne suis pas une enfant.

— Personne n'a dit que tu étais une enfant, mais ce n'est pas pour autant que je ne tiens pas à t'aider.

— Je n'ai pas besoin d'aide.

— Tout le monde a besoin d'aide à un moment ou un autre. Et tu as dit que tu adorais aller te balader, mais depuis que ce stupide article est sorti, tu t'es de nouveau renfermée sur toi-même.

— Mais cela n'a rien à voir ! rétorquai-je, sentant le rouge me monter aux joues comme cela arrivait toujours quand je racontais des bobards.

Jack s'adossa à la porte, m'observant, et j'eus la curieuse impression qu'il pouvait voir à travers moi.

— Écoute, poursuivis-je, je suis contente de t'avoir ici, et cela a bien fonctionné jusqu'à présent, mais tu ne peux pas prendre des décisions à ma place, ou croire que tu sais ce qui est bon pour moi alors que tu me connais à peine.

— Je te connais mieux que tu ne le penses, même si, en la matière, tu ne favorises les choses à personne.

— Qu'est-ce que cela signifie ?

— Cela signifie que tu t'es renfermée sur toi-même depuis le décès de son mari, et que tu as également enfermé ton cœur. Il y a des personnes bienveillantes autour de toi et tout ce qu'elles veulent, c'est t'aider.

— Je n'ai pas besoin d'aide, répétai-je.

— D'accord. Donc tu vas te contenter de rester assise là, toute seule, année après année, à gâcher cette vie qui a été épargnée ce jour-là ?

Il avait retiré sa casquette durant sa diatribe, il parlait plus fort, et à présent, ses yeux étaient assombris sous l'effet de la colère.

— C’est mon choix de vivre comme j’en ai envie. Cela n’a rien à voir avec toi et tu n’as absolument rien à dire là-dessus.

— Tu crois que ton mari aimerait te voir vivre ainsi ?

— Ne t’avise pas de mêler mon mari à tout cela ! Tu ne sais rien sur lui.

— Je sais que s’il t’aimait, ce qui était évidemment le cas, il ne voudrait pas que tu vives recluse ainsi, mais que tu profites de la vie puisque tu as été épargnée.

— Peut-être que je ne voulais pas être épargnée ! répliquai-je. As-tu déjà pensé à cela ? As-tu pensé que jour après jour, nuit après nuit je regrette de ne pas être restée à cette table pour ne pas avoir à subir toute cette douleur ou à vivre ainsi ? J’avais trouvé la personne parfaite pour moi et l’univers me l’a reprise. Quel était le but de tout cela ? À quoi bon tout ce bonheur si c’était pour me l’arracher ? Il aurait mieux valu pour tout le monde que je sois assise à cette table avec lui quand c’est arrivé.

— Ne dis pas cela.

Sa voix s’était radoucie, et il avança de quelques pas vers moi, mais je maintins la distance en reculant. Il s’arrêta, comprenant le message silencieux que je lui adressai.

— Tu ne comprends pas. Tu ne peux pas comprendre.

— Tu as raison et je ne prétendrai pas le contraire, mais tu mérites de vivre, Lily, et rien de ce qui est arrivé n’était ta faute.

— C’est moi qui ai choisi le restaurant ! m’écriai-je, balayant mes larmes d’un revers de main. Alors, tu vois, c’est de ma faute. Si nous nous étions trouvés ailleurs, rien ne serait arrivé ! Tout est de ma faute !

— Tu ne peux pas dire cela. Ce n’était la faute de personne. C’était juste un horrible concours de circonstances. Tu ne peux pas passer ta vie à t'en vouloir. Et non, je ne connaissais pas bien Mike, mais j'ai vu la façon dont il te regardait, et je sais qu'il ne voudrait pas que tu te sentes coupable de quoi que ce soit. Tu dois laisser tomber cette culpabilité, Lily.

Je m'avançai vers lui, levai la tête jusqu'à pouvoir croiser son regard et m'adressai à lui avec calme, mais d'une voix aussi froide que l'acier.

— Tu n'as pas à me dire ce que je dois faire.

Sur ce, je pivotai sur mes talons, quittai la cuisine et montai directement dans ma chambre dont je fermai la porte à clé.

***

Je me retournai et consultai mon réveil. Deux heures et demie. Après avoir quitté la cuisine, j'avais enfilé mon pyjama et j'étais allée directement me coucher, des larmes coulant encore sur mes joues après ma dispute avec Jack et tous les souvenirs qu'elle avait ravivés. Je détestais m'être disputée avec lui, mais je m'en tenais à ce que j'avais dit. Au fond de moi, je savais qu'il avait mes intérêts à cœur, du moins le croyait-il. J'avais passé beaucoup de temps seule, et peut-être manquais-je un peu de pratique en matière de compromis. Au cours des dix dernières années, je n'avais eu à me soucier de personne, et jusqu'à présent, Jack avait été assez facile à vivre. *Jusqu'à présent,* il n'avait pas plongé dans ma vie privée. Personne ne l'avait fait. Elle était verrouillée depuis tant d'années. Je n'avais même jamais dit à mon frère ce que j'avais crié à Jack ce soir. Je savais que pour Felix entendre de tels propos à un moment déjà difficile aurait été douloureux pour lui, et Poppy et lui avaient tant fait pour moi. Jack avait peut-être raison quand il disait que je me mettais des barrières. Ce n'était pas le cas, auparavant. Mais des choses arrivaient, et les gens changeaient. Ce n'était pas que je ne voulais pas éprouver d'amour, mais je ne pourrais pas supporter de le connaître et le perdre de nouveau. Au fond de mon cœur, je savais que cette solitude n'était pas une solution idéale, mais à l'époque c'était le seul moyen que je voyais pour surmonter mon deuil, et au fil des ans, c'était devenu une habitude.

Je gigotai dans mon lit. Mon estomac grogna, me rappelant que j'avais quitté la cuisine avant d'avoir ne serait-ce que goûté au dîner que j'avais préparé.

Durant la soirée, Jack m'avait appelée à travers la porte, suggérant que je devais manger quelque chose, mais je l'avais ignoré, et il s'était rapidement éloigné. Cependant, alors que mon estomac émettait un autre grognement, il apparut que les fringales étaient plus difficiles à éloigner que Jack.

Repoussant ma couette, j'enfilai mes pantoufles, attrapai ma robe de chambre et en serrai la ceinture autour de ma taille avant de descendre l'escalier, veillant à ne pas faire de bruit. D'après ce que j'avais pu constater depuis qu'il vivait ici, Jack avait normalement le sommeil lourd, mais la dernière chose dont j'avais envie en ce moment était une nouvelle confrontation avec lui.

Le clair de lune éclairait le sol en pierre de la cuisine, et dans la douce lumière, une tête dorée se leva pour me regarder.

— Oh, mon Dieu, je t'avais oublié, chuchotai-je.

Les oreilles de Clive frémirent, et il pencha la tête de côté.

— Rendors-toi !

Il m'observa un moment, puis se rallongea contre le côté du panier manifestement flambant neuf que Jack avait dû lui acheter, et poussa un long soupir.

— Je sais ce que tu ressens, mon garçon.

Aussi silencieusement que possible, je me préparai un sandwich et l'emportai vers le canapé, avec un verre de lait.

Clive se déplaça dans son panier, de sorte que sa tête reposait maintenant sur ses pattes, et qu'il me regardait directement.

— S'il te plaît, ne me regarde pas comme cela. Je sais que tu dois penser que je suis horrible. Mais ce n'est pas un endroit idéal pour toi, ici. Tu es manifestement un bon chien, et tu mérites un excellent foyer. Je ne peux pas te donner ce dont tu as besoin. Je ne sais même pas de quoi tu as besoin, mais je sais que je ne peux pas te le donner.

Clive cligna des yeux et continua à m'écouter.

— Je ne sais pas à quoi pensait Jack en t'amenant à la maison. Je suis sûre qu'il voulait bien faire, mais même s'il pense le contraire, il ne me connaît pas vraiment, et voilà comment nous nous retrouvons dans une telle situation.

Le chien se leva, exécuta un étirement dont un yogi de haut niveau serait fier, émit un petit bâillement et s'approcha de moi en trottinant, ses griffes cliquetant sur le carrelage. Une fois à mes côtés, il s'assit et posa doucement sa tête sur ma cuisse.

— C'est Jack qui t'a appris à faire cela ?

Il ne répondit rien.

Laissant échapper un soupir, je levai la main et caressai timidement sa tête. Ses poils étaient doux comme de la soie, et il émit un petit grognement de satisfaction.

— Désolée, mon vieux. Je ne sais pas si je m'y prends bien. Je n'ai jamais eu affaire à des chiens, auparavant.

Comme il rapprochait sa croupe du canapé et de mes jambes, je songeai que j'avais dû faire quelque chose de bien.

— Ce n'est pas que je ne veux pas de toi en particulier, poursuivis-je. C'est juste que je n'ai jamais pensé à avoir un chien. Ne m'en veux pas, mais cela n'a jamais été mon truc.

Il ne semblait pas m'en vouloir, alors, je continuai.

— Bien sûr, plusieurs personnes me l'ont déjà suggéré, mais on entend tellement d'histoires horribles de chiots qui mâchonnent ceci ou font leurs besoins ici ou là. Je ne pense pas pouvoir gérer tout cela en plus du reste. J'ai entendu dire que tu as déjà eu ta petite séance de mâchouillage de meubles ? Même s'il semble que ce soit plus la faute de tes anciens maîtres que la tienne. Je me demande pourquoi certaines personnes achètent des chiens si elles ne sont pas prêtes à leur offrir un foyer convenable. Ce que je veux dire, c'est que tu es un animal de compagnie, n'est-ce pas ? Quel est l'intérêt d'avoir un chien si on doit l'abandonner sept à huit heures par jour pour aller travailler ? Je suis sûre que tu ferais un adorable animal de compagnie. Mais sûrement pas pour moi. De toute façon, tu n'aimerais pas vivre ici. Enfin, je pense que tu apprécierais le jardin. Je suis certaine qu'il y a plein de bonnes choses à renifler, et tu as l'air de t'être attaché à Jack. Il est souvent ici, même si après notre petite dispute de ce soir, je ne sais pas combien de temps cet arrangement va durer. Mais pour ce qui est du reste, je suis sûre que tu trouverais la vie ici très ennuyeuse. Je ne fais pas vraiment grand-chose. Je ne suis pas du tout sociable.

Je penchai la tête pour mieux voir le visage du chien au clair de lune. Il dormait. Très bien. Je restai assise encore un moment, réticente à l'idée de déranger Clive dans ce qui semblait être un sommeil paisible, mais ma jambe finit par s'engourdir et je dus la bouger pour me lever et obliger mon sang à circuler mieux. Clive me jeta un coup d'œil, posa son museau contre ma hanche, et, d'instinct, je tendis la main pour lui gratter le sommet du crâne. Satisfait, il regagna son panier, se retourna trois fois avant de s'y installer lourdement et de s'endormir. Je le contemplai un moment, observant le mouvement de son ventre qui montait et descendait en un rythme paisible, sentant le calme émaner de son doux pelage.

— Oh, non, murmurai-je soudain à mon encontre. Non, non, non. Ne t'engage pas dans cette voie, Lily.

J'emportai mon assiette et mon verre, les rangeai dans le lave-vaisselle et remontai dans ma chambre, bien décidée à ne pas rêver d'un chien aux doux yeux d'un brun chocolat et au pelage soyeux.

15

Le lendemain matin, lorsque je me levai, Jack était déjà aux fourneaux. Visiblement, il s'attaquait à la préparation d'un copieux petit déjeuner anglais. Clive était dans son panier et l'observai attentivement, son museau tressaillant au fur et à mesure que de délicieuses odeurs dérivaient vers lui.

— Bonjour, dis-je en pénétrant dans la cuisine et en me dirigeant vers la bouilloire pour me préparer une tasse de thé.

— Bonjour, répondit Jack, un léger soupçon d'hésitation dans la voix. Ton thé est là, sur le côté. Je viens juste de le faire. Je t'ai entendue bouger.

— Tu n'avais pas besoin de le préparer.

Jack se détourna un instant de la plaque de cuisson, et je levai les yeux pour croiser son regard. À l'évidence, il s'efforçait de rester patient.

— Mais, merci, poursuivis-je, me rappelant mes bonnes manières.

J'étais peut-être encore fâchée contre lui, mais cela ne signifiait pas que je devais me montrer ingrate.

— Je me suis dit que j'allais préparer le petit déjeuner. Tu n'as pas mangé hier soir, tu dois donc avoir faim.

Êtes-vous comme moi ? Vous aussi vous détestez quand les gens ont raison, surtout à vos dépens ?

— J'ai un peu faim, concédai-je.

Mon estomac décida de me donner raison en émettant un long grognement.

— On dirait que c'est plus qu'un peu.

Je pris ma tasse de thé, et allai m'asseoir sur le canapé. Clive sortit de son panier et vint s'installer tout près. Je sentais le poids de son corps contre moi. Doucement il cala sa tête sur ma jambe, comme il l'avait fait hier soir.

— On dirait que quelqu'un t'aime bien.

— Oh, ne commence pas. Les chiens aiment la plupart des gens. Je tiens toujours à ce que tu le ramènes.

Jack pencha la tête en arrière un instant, fixant le ventilateur encastré dans le plafond.

— D'accord. Bon, la personne est absente ce week-end, il faudra donc attendre lundi. Si cela te pose un problème, je trouverai un hôtel qui accepte les animaux pour les deux nuits à venir.

— Ne sois pas bête. Vous pouvez très bien rester tous les deux jusque-là.

Jack croisa mon regard.

— Je veux dire, évidemment que tu peux rester ici plus longtemps, je parlais juste du chien.

— Pour être honnête, je n'étais pas sûr d'être toujours le bienvenu, après notre…

Il s'interrompit un instant.

— … discussion d'hier soir.

— Ce sont des choses qui arrivent. J'espère que tu es conscient d'avoir dépassé les bornes en croyant savoir ce qui était le mieux pour moi.

— Parfois, les autres voient les choses plus clairement que nous-mêmes.

Je comptai jusqu'à dix et poussai un soupir.

— Le chien part lundi. Toi, tu ne prends plus aucune autre décision à ma place, et les choses pourront reprendre leur cours normal. Nous sommes d'accord ?

— On dirait que toi tu as déjà pris ces décisions, alors…

Il haussa les épaules et reporta son attention sur les aliments qui grésillaient devant lui.

Clive fit remonter son museau le long de ma jambe et, de sa pointe, il me câlina le ventre.

Je me penchai vers lui, et lui parlai doucement.

— Je sais, et je suis vraiment désolée. Tu es adorable. C'est juste que je ne suis pas prête pour cela. Tu mérites quelqu'un qui te couvrira d'amour et malheureusement, je pense qu'il y a bien longtemps que je n'en suis plus capable. Tu mérites mieux que moi.

Le petit déjeuner fut un moment un peu gênant, avec de timides tentatives de conversation, mais surtout de longs silences. De temps à autre, Clive nous regardait alternativement, comme s'il essayait de comprendre ce qui clochait. On dit que les chiens peuvent être très sensibles, et il est vrai qu'il y avait de la tension entre Jack et moi. Pour être honnête, je suis sûre que même un insecte aurait pu la sentir.

— Bon, je crois que je ferais mieux d'emmener Clive se promener. À moins que tu ne veuilles le faire, bien sûr ? proposa Jack.

— Non, merci.

— Dommage. C'est une belle journée.

— Que je peux tout aussi bien apprécier depuis mon jardin.

— Mais ce n'est pas tout à fait la même chose, n'est-ce pas ? rétorqua Jack. Et tu as dit à quel point tu avais apprécié la promenade l'autre semaine. On pourrait trouver un café qui accepte les chiens et prendre une tasse de thé après la balade.

— Quelle partie de la phrase « je ne veux pas de chien » tu n'as pas comprise hier soir ?

— Très bien, dit-il en levant les mains devant lui. On dirait qu'il est inutile de te parler.

— Je vois que le vrai Jack ressurgit. C'était trop beau pour être vrai que tu aies changé à ce point. Tu es toujours aussi imbu de ta personne, n'est-ce pas ? Je crois que si tu étais une roche et que l'on te fendait en deux, on ne trouverait que de l'arrogance en toi. Ce n'est pas parce que quelqu'un n'est pas d'accord avec toi que cette personne est automatiquement dans l'erreur.

— Sauf que je ne suis pas le seul à ressentir cela. Felix essaie de te ramener dans le monde réel depuis Dieu seul sait combien d'années. Je me demande pourquoi il continue à se donner autant de mal. Tu es manifestement tellement ancrée dans tes habitudes, même après toutes ces années, que tu ne changeras jamais.

J'ouvris la bouche pour rétorquer, mais Jack poursuivit avant que j'en aie eu l'occasion :

— Je sais que tu as vécu une chose terrible, terrible et tragique. Mais on dirait que toi aussi tu as cessé de vivre ce jour-là. Certaines personnes n'ont pas ce choix, Lily. En Nouvelle-Zélande, je travaillais avec un homme. Il était en pleine forme, et en bonne santé, du moins, nous le pensions, mais un jour, il s'est effondré. Nous l'avons emmené d'urgence à l'hôpital où les médecins lui ont découvert une tumeur au cerveau qui s'était propagée dans tout son corps. Ils ne pouvaient absolument rien faire. Soudain, ce jeune homme qui avait toute la vie devant lui s'en est vu privé, comme ton mari. Ni l'un ni l'autre n'a eu le choix. Mais toi, tu l'as, et tu le gâches !

Il me fixa un instant d'un regard brûlant avant de tourner les talons et de se donner une tape sur la cuisse. En l'entendant, Clive le rejoignit en trottinant, avant de tourner la tête pour jeter un coup d'œil dans ma direction.

— Elle ne vient pas, dit Jack, s'adressant au chien sans me regarder.

Il enfila ses bottes.

— Allez, viens, mon garçon !

Clive poussa un petit gémissement en me regardant.

— Allez-y, dis-je d'une voix étranglée. Va faire une belle promenade avec Jack.

Jack ouvrit la porte, fit signe au chien de passer, puis la referma derrière lui, ne laissant qu'un silence pesant dans leur sillage.

***

Je m'écroulai sur le canapé et posai ma tête entre mes mains. Le délicieux petit déjeuner que j'avais dégusté avec plaisir malgré l'ambiance tendue pesait à présent lourdement sur mon estomac. Qu'il l'admette ou non, Jack était allé trop loin, mais au fond de moi, je savais aussi qu'il avait raison. C'est juste que personne n'avait jamais été aussi direct avec moi auparavant. Bien sûr, j'avais eu des discussions animées avec mon frère, mais il savait où étaient les limites. Jack, lui, semblait carrément ignorer qu'il y en avait.

Je regardai le panier vide du chien, et vis un jouet en forme de hot dog enfoncé dans le côté. Il devait être en train de jouer avec quand j'étais descendue la veille au soir. Cette pensée me fit sourire, malgré la larme qui coulait sur mon visage et descendait sur mon menton. M'approchant du panier, je m'accroupis, remis les couvertures et quelques jouets en place, afin que Clive trouve un nid confortable pour son retour. Connaissant Jack, il marcherait pendant des kilomètres, et le pauvre chien serait probablement épuisé.

Soudain, la porte arrière s'ouvrit. Surprise, je sursautai et perdis l'équilibre. Je me retrouvai aussitôt à plat ventre sur le plancher.

— Désolé, dit Jack, d'un air sincère, me tendant une main pour m'aider à me relever.

— Ça va. C'est juste que…

Jack me regarda, contempla le panier, puis reporta ses yeux sur moi.

— J'étais en train de ranger son panier et je ne m'attendais pas à ce que tu rentres si vite.

— J'ai oublié Hot Dog.

— Pardon ?

— J'ai oublié Hot Dog, répéta-t-il, montrant le jouet que je tenais toujours à la main. Je l'ai acheté pour Clive il y a quelques semaines, et il s'y est attaché. Maintenant, il ne peut plus aller nulle part sans l'emporter.

Je ne pus m'empêcher de sourire.

— Tu ferais mieux de le prendre, alors, dis-je en le lui tendant.

— Merci.

Jack se dirigea vers la porte. Il avait déjà une main posée sur la poignée. Sans se retourner, il me dit :

— Je sais que tu ne le crois probablement pas, mais je déteste me disputer avec toi. Je ne supporte pas de te voir pleurer, et je n'ai jamais eu l'intention de te faire de la peine. Mais je veux que tu vives plutôt que de te contenter d'exister.

Sur ces mots, il ouvrit la porte et disparut.

J'entendis ses bottes crisser sur le gravier tandis qu'il se dirigeait vers la voiture, puis un aboiement excité lorsque, certainement, Clive vit son jouet préféré. Dans le ciel, quelques nuages décoraient le bleu cobalt, et une douce brise entrait par la fenêtre ouverte. Je restai un moment à regarder les nuages se déplacer paresseusement.

— Oh, bon sang, ce mec ! m'exclamai-je en ouvrant la porte et en courant vers l'endroit où les voitures étaient garées.

Jack était en train de faire marche arrière, mais il s'arrêta en me voyant, et baissa la vitre.

— Qu'est-ce qui se passe ?

— Ce qui se passe est que tu es un véritable enquiquineur et que je regrette d'avoir accepté que tu séjournes chez moi. Mais pourrais-tu m'attendre quelques minutes ?

— Puisque tu le demandes si gentiment…

Il se retourna pour jeter un coup d'œil au chien dans le coffre.

— Qu'est-ce que tu en penses mon garçon ? Nous l'attendons ?

Je lançai à Jack un regard acéré.

— Donne-moi deux minutes.

16

Nous roulions depuis un moment déjà. De temps à autre, je me retournai pour observer Clive qui regardait par la vitre arrière d'un air satisfait.

— Il est sage en voiture, n'est-ce pas ?

D'un coup d'œil dans le rétroviseur, Jack regarda le chien.

— Oui. Il est sage, en général.

Il y eut un silence avant que je reprenne la parole.

— Ce n'est pas que je ne le trouve pas adorable. C'est juste qu'il s'agit d'un engagement, et je ne suis pas sûre d'être prête pour cela.

— Je comprends, répondit Jack sans quitter la route des yeux, d'une voix totalement dépourvue d'émotion.

Nous continuâmes à rouler pendant un certain temps, ne parlant que très peu. Seule Classic FM rompait doucement le silence, jusqu'à ce que nous quittions la route. Je repérai le panneau de signalisation alors que nous commencions à gravir une colline.

— Box Hill ? C'est là que nous allons ? demandai-je avec enthousiasme.

Jack me jeta un coup d'œil.

— Oui. On peut faire de belles promenades par ici, et j'ai pensé que tu apprécierais le cadre.

— J'ai toujours voulu venir ici. Mike et moi nous en avions très envie, mais finalement nous ne l'avons jamais fait. Il y a une scène de pique-nique dans…

— *Emma*, de Jane Austen.

Il me sourit brièvement, mais j'étais soulagée de voir de la chaleur dans son sourire.

— Désolé, poursuivit-il, je crois que tu n'auras pas droit à tous les domestiques ni à la même décoration, mais j'ai acheté quelque chose hier chez Marks & Spencer dans l'espoir que tu accepterais de sortir, donc, j'espère que ça ira.

Je sentis mon sourire s'élargir.

— Tu nous as prévu un pique-nique ?

Il hocha la tête, se concentrant sur la route sinueuse et sur les cyclistes qui nous précédaient. Comment diable arrivaient-ils à grimper jusqu'ici ?

— Si tu es d'accord, nous pourrons aller dîner dans un pub plus tard. À moins que tu ne préfères rentrer tout de suite.

— Oh ! Euh…

Je contemplais le ciel lumineux, et la magnifique campagne verdoyante qui nous entourait de toutes parts.

— Comme je l'ai dit, reprit Jack, nous n'avons pas…

— Non, j'adorerais cela. Mais Clive pourra-t-il venir ? Je ne suis pas très à l'aise à l'idée de le laisser dans la voiture. On entend tellement de choses à propos d'enlèvements de chiens. Je ne serais pas capable de profiter d'un bon repas en redoutant que quelqu'un vole notre Clive.

— Je sais.

— Et cela ne change en rien mon opinion. Ce n'est pas parce que je ne me sens pas capable de le garder que je souhaite qu'il lui arrive du mal.

— Non, je sais, répéta Jack d'un ton languissant. L'endroit auquel je pensais accueille volontiers les chiens, donc nous pourrons l'emmener.

— Ah, d'accord. C'est bien. Oui, c'est beaucoup mieux. Ça semble super. Ça nous évitera de cuisiner à toi ou à moi et – d'un petit raclement de gorge je m'éclaircis la voix – ça pourrait être sympa de faire quelque chose comme ça, pour changer.

Je m'interrompis un instant avant de poursuivre :

— Je ne me souviens même pas de la dernière fois où j'ai fait cela, à part quand j'ai pris mon petit déjeuner dehors, il y a quelques semaines. Felix et Poppy me proposaient souvent des sorties, mais je crois qu'au bout d'un moment ils ont renoncé. Je ne leur en veux pas, parce que j'ai toujours refusé d'y aller. Je suppose que cela semble impoli. J'espère qu'ils ne l'ont pas ressenti ainsi, car ce n'était pas du tout mon intention, d'être grossière envers eux. Tu crois qu'ils l'ont mal pris ? demandai-je, soudain stressée à cette idée.

Jack lâcha le volant d'une main, et la posa sur ma jambe pour me rassurer.

— Non, je sais qu'ils ne t'ont pas considérée comme impolie.

— Comment peux-tu le savoir ?

— Parce que Felix m'en a parlé.

— Vraiment ?

— Oui. Nous avons eu quelques discussions au fil des ans. Dieu merci, la distance n'a pas entamé mon amitié avec Felix. Il se fait du souci pour toi. Même si les choses se sont un peu envenimées entre nous, il pense la même chose que moi. Il s'inquiète, car à ses yeux, tu ne profites pas de la vie autant que tu le mérites. Poppy et lui savent que tu ne fais pas exprès de blesser qui que ce soit.

— Mais ils sont blessés ? Même si je ne fais pas exprès ?

Jack mit son clignotant pour tourner à gauche, et s'engagea sur le parking de la colline. Nous fîmes le tour pour trouver une place, et il se gara en marche arrière. Après avoir coupé le moteur, il se tourna sur son siège pour me faire face.

— Tu veux que je t'aide à te sentir mieux ou tu veux la vérité ?

Je pris une grande inspiration.

— La vérité, je pense.

Jack patienta.

— Oui. La vérité. Absolument.

— Alors, oui, il leur arrive d'être blessés par exemple quand tu ne te sens pas capable de te joindre à eux pour fêter les anniversaires, que ce soit les leurs ou ceux des enfants. Ils le leur ont expliqué du mieux qu'ils le pouvaient, et pour l'instant les gosses savent que tu ne seras pas là pour leurs anniversaires, mais j'ignore s'ils l'accepteront encore lorsqu'ils grandiront. Ça, c'est la grande question, mais Poppy et Felix ont fait tout ce qu'ils pouvaient pour adoucir les choses jusqu'à présent.

Je restai assise un moment à contempler les arbres qui commençaient à se couvrir de feuillages dont les teintes allaient d'un vert citron vibrant à un vert profond. Il ne m'était jamais venu à l'esprit que Felix estimait qu'il manquait quelque chose – ou plus exactement quelqu'un – à leurs fêtes d'anniversaire. Mon estomac se crispa.

— Tu penses que j'ai été horriblement égoïste ?

— Non. Tu étais dévastée et tu as fait ce que tu pouvais pour rester saine d'esprit. Ce que je crois, par contre, c'est qu'il est facile de se créer des routines qu'il nous est ensuite difficile d'abandonner, en partie parce que l'on s'y habitue, mais aussi parce qu'alors faire des choses différentes peut sembler insurmontable.

— C'est vrai.

Qu'il en ait conscience ou non, Jack avait mis dans le mille. J'étais toujours terrifiée à l'idée de partager des moments avec d'autres personnes. Mais en y réfléchissant bien, je n'avais jamais vraiment saisi que je ratais des moments importants dans la vie de Ruby et de Freddy. Des moments que je ne retrouverais jamais. Quelques années plus tôt, j'avais raté la fête d'anniversaire des quarante ans de Felix, puis celle de Poppy. J'avais eu envie d'y aller, mais je m'en étais sentie incapable, et aujourd'hui je comprenais que j'aurais dû me forcer. Ces soirées n'étaient pas organisées pour moi, mais pour Felix et Poppy, et j'avais raté l'occasion de célébrer les merveilleuses personnes qu'ils étaient. J'avais raté tant d'occasions.

Cela semblait facile. Cesser de rester enfermée à la maison, sortir, accepter toutes les invitations. Cependant, je ne pouvais pas passer de rien à tout. Je m'étais enveloppée dans mon plaid de sécurité depuis bien trop longtemps pour m'en débarrasser d'un seul coup.

— Eh bien, tu as l'air de beaucoup réfléchir !

La voix grave de Jack me tira de mes réflexions.

— Il y a quasiment de la fumée qui te sort des oreilles.

Je lui adressai un bref sourire, mille pensées tourbillonnant encore à mon esprit.

— Allez, viens, oublie tout cela pour l'instant. Profitons de cette sortie tous les trois. Régale-toi du paysage, de la promenade et de cette belle journée.

Imagine Emma et ses amis contemplant une vue similaire il y a si longtemps.

Sa référence à l'un de mes livres préférés me fit sourire.

— Je n'avais pas compris que tu l'avais lu.

— J'ai un petit aveu à te faire. Lorsque je venais chez tes parents, tu avais souvent le nez plongé dans un roman de Jane Austen. Tu semblais tellement absorbée par l'histoire que je me demandais pourquoi on faisait tout un plat de ses livres. Évidemment, j'avais bien vu qu'il y avait beaucoup d'adaptations, mais je n'en avais jamais regardé. Quand ma femme m'a quitté, pendant un certain temps je n'ai plus eu envie de sortir, et je me suis mis à lire.

Il ouvrit sa portière, et je fis de même de mon côté, puis le rejoignis à l'arrière de la voiture où nous enfilâmes tous deux nos chaussures de marche.

— Tu n'étais pas un grand lecteur avant cela ?

— Non, pas vraiment. C'est une autre chose qui désespérait mes parents, vu qu'ils avaient dépensé énormément d'argent pour mon éducation. Bien sûr, j'avais lu tous les textes nécessaires durant mes études, mais l'idée de prendre un livre pour le plaisir comme tu le faisais toujours ? Ça ne me tentait pas.

— Et donc, tu as commencé avec Jane Austen ?

Jack rit en ouvrant le coffre. À ma grande surprise, Clive n'en bondit pas comme un diable sortant d'une boîte, mais il resta bien sagement assis là où il était.

— Il ne bondit pas pour sortir ?

— Non, on lui a enseigné à ne pas agir ainsi, expliqua Jack en attachant la laisse au collier du chien. Allez, viens, mon pote.

À cette suggestion, Clive sauta gentiment de la voiture, agitant vivement sa queue d'avant en arrière en signe d'excitation. Il s'éloigna un peu vers la lisière des buissons, et commença à les renifler.

Jack fouillait ses poches.

— Tout va bien ? Tu as oublié quelque chose ?

— Je vérifie juste que j'ai des sacs à crottes.

Comme s'il avait entendu, Jack s'accroupit à l'ombre du buisson, puis revint vers moi en trottinant, l'air content de lui. Jack me tendit la laisse et se dirigea vers l'endroit, s'accroupit et nettoya le lieu.

— Il y a une poubelle là-bas. Je reviens tout de suite.

En le voyant s'éloigner, Clive poussa un petit gémissement.

— Ne t'inquiète pas, il revient, dis-je en tendant la main pour lui caresser le museau.

Clive s'assit, appuya sa tête contre ma cuisse et patienta. Alors que Jack revenait rapidement vers nous, Clive se leva et fit une sorte de petite danse joyeuse à son intention.

— On dirait que quelqu'un t'aime bien, fis-je remarquer.

— Eh bien, il y en a au moins un, dit-il en me décochant un clin d'œil.

Il me fit signe de nous mettre en route. Je lui tendis la laisse.

— Tu peux la garder une minute ?

Je le regardai avec méfiance, le suspectant de vouloir m'inciter à m'habituer au chien, et donc à changer d'avis sur sa présence chez moi. Jack leva les yeux au ciel et me montra son téléphone.

— Je veux juste vérifier notre itinéraire de promenade sur la carte.

— Ah. D'accord.

Nous démarrâmes lentement, pendant que Jack se familiarisait avec l'itinéraire, puis il tendit la main pour que je lui donne la laisse.

— Nous pouvons le lâcher quelques minutes, de toute façon.

— Tu es sûr ? Il ne risque pas de se perdre ou de courir jusqu'à la route ?

— Non, et de toute façon nous sommes loin de la route.

— OK.

Jack se pencha pour détacher la laisse. D'instinct, je donnai à Clive une petite tape sur la tête.

— Et ne t'éloigne pas trop, d'accord ?

Il sembla obéir pendant un moment, puis fila à toute allure.

À mi-chemin de la randonnée, nous arrivâmes au point culminant de Box Hill. Des gens étaient assis sur le flanc de la colline, d'autres allongés les yeux fermés, se prélassant sous le doux soleil printanier. Des enfants montaient et descendaient le sommet en courant avec une énergie incroyable, riant aux éclats. Autour de nous un patchwork de champs s'étirait sous le soleil. Certains étaient en cultures, d'autres n'étaient que carrés verdoyants, tous divisés par des haies. Au-delà se dressait une vaste forêt dont le vert profond des cimes contrastait avec l'azur du ciel. Quelques nuages supplémentaires s'étaient glissés dans le ciel, le parsemant de leurs grosses silhouettes blanches comme dans un tableau d'enfant.

— N'est-ce pas merveilleux de penser que Jane Austen s'est peut-être tenue ici il y a des siècles et qu'elle a contemplé une vue similaire ? dis-je d'un ton rêveur.

— Et qu'elle s'est servie de ses souvenirs pour créer une scène que tu as lue et relue bien des années plus tard.

— Exactement. Et je crois que je vais la relire quand nous serons rentrés.

Je lui souris, et il fit de même en retour. J'étais contente que la tension entre nous se soit dissipée, du moins, pour l'instant.

— Je peux caresser votre chien, s'il vous plaît ?

Nous nous retournâmes tous les deux en entendant cette question. Un petit garçon se tenait derrière nous, et observait Clive qui, après avoir cavalé partout et reniflé bien des buissons, était à présent allongé par terre entre les pieds de Jack et les miens.

— Je lui ai dit qu'il devait d'abord vous demander, précisa sa mère. Et que certains chiens sont un peu timides quand ils ne connaissent pas les personnes.

— Merci, dit Jack en prenant les devants, après avoir compris d'un rapide coup d'œil dans ma direction que je n'avais aucune idée de la façon de procéder.

Il s'accroupit pour se mettre au niveau du petit garçon.

— Bonjour, je m'appelle Jack, et voici Clive.

— Bonjour, je m'appelle Tom.

— Tom, je pense que Clive sera très heureux de faire ta connaissance, d'autant plus que tu as de très bonnes manières.

Tom sourit, révélant une dent de devant manquante, puis il regarda sa mère, qui lui sourit à son tour, et enfin, il me regarda. Jack commença à caresser Clive qui, découvrant un nouveau visage, remuait la queue.

— Il t'aime bien, dit Jack.

À ces mots, le gamin sourit. Jack l'encouragea à caresser Clive à son tour, ce qu'il fit. En réponse, Clive poussa un gémissement joyeux, et se mit sur le dos, réclamant par cette position des caresses sur le ventre.

— Il adore qu'on lui caresse le ventre ! gloussa Tom alors que la queue de Clive s'agitait de plus belle sur le sol.

— Effectivement, dit Jack.

Quelques minutes plus tard, la mère de Tom dit à son fils qu'il était temps de nous laisser profiter de notre journée. Le visage de Tom afficha une certaine réticence, mais il obéit. Comprenant que quelque chose se passait, Clive se redressa. Tom se pencha et lui fit un gros câlin. Le chien posa sa tête sur l'épaule du garçonnet, et poussa un petit soupir joyeux. Une fois qu'il eut lâché Clive, Tom prit la main de sa mère. Ils nous remercièrent tous les deux, ainsi que Clive, avant de s'éloigner. Jack sortit une friandise de sa poche et la donna au chien.

— Tu es un bon garçon, dit-il en le caressant.

— Je peux te demander quelque chose ?

— Oui.

— C'est moi, ou quand Clive a eu un câlin il… non, laisse tomber, ça n'a pas d'importance. C'est même idiot.

— Quoi ? Continue maintenant que tu as commencé.

— OK. C'est juste que quand ce gamin a serré Clive dans ses bras, on avait l'impression qu'il souriait. Le chien, je veux dire. Mais évidemment, c'est ridicule. Les chiens ne sourient pas.

— Qui a dit que ce n'était pas le cas ?

— Eh bien, ce n'est pas le cas. Ils ne sourient pas, n'est-ce pas ?

— Moi, je crois que si. Comme tu l'as dit, on avait l'impression que Clive souriait.

Il jeta un coup d'œil au chien qui était en train de courir après un papillon.

— Et Clive est un chien tellement heureux qu'il doit sourire souvent.

— C'est vrai qu'il a l'air heureux, et il a été tellement gentil avec ce gamin.

— Oui. De toute façon, si je l'avais eu le moindre doute, je n'aurais pas accepté que ce gamin le caresse.

— Tu as embelli sa journée. Ou en tout cas, Clive l'a fait.

— Je pense que Clive y est pour beaucoup plus que moi. Tu as envie de manger quelque chose maintenant ?

— Absolument. Je meurs de faim après cette balade.

— Moi aussi. Sortons le pique-nique de la voiture et trouvons un endroit sympa.

Quelque moment plus tard, nous étendîmes la couverture que Jack avait apportée. Clive était allongé sur son propre tapis, à côté de nous. Après qu'il avait reniflé notre nourriture, que Jack l'avait enjoint de s'allonger sur son tapis, – ce qu'il avait fait aussitôt, et Jack lui avait même donné une friandise pour le récompenser – il roupillait maintenant joyeusement à l'ombre d'un grand chêne dont le feuillage vert se détachait joliment sur le ciel bleu. De petits rayons de soleil filtraient à travers les feuilles qui s'agitaient dans la douce brise, plongeant sur le pelage doré de Clive, le faisant presque briller.

— Ouah ! Tout cela a l'air délicieux, Jack ! Il y en a énormément pour une personne, si je n'étais pas venue…

Je lui lançai un regard interrogateur.

Il sourit, puis baissa les yeux, s'occupant à étaler du brie sur une belle tranche de pain croustillant, avant de le garnir de roquette et de me tendre la tartine en question.

Je l'acceptai en lui adressant un petit sourire.

— Ne t'inquiète pas, dit-il. Je n'essaie pas de te séduire. Je ne me fais pas d'illusions. Mais tu as tellement cuisiné pour moi depuis que j'ai emménagé chez toi, que c'est bien le moins que je puisse faire.

C'était vrai, mais c'était agréable de cuisiner pour quelqu'un d'autre que moi. De temps en temps, je le faisais pour Felix et sa famille. J'avais toujours aimé cuisiner, et il était toujours agréable de s'entendre complimenter pour les petits plats préparés pour autrui.

— Et, oui, tu as raison. Il y a beaucoup pour une seule personne. J'admets que j'espérais bien que tu nous accompagnerais, Clive et moi, pour notre balade. Après notre… notre désaccord, j'étais presque certain que tu refuserais, alors je voudrais profiter de cette occasion pour te remercier et te dire que je suis vraiment ravi que tu sois venue.

Il donna une petite caresse sur le museau de Clive.

— Nous le sommes tous les deux, précisa-t-il.

— Merci. Moi aussi je suis contente d'être venue. C'était très agréable, et je suis vraiment ravie d'avoir enfin découvert ce coin sur lequel j'ai lu si souvent. Maintenant, j'aurais mes propres souvenirs plutôt que de me fier à ceux des films.

Ayant mangé tout notre content, nous imitâmes Clive et nous nous allongeâmes sur la couverture, côte à côte. Jack avait eu la délicatesse d'apporter des coussins pour nos têtes, et j'avais évidemment un livre, qui, pour l'heure, reposait sur ma poitrine tandis que je contemplais notre environnement.

— Tu vas bien ? demanda Jack.

— Oui, merci. Je m'imprègne de tout cela.

— Parfait.

Tournant la tête, je remarquai qu'il avait les yeux fermés. Ses longs cils sombres jetaient des ombres sur ses joues légèrement bronzées. Ses mains étaient posées l'une sur l'autre sur son large torse qui se soulevait et s'abaissait lentement en un mouvement régulier. Je détournai le regard, puis après quelques secondes, je le regardai de nouveau. Douce, lente et tranquille, sa respiration s'intensifiait tandis qu'il sombrait dans le sommeil. Je pris mon livre et commençai à lire.

Lorsque j'ouvris les yeux une heure plus tard, je constatai que mon livre était tombé sur la couverture et que je m'étais tournée sur le côté, tout comme Jack l'avait fait. J'avais les bras repliés devant moi et Jack, lui, avait carrément posé un bras sur moi. Oh, merde. Comment allais-je me sortir de là ?

17

Je tentai de changer de position en faisant le moins de mouvements possible pour éviter de réveiller Jack. La dernière chose dont j'avais besoin était qu'il se réveille et nous trouve enlacés. Soit il plaisanterait sur la façon dont j'avais orchestré tout cela et me taquinerait quand je le nierais – ce qu'il réussirait à me pousser à faire, je le savais –, soit ce serait tout le contraire : il se réveillerait et se sentirait horriblement gêné, et nous ferions tous les deux comme si rien ne s'était passé. J'ignorais ce qui serait le pire. Probablement le second scénario. Les taquineries, elles, cesseraient à un moment ou un autre. La gêne risquerait de durer plus longtemps. Quoi qu'il en soit, la situation idéale serait qu'il ne le découvre jamais, alors je continuai à essayer de me dégager furtivement m'arrêtant et retenant mon souffle lorsqu'il fit soudain un petit bruit dans son sommeil et changea de position. Malheureusement, ce changement annula toutes mes tentatives et me ramena au point de départ. J'avais besoin d'un nouveau plan.

— Ouaf !

Jack se redressa précipitamment lorsque Clive posa sa patte sur la partie la plus délicate de son anatomie.

— Clive, mon pote ! Qu'est-ce que tu fais ?

— Désolée, dis-je de l'endroit où j'étais maintenant assise.

Dans la confusion, et probablement sous le choc, Jack s'était redressé si vite que j'étais sûre qu'il n'avait fait attention à rien d'autre que l'endroit où Clive avait posé sa patte, certes encouragé par ma personne grâce à une friandise stratégiquement placée que j'avais réussi à extirper du panier de pique-nique tout proche. Oui, je sais, c'était un coup bas, sans mauvais jeu de mots, mais que voulez-vous, les situations désespérées nécessitent des solutions désespérées.

— Ne lui en veux pas, repris-je, j'ai bien peur que ce soit ma faute. Nous étions en train de jouer et nous nous sommes un peu laissés emporter.

Replié sur lui-même, Jack m'observa un moment, ses yeux verts brillant encore plus que d'habitude, mais cette fois, certainement plus de douleur que de gaieté. Visiblement, ce coup de patte à l'aine le faisait quelque peu souffrir. Pour toute réponse, il me fit un petit signe de tête. Honnêtement, j'étais mal à l'aise. Tout ce que j'avais voulu, c'était me dégager de son étreinte, et non qu'il soit blessé. Pourvu qu'il n'ait pas de séquelles.

— J'ai dû m'endormir.

— Oui.

Ses yeux se portèrent sur mon livre posé sur mes genoux.

— Tu as fait une sieste ? Ou bien tu as lu ?

— Non, je crois que j'ai fait une sieste, moi aussi. Tout ce bon air frais et cette nourriture…

J'eus droit à un sourire un peu moins crispé.

— Oui, cela peut avoir cet effet. Surtout si on ajoute un peu de soleil, du calme, alors c'est la recette parfaite pour un petit somme.

Il leva les yeux vers le ciel.

— Oh, mais on dirait que les nuages se sont accumulés pendant que nous dormions.

Mon regard suivit le sien. À l'ouest, les légers nuages blancs avaient gagné en hauteur et en volume, emplissant le ciel traversé de quelques traînées sombres.

— C'est mauvais signe ?

— Mmm, il y a peut-être de la pluie en chemin. Ils ont dit à la radio qu'il y avait un risque d'orage plus tard dans la journée. On devrait peut-être commencer à remballer et à regagner la voiture. D'accord ?

— Bien sûr que oui.

— Tu es toujours partante pour qu'on s'arrête dîner sur le chemin du retour ?

Je baissai les yeux sur mon ventre.

— Si je peux trouver de la place !

Jack éclata de rire.

— Je suis sûre que tu y arriveras. Je t'assure, c'est un endroit super. Tu ne voudrais pas passer à côté.

— Bon, eh bien me voilà obligée d'y aller maintenant n'est-ce pas ? Avec ce que tu viens de me dire, c'est impossible de faire autrement.

Il me sourit.

— Tu ne le regretteras pas

— Peut-être que si, quand j'essaierai d'enfiler mon jean demain.

— Tu parles, dit-il en roulant la couverture tandis que je ramassais les restes de notre pique-nique. On a marché plusieurs kilomètres, alors tu as déjà brûlé les calories.

— Ravie de l'apprendre. Je me sens tout de suite moins coupable.

— Tant mieux. Allez, Clive, viens ! Nous retournons à la voiture.

Le chien trottinait joyeusement à nos côtés. Même sans laisse, il était sage et restait tout proche.

— Il est sage, n'est-ce pas ?

— Oui, dit Jack, en observant Clive.

Il portait le panier de pique-nique d'une main, et la couverture sur laquelle nous nous étions installés était à présent roulée, et il l'avait glissé sous son autre bras. J'avais tenté de les porter, mais il m'en avait empêchée et, à la place, il m'avait tendu la laisse, au cas où nous en aurions besoin. En observant Clive, il était évident que ce ne serait pas le cas. Une fois que nous fûmes tous bien installés dans la voiture, Jack fit marche arrière, redescendit la colline jusqu'à la route principale, en direction du pub dont il avait chanté les louanges.

***

Il avait parfaitement raison. Le dîner que nous venions de déguster était l'un des meilleurs que j'aie jamais mangés. Un délicieux rôti, et des pommes de terre dorées et croustillantes à souhait, qui, une fois coupées en deux, libéraient de petits nuages de vapeur en révélant leur intérieur moelleux. Des légumes frais et croquants, du bœuf cuit à la perfection, le tout noyé sous une délicieuse et copieuse sauce maison. Les puddings avaient l'air tout aussi délicieux, mais malgré leur apparence légère, aérienne, je n'avais vraiment plus de place pour avaler quoi que ce soit. En fait, je me demandais même si je serais capable de manger durant la semaine à venir. Jack, lui, réussit à trouver de la place dans son estomac pour déguster un pudding au caramel bien collant nageant dans une délicieuse crème anglaise, et je succombai en en testant une cuillère qui me confirma que le gâteau était encore meilleur que ne le laissait présager son apparence. Pendant tout ce temps-là, Clive dormait tranquillement sous la table.

L'estomac bien plein, nous quittâmes le pub, et regagnâmes la voiture pour prendre le chemin de la maison. Les nuages s'étaient multipliés, et ils étaient plus sombres. Même si une légère bande rose pâle flottait à l'horizon, le ciel n'était plus aussi joli que dans l'après-midi.

— Je crois que tu avais raison à propos de la pluie. Ça s'assombrit un peu là-haut.

— C'est vrai. Avec un peu de chance, nous arriverons à la maison avant que ça tombe.

***

Nous y parvînmes, mais de peu. Nous étions dans la cuisine, déballant le panier de pique-nique quand les premières gouttes commencèrent à tapoter les fenêtres. Clive s'était installé dans son lit, Hot Dog sous une patte. Le temps que nous terminions de tout ranger, la pluie battait son plein. Après m'être assurée que Clive était bien installé, j'informai Jack que j'allais monter prendre un bain, et il me répondit qu'il avait un projet similaire.

— Tu veux un verre de vin pour ton bain ? proposa-t-il.

Je souris.

— C'est la classe.

— Oui. Cela peut rester notre secret, je te promets.

Il fit sur son torse le signe universel de promesse.

— Très drôle. Cela dit, je ne serais pas contre un Baileys avec de la glace.

— Très bon choix. Je te l'apporte.

— Je vais juste commencer à faire couler mon bain. Je reviens le chercher dans une minute.

Sur ce, je quittai la cuisine, attrapai mon livre au passage et me dirigeai vers ma salle de bains. J'ouvris les robinets, et versai dans la baignoire mon essence de bain préférée qui emplit immédiatement l'air de senteurs de lavande et de rose.

— Toc, toc, dit une voix provenant de ma chambre.

Je la traversai, jusqu'à la porte qui était entrouverte et que j'ouvris en grand. Jack se trouvait sur le seuil, un grand verre de Baileys à la main. Il me le tendit. Au centre du breuvage se trouvait un énorme glaçon. J'ai toujours préféré les gros glaçons aux petits, car ils prennent plus de temps à fondre et ne diluent pas ma boisson aussi rapidement.

— Merci. Ce n'était pas la peine de me l'apporter.

— Tu étais sur mon chemin, dit-il, un léger sourire aux lèvres.

— Merci encore pour cette belle journée, ajoutai-je en prenant le verre de ses mains.

— Je t'en prie. Je suis ravi que tu aies apprécié. Et je suis désolé si j'ai dit des choses que je n'aurais pas dû dire. Pour rien au monde je ne voudrais te blesser ou te contrarier. Je t'ai peut-être donné l'impression du contraire, alors je tiens à ce que tu le saches.

Je plongeai mon regard dans la profondeur de ses magnifiques yeux verts.

— Ne t'inquiète pas, je sais. Et au moins, je sais à quoi m'en tenir avec toi.

Il eut un petit sourire.

— C'est ça.

Redressant la tête, il huma l'air, comme Clive l'avait fait quelques heures plus tôt lorsque quelqu'un avait allumé un barbecue portable.

— Cela sent merveilleusement bon.

— C'est très relaxant. Tu en veux pour ton bain ?

— Euh, non, je ne crois pas, merci. J'ai du Tahiti douche. Ça ira.

Je laissai échapper un rire.

— Je te promets que je ne le dirais pas non plus. Ça aussi ce sera notre secret, chuchotai-je.

Il s'approcha d'un pas. À présent, il était tout près de moi.

— Comment puis-je être certain que tu ne vas pas ruiner ma réputation de virilité ? plaisanta-t-il.

— Tu sais que ce n'est pas vraiment ce que les gens pensent de toi, n'est-ce pas ?

Il recula d'un pas, et prit un air surpris.

— Pardon ? Comment cela ?

J'étais incapable de garder mon sérieux comme j'en avais eu l'intention.

— Bon, OK, ils le pensent, mais ils disent plutôt que tu es un snob viril.

Il me fit une grimace.

— Super.

— Oh, ne sois pas bête, dis-je en me détournant pour aller fermer les robinets et prendre mon gel douche.

Bon, peut-être que cela m'arrangeait aussi de mettre un peu de distance entre Jack et moi. Croyez-moi, il n'y avait aucun risque que quiconque doute de la virilité de Jack, et je n'en doutais pas non plus. Parfois, lorsqu'il était proche de moi, il était facile de me sentir comme une planète aspirée dans son champ de gravité. Or, je savais que ce n'était pas une bonne idée. J'avais ma propre orbite sur laquelle je dérivais avec bonheur depuis presque une dizaine d'années. Il était inutile de tout gâcher. Même pour le plus sexy des hommes.

Allongée dans mon bain, entourée de bulles et d'un parfum capiteux, j'entendais la pluie tomber plus lourdement. Il y avait quelque chose de réconfortant d'être à l'intérieur, au chaud, détendue, alors que dehors la musique de la pluie étouffait les autres bruits. Je bus une gorgée du Baileys que Jack m'avait apporté avant de poser mon verre sur la petite table à côté de la baignoire. Je pris alors mon livre et commençai à lire.

Entre la marche, la bonne nourriture et le bain relaxant, je m'endormis dès que ma tête toucha ma taie d'oreiller. Trois heures plus tard, je fus brusquement réveillée par un puissant coup de tonnerre. J'ouvris les yeux et restai figée un moment dans mon lit, m'éveillant doucement du profond sommeil dans lequel je baignais jusque-là. Soudain, un autre coup de tonnerre claqua. Bien réveillée, cette fois, je repoussai la couette, attrapai ma robe de chambre et descendis au rez-de-chaussée.

Clive se tenait près du canapé, la queue rentrée sous lui. Lorsqu'il me vit arriver, il se précipita vers moi, enroulant quasiment son corps autour de mes jambes.

Je m'accroupis.

— C'est bon, bébé, je suis là. N'aie pas peur, tu ne risques rien.

Le sentant frissonner, je le serrai un peu plus fort contre moi. Après d'autres paroles apaisantes, je me relevai, tirai son lit vers le canapé et lui tendit Hot Dog. Il le saisit avec douceur. Je lui fis alors signe de s'installer dans son lit, et il obtempéra. Je pris une des couvertures que j'enroulai autour de lui, puis je m'installai à côté de lui, sur le canapé, m'allongeant de façon à pouvoir poser ma main sur lui afin qu'il comprenne que j'étais là. Puis je tirai sur moi un plaid drapé habituellement sur le côté du canapé. Clive émit plusieurs gémissements, mais après quelques caresses, il sembla se calmer.

Quelques minutes plus tard, il se redressa.

— Tout va bien, mon garçon.

J'essayai de l'apaiser, mais il était concentré sur la porte, et poussait des gémissements dans sa direction. Dehors, le tonnerre grondait de nouveau. Il semblait bloqué juste au-dessus de la maison. Repoussant mon plaid, je suivis Clive, m'accroupis à côté de lui et tentai de le ramener dans son lit par des gestes apaisants et des mots doux. Soudain, la porte d'entrée s'ouvrit avec lenteur et, dans la lumière des éclairs qui l'accompagnaient, je me retrouvai face à des jambes musclées.

— Bonjour, dit une voix profonde, rauque de sommeil.

— Bonjour, répondis-je.

Je me redressai pour contempler un short, un T-shirt, et ce qui dans mes romans serait décrit comme un look absolument sexy qu'ont certains hommes quand ils sortent à peine du lit. Comme si je n'avais pas déjà assez à gérer.

— Tu vas bien ?

— Oui, merci. C'est bruyant, dehors, non ?

Jack s'accroupit et caressa Clive.

— Oui, en effet. Je suis venu voir comment il allait, mais je constate que tu m'as devancé.

Il se redressa et conduisit, doucement, mais fermement, Clive jusqu'à son lit. J'allumai un bref instant mon téléphone pour l'aider à se repérer.

— Je n'étais pas sûre qu'il supporte bien l'orage. Je sais que certains animaux en ont peur.

— On dirait bien que c'est son cas. C'était gentil de ta part.

Il se tourna aussitôt, levant les mains devant lui.

— Désolé, je ne voudrais pas avoir l'air condescendant.

— Ne t'inquiète pas, répondis-je en lui effleurant le bras. Je sais ce que tu voulais dire. Tu peux retourner te coucher, si tu veux. Je pense que tout ira bien ici, maintenant.

— Ça ne me dérange pas de rester assis là un moment.

Il s'interrompit alors qu'un nouveau craquement retentissait dans la maison.

— De toute façon, je ne crois pas que je dormirai beaucoup, maintenant.

— Moi non plus. Je peux nous préparer une boisson chaude, si tu veux, proposai-je en bordant Clive sous la couverture en veillant à ce que Hot Dog soit bien près de lui.

— Non, dit-il, en lissant mon plaid. Visiblement, tu étais bien à l'aise là-dessous avant que je n'arrive. Installe-toi, c'est moi qui vais préparer les boissons.

— Tu n'es pas obligé.

— Je sais, mais j'en ai envie. Allez, au lit.

— Je n'ai pas cinq ans.

— Oh, allez, contente-toi de t'installer, dit-il, un rire dans la voix.

— Puisque c'est comme ça, OK, prépare les boissons.

— Parfait. Enfin, elle me laisse faire quelque chose.

— Je te laisse faire tout le temps, répliquai-je en grimpant sur le canapé.

Jack me scruta du regard tandis que je me blottissais dans une position suffisamment à l'horizontale pour pouvoir boire mon verre sans m'étouffer. Avec douceur, il mit le plaid sur moi.

— Tu es bien ?

— Euh… oui, merci, balbutiai-je, surprise un instant par la tendresse de son geste et la douceur de sa voix.

Dans l'obscurité de la pièce – aucun de nous deux n'ayant encore allumé –, ce simple geste revêtait un degré d'intimité auquel je ne m'attendais pas – et que je n'avais plus connu depuis longtemps. Je m'admonestai mentalement afin de faire disparaître cette pensée. Jack était simplement gentil, il faisait la même chose pour moi que ce que j'avais fait pour Clive quelques instants plus tôt. Il était certainement loin de se faire les mêmes réflexions que moi.

— Tu vas bien ? demanda-t-il. D'après ce que je vois à la lueur des éclairs, tu fronces si fort les sourcils que j'ai peur qu'ils tombent.

— Tu as toujours ces remarques vaseuses en stock ?

— Je suis sûr qu'elles sont enfouies quelque part, même si je ne m'en suis pas servi depuis longtemps. De toute façon, avec toi, cela ne servirait à rien.

— Exactement.

Il lissa une dernière fois le plaid avant de se redresser.

— Tu me connais trop bien, tu verrais clair dans mon jeu.

Il se détourna et s'éloigna pour préparer les boissons avant que je ne puisse trouver une seule réponse lapidaire – ou n'importe quelle réponse, d'ailleurs. Peut-être n'y en avait-il aucune. Sauf que je n'étais pas si sûre de connaître Jack aussi bien qu'il le prétendait. Felix avait toujours été très perspicace et il avait dû se rendre compte, il y a longtemps, qu'avec Jack il fallait aller au-delà des apparences. Aujourd'hui, Jack avait découvert sa véritable personnalité et il avait mûri. Ma vie, en revanche, avait rétréci et je me trouvais heureuse dans ma petite bulle.

Correction : *j'étais* heureuse dans ma petite bulle jusqu'à ce que Jack Coulsdon-Hart franchisse ma porte et revienne dans ma vie.

18

— Tu fronces encore les sourcils.

Debout devant l'îlot de la cuisine, éclairé par la lumière au-dessus de la plaque de cuisson, Jack m'observait.

Aussitôt, je m'allongeai et tirai le plaid sur ma tête.

— Je me souviens d'une époque où je pouvais froncer les sourcils tranquillement, seule chez moi, dis-je de dessous le plaid.

Pour toute réponse, j'eus droit à un rire profond qui sembla emplir la cuisine puis déferler sur moi.

Nous nous installâmes sur le canapé, ravis de notre compagnie mutuelle, et bûmes nos boissons. Quand Jack m'avait rejointe, j'avais voulu me déplacer pour lui faire de la place, mais il avait refusé d'un signe de tête, posé les boissons sur la table d'appoint, avant de soulever mes pieds et de s'asseoir, posant ainsi mes pieds sur ses genoux. Puis il m'avait tendu une tasse de chocolat chaud fumant préparé avec du lait entier et des mini-guimauves, ce qu'il n'aurait jamais trouvé dans mes placards en temps normal.

— Quand as-tu introduit ces friandises en cachette chez moi ? demandai-je avant de fermer les yeux de bonheur devant ce délice.

Dehors, la tempête faisait rage, mais en notre compagnie, Clive semblait ravi. Je savais qu'il ne dormait pas, car ses oreilles frémissaient. Jack le caressait du bout du pied, à un rythme tranquille, pour le rassurer tandis que nous étions blottis l'un contre l'autre, bien au chaud, et en sécurité.

— C'est toujours bien d'avoir des réserves en cas d'urgence.

— Je ne savais pas que le lait entier et les mini-guimauves étaient considérés comme des éléments vitaux en cas d'urgence. Je suppose que les Forces armées britanniques sont au courant ?

— Absolument. D'où penses-tu que je tiens ce tuyau ?

Je souris. Jack avait laissé la lumière allumée au-dessus de la plaque de cuisson, mais soudain, tout devint noir.

La faible lumière de l'éclairage de sécurité à l'extérieur disparut également, l'orage ayant dû endommager une ligne électrique quelque part.

— Tu vas bien ?

Sous le plaid, Jack m'effleura le pied du sien.

— Oui, merci. Je suis un peu vieille pour avoir peur du noir.

— Les peurs ne sont pas toujours rationnelles, et n'ont rien à voir avec l'âge.

— Et toi, tu vas bien ? demandai-je soudain consciente que Jack avait raison.

Les peurs n'avaient rien à voir avec le sexe non plus.

— Oui, ça va.

— Cela dit, tu as raison. Et je te remercie de m'avoir posé la question. Je suppose qu'à force de vivre seul pendant si longtemps, on finit par s'accommoder de tout, que cela nous plaise ou non. Par exemple, je n'aime pas trop les araignées, mais quand il n'y a personne d'autre pour s'en occuper, il faut bien trouver un moyen pour s'en débarrasser soi-même, non ?

— Clive adore les araignées.

— Vraiment ?

— Oui. Et il est très doué pour les attraper.

— Ah bon ? Et qu'est-ce qu'il en fait ?

— En général, il les mange.

— C'est dégoûtant.

Jack s'esclaffa.

— Pour être honnête, il y a des choses bien pires qu'il pourrait manger, mais il s'en abstient. Au moins, ça, c'est quelque chose d'utile, en supposant que tu n'aies pas d'araignée de compagnie.

Je frissonnai malgré moi, et Jack s'esclaffa de nouveau.

— Beurk. Je ne pourrais pas…

— Non, ce n'est pas non plus l'idée que je me fais de l'animal de compagnie idéal.

— Chacun ses goûts, j'imagine.

— Ouais.

Nous restâmes assis en silence durant quelques minutes, la maison étant de temps en temps éclairée par les éclairs avant de retomber dans l'obscurité la plus totale.

— Dois-je aller chercher des bougies ?

— Pour ma part, ça me va très bien de rester ainsi dans le noir. Si cela te convient aussi, bien sûr, dit Jack avec douceur.

Et curieusement, cela me convenait.

— Pourquoi n'essaies-tu pas de te reposer ? On dirait que la tempête s'éloigne un peu.

Effectivement, les intervalles entre les coups de tonnerre s'étaient allongés et l'orage semblait se calmer.

— Tu peux retourner te coucher, suggérai-je.

— Oui, je pourrais, mais cela risquerait de perturber Clive.

Je me tournai sur le côté. Clive s'était endormi, une patte et le museau reposant maintenant sur un pied de Jack.

— Ça alors ! Je n'aimerais pas être à sa place.

— Oh, très drôle ! Je te rappelle que j'ai pris un bain avec ta crème de douche ultra parfumée. N'oublie pas.

Comment pourrais-je oublier ? Cette senteur, mélangée à celle, naturelle, de sa peau avait flotté jusqu'à moi lorsque je lui avais ouvert la porte et que je m'étais retrouvée nez à nez avec lui. Depuis, j'essayais de ne pas y songer. Non parce qu'elle était désagréable. Bien au contraire ! Je n'avais nul besoin qu'un homme séduisant, musclé aux bons endroits, qui de plus sentait délicieusement bon, me perturbe le cerveau.

— Je ne te vois pas, mais je sais que tu fronces les sourcils.

— Comment peux-tu savoir ? Il fait archisombre.

— Tu es toute crispée.

— Pas du tout, répondis-je, pourtant crispée au maximum.

— Qu'est-ce qui te stresse ?

Ah ! Comme si j'allais te le dire ! Dans tes rêves !

— Rien. Je veux dire, je ne suis pas stressée.

— D'accord.

— D'accord.

— Repose-toi.

Jack se cala dans le canapé pour se mettre à l'aise. Je voulus retirer mes pieds de ses genoux, mais il m'en empêcha, et je compris qu'il avait tiré un peu du plaid sur lui.

— J'ai dormi dans toutes sortes d'endroits et dans toutes sortes de positions.

— Je n'en doute pas.

Il eut un léger rire, et me serra la jambe si brièvement que je me demandai si je l'avais imaginé.

— Dors.

Je restai allongée un moment, essayant de décider si cette situation était agréable, bizarre, ou tout autre chose.

— Cesse de froncer les sourcils et endors-toi.

À ce point-là, j'en avais assez de réfléchir, alors je lâchai prise et obtempérai.

***

Vingt minutes plus tard, je fus réveillée par un bruit étouffé et Jack qui changeait de position.

— Tu n'es pas à l'aise, n'est-ce pas ?

— Si, dit-il, étouffant un autre gémissement.

— Il est évident que non. Allez, debout, dis-je en tirant le plaid et en me levant.

Clive se réveilla, s'étira, et nous observa, attendant de voir ce qui allait se passer, poussant quelques petits gémissements en guise de questions.

— Tu as réveillé le chien.

— De toute façon, avec tes propres gémissements, il se serait réveillé tôt ou tard. Allez, bouge.

Me dirigeant prudemment vers la commode, j'en sortis deux bougies que je gardais pour les urgences ainsi que des allumettes, et les allumai.

— Remonte te coucher, suggéra Jack en s'étirant la nuque et le dos. Je vais rester ici avec Clive jusqu'à ce que la tempête soit terminée.

— C'est bon, nous pouvons rester tous les deux. Enfin, si tu penses que c'est mieux.

Nous baissâmes tous les deux les yeux pour regarder Clive qui était quasiment collé à ma jambe.

— On dirait bien qu'il veut que tu restes.

— D'accord.

Je regagnai le canapé, poussai doucement Jack sur le côté, et tendis la main vers l'arrière pour attraper le cadre du canapé-lit que je déployai. À l'intérieur, il y avait un drap et deux oreillers. Je lançai un côté du drap vers Jack, et à nous deux, nous fîmes rapidement le lit.

À la lueur vacillante des bougies, je vis Jack m'observer.

— Juste pour que je ne fasse pas un horrible faux pas, peux-tu me confirmer ce que tu fais ?

— Oui, c'est pour nous deux. Pas la peine d'en faire toute une histoire. Tu restes de ton côté, moi du mien, et Clive sera content. Ou bien, tu retournes dans ton propre lit. Comme tu veux.

Saisissant l'une des bougies, je me dirigeai vers l'interrupteur de la cuisine toujours en position de marche. Si je parvenais à m'endormir, la dernière chose que je souhaitais c'était de voir la lumière briller une fois le courant rétabli.

— Tu es sûre ?

— Pour l'amour du ciel, Jack, c'est juste un endroit pour dormir. Tu risques de prendre une sacrée place dans ce lit, mais heureusement, je suis plutôt petite. À part cela, je suis presque certaine de pouvoir te résister.

À la lueur des bougies, je vis Jack me lancer un regard que je ne parvenais pas à déchiffrer.

— Ça, j'en suis certain, moi aussi. Cela a toujours été le cas, mis à part ce soir-là à la fête du village.

— Oui, c'était plus lié à la quantité d'alcool que j'avais ingurgitée pendant la soirée qu'à la prise soudaine de conscience de ne pouvoir vivre sans toi. Désolée.

— Je suis certain que je finirai par m'en remettre.

— Je n'en doute pas. Allez, Clive, allonge-toi. Tu as eu ce que tu voulais. Tout le monde reste là, mais nous avons besoin de dormir. Nous, nous n'avons pas la chance de pouvoir rester allongés toute la journée comme toi.

Clive obtempéra, s'installa dans son lit, saisissant Hot Dog d'un coup de patte pour le rapprocher de lui.

— Bon garçon, dis-je, en lui caressant la tête. Maintenant tu vas te rendormir, d'accord ? Tu es en sécurité, nous sommes là, alors tu n'as aucune raison de t'inquiéter.

En guise de réponse, Clive me donna un petit coup de museau sur la main, puis il ferma les yeux.

— Eh bien, pour quelqu'un qui n'a jamais eu et ne veut pas de chien, tu as l'air plutôt douée.

— Ne commence pas, répliquai-je en soufflant une bougie et en posant l'autre sur la table d'appoint à côté de moi avant d'écarter le plaid. Pendant une seconde, j'hésitai à m'allonger.

— Ce n'est qu'un lit, dit-il en écho à ma remarque précédente.

— Tu es vraiment un petit malin, toi.

Nous avions raison tous les deux. Ce n'était qu'un lit. Et si cela permettait à Clive de se sentir mieux, je pouvais en faire autant.

Jack laissa échapper un rire profond avant de se tourner sur le côté, loin de moi. Je grimpai dans le lit, et fis de même, de sorte que nous étions allongés dos à dos, avec un espace de taille décente entre nous. J'envisageai un instant de placer l'un des coussins décoratifs du canapé entre nous, mais cela me sembla exagéré.

— J'espère que tu ne ronfles pas !

— J'allais te faire la même remarque, rétorqua-t-il.

Même dans l'obscurité, je sentais qu'il souriait. Je regrettai de ne pas avoir un coussin supplémentaire pour pouvoir lui donner un bon coup sur la tête avec.

***

L'aube apporta sa vibrante beauté, époustouflant velouté doré strié de rouge et de violet, comme si l'orage de la nuit précédente avait nettoyé le ciel permettant à ses couleurs de se révéler dans toute leur splendeur. Je m'extirpai du lit avec mille et une précautions afin de ne pas réveiller Jack et Clive qui dormaient encore. Apparemment, Jack n'avait pas bougé de la position dans laquelle il s'était installé avant que je ne souffle la bougie quelques heures plus tôt, et heureusement, il n'avait pas ronflé.

Je m'approchai des portes vitrées et pris un moment pour admirer la splendeur de la nature qui s'offrait à mes yeux. L'homme pouvait créer de belles choses, mais la nature lui était toujours supérieure.

— Il y a de quoi avoir mal aux yeux.

Une voix grave venait de rompre le silence.

Je me retournai, et des yeux verts se rivèrent aux miens, provoquant un fourmillement familier dans mon cou.

— Je parle du ciel, précisa Jack.

Je hochai rapidement la tête et me retournai vers le jardin, mortifiée, car, pendant une courte seconde, j'avais cru qu'il voulait dire autre chose.

— Oui, c'est magnifique, n'est-ce pas ?

— Absolument.

Des cliquetis d'ongles sur le sol me signalèrent la présence de Clive. J'ouvris la porte pour qu'il puisse sortir et faire toutes ses recherches et ablutions nécessaires. À ma grande surprise, il ne tarda pas à rentrer et à regagner son lit. Je le regardai s'installer, fermer les yeux, et se rendormir presque immédiatement.

— On dirait que quelqu'un est aussi fatigué que nous, dit Jack en bâillant.

Redressé sur ses coudes, il contemplait le chien.

— Moi, ça va.

— OK, si je dis quelque chose, vas-tu le prendre mal ?

— Ça dépend.

— Promets-moi juste de ne pas le prendre mal.

Je me dirigeai vers le lit de Clive, et remontai la couverture sur lui avant de me retourner vers Jack.

— Et si je te promettais de faire de mon mieux ?

— Ça ressemble à un marché.

— Crache le morceau, alors.

— Tu as l'air crevée.

— C'est vrai.

— Mais d'une bonne façon. Évidemment.

— Évidemment.

Je levai les yeux au ciel, mais ne pus m'empêcher de sourire. Au moins il était honnête.

— Je parie que tu dis cela à toutes les filles.

— Cela fait bien longtemps que je n'en ai rien fait.

Et je le crus.

***

— Il y a quelqu'un ? cria la voix de mon frère juste avant qu'il n'ouvre la porte arrière que j'avais oublié de verrouiller après avoir laissé sortir Clive et m'être recouchée, bien au chaud.

Jack avait raison. J'étais épuisée, et nous nous étions rendormis presque immédiatement. Réveillés par la voix de mon frère, nous nous étions tous les deux redressés subitement dans le lit et nous regardions approcher mon frère, Poppy et les deux enfants.

19

— Un chien !

Clive s'était mis debout et remuai la queue devant les nouveaux arrivants qui étaient tous pour lui des compagnons de jeu potentiel.

— Euh, est-il à l'aise avec les enfants ?

— Parfaitement, répondit Jack, l'air aussi endormi que précédemment.

Je m'efforçai d'ignorer les papillons dans le ventre que me provoquait sa voix rauque.

— Allez, sortez, les enfants. Et soyez gentils avec Clive.

Tous trois se dirigèrent vers le jardin avec empressement. Puis Poppy et Felix se retournèrent vers nous.

— Devons-nous revenir plus tard ? demanda mon frère.

Ses yeux passaient de Jack à moi, s'attardant sur Jack avec ce que je savais être de la suspicion.

— Non, c'est bon. Et ce n'est pas du tout ce à quoi ça ressemble, répondis-je en fixant mon frère d'un regard acéré. Clive était bouleversé par l'orage, cette nuit, et il ne parvenait pas à se calmer. Jack a essayé de dormir assis sur le canapé, mais malgré ses protestations, il n'y parvenait pas. Et la dernière chose dont il a besoin c'est de se briser la nuque ou le dos alors qu'il tente de remonter son affaire.

Sous les couvertures, à l'abri des yeux de ma famille, l'auriculaire de Jack effleura le mien en guise de remerciement. À l'évidence, il avait remarqué le regard suspicieux de Felix. Ils étaient peut-être vieux amis, mais Felix avait toujours été protecteur envers moi, surtout depuis l'accident. Certes, il voulait que j'avance dans ma vie et certainement aussi que je rencontre quelqu'un, mais il serait furieux s'il estimait qu'un homme tentait de profiter de moi. Jack Coulsdon-Hart avait une certaine réputation, et même s'il prétendait avoir laissé cette époque loin derrière lui, je comprenais le point de vue de Felix. Il venait à peine d'entrer chez moi pour trouver son Don Juan de vieux copain au lit avec sa sœur.

— Nous allons juste vérifier si tout va bien pour les enfants et nous revenons bientôt, dit Poppy un sourire aux lèvres, poussant doucement mon frère vers la porte et la refermant derrière eux.

Jack se tourna vers moi.

— Je suis presque sûr que si des regards pouvaient tuer, tu devrais m'enterrer dans ton jardin dès cet après-midi.

— Ça va aller. De toute façon, je ne veux pas gâcher mon jardin en t'enterrant dedans. Mais peut-être que tu ferais un bon engrais ?

— Merci.

Il me sourit.

Je lui rendis son sourire. Puis le rire me saisit, et soudain, je fus incapable de m'arrêter. Très vite, Jack se joignit à moi. La situation grotesque, la tête de Felix en nous voyant, puis celle de Poppy. L'air choqué de Jack. Certes, ce n'était certainement pas la première fois qu'il était surpris au lit avec une femme, mais il avait eu l'air presque aussi choqué qu'eux.

— Je suis content que tu trouves cela drôle.

— Oh, mon Dieu, quelle farce ! m'exclamai-je, essayant de m'arrêter de rire. C'était bon. C'était très bon. Tu aurais vu ta tête !

J'en avais mal au ventre, mais peu importait.

— J'ai bien cru que Felix allait me trucider au couteau.

— Il sait qu'il ne doit pas mettre ma cuisine en désordre, dis-je en m'allongeant, épuisée par le rire.

Jack baissa les yeux vers moi.

— Tu as l'air heureuse.

Je levai les yeux vers lui. Il avait les cheveux ébouriffés, une ombre de barbe assombrissait sa mâchoire.

— Je n'ai pas ri comme cela depuis… honnêtement ? Je n'arrive même pas à m'en souvenir.

— Alors, cela fait trop longtemps.

— Oui, répondis-je dans un souffle. Tu as probablement raison.

— Je peux dire quelque chose sans que cela paraisse bizarre ?

— Tu peux essayer, suggérai-je en me redressant légèrement.

— J'ai passé un très bon moment hier, y compris ce matin. Enfin, si on excepte le regard de la mort de la part de ton frère.

— Ça va aller, répétai-je.

— Oui, je l'espère. Mais je parle du reste. La promenade, le pique-nique, être dehors avec toi et le chien. Je ne m'étais pas senti aussi détendu depuis longtemps. Et moi non plus je ne sais plus depuis combien de temps.

— Merci de m'avoir poussée à faire cette promenade.

Il rit et me donna un coup d'oreiller tandis que je faisais pivoter mes jambes et posai mes pieds sur le carrelage, délicieusement réchauffé par le chauffage par le sol.

— Je ne t'ai pas poussée à faire quoi que ce soit.

— Oh que si, rétorquai-je en riant. Tu savais que si tu me titillais suffisamment, je le ferais rien que pour te prouver que tu avais tort.

— Eh bien, ça a marché, n'est-ce pas ? Je veux dire le fait de me prouver que j'avais tort.

— Ne sois pas idiot.

Je lui pris l'oreiller des mains et lui en donnai un coup.

— Maintenant, lève-toi, et arrête de mettre du bazar dans ma pièce.

Il me sourit et m'effleura la main avant de se lever d'un bond.

— Je remettrai tout cela en ordre quand je redescendrai, d'accord ?

Il disparut dans le couloir et je l'entendis monter l'escalier.

— OK, répondis-je en jetant un coup d'œil pour m'assurer qu'il était bien parti.

Alors je défis complètement le lit, et le repliai en canapé avant de courir à l'étage pour faire un brin de toilette et m'habiller.

Quand je redescendis, Felix Poppy et Jack étaient assis autour de l'îlot, visiblement de nouveau à l'aise les uns avec les autres. Ils regardaient les enfants gambader dans le jardin avec Clive. Jack fut le premier à me voir pénétrer dans la pièce.

— Je constate que tu n'as pas tenu compte de ce que je t'ai dit, fit-il en inclinant la tête en direction du canapé, avant de boire une gorgée de café.

Je haussai les épaules.

— Je ne pouvais pas rester là à t'attendre.

— Je n'en ai eu que pour cinq minutes.

— À ce moment-là, j'en avais déjà terminé.

— Tu es impossible !

— Je le lui ai déjà dit. Plusieurs fois.

— Oui, d'accord, dis-je en donnant une légère tape sur l'oreille de Felix au passage. Tu n'es pas obligé de te mêler de ça. J'ai l'habitude de faire les choses par moi-même. Ce n'est pas un défaut, tu sais.

— Alors, j'ai entendu dire que Clive partait aujourd'hui ? lâcha Felix.

— Euh… eh bien, oui, c'est ce qui est prévu.

D'un coup d'œil, je consultai l'horloge.

— Tu n'as pas un client, aujourd'hui ? demandai-je à Jack.

— Non, j'ai pris ma journée, car j'espérais pouvoir t'aider à installer Clive.

— Oh, je vois.

Je jetai un regard à l'extérieur où les trois boules d'énergie jouaient avec entrain. Avançant vers la porte-fenêtre, je l'ouvris légèrement pour mieux les observer et profiter un peu de l'air frais. Percevant un mouvement, Clive s'immobilisa puis fonça vers moi, sa queue s'agitant follement pendant sa course. Parvenu à ma hauteur, il ralentit son rythme, nicha sa tête sous mon coude, puis contre mon ventre lorsque je m'accroupis. Je laissai échapper un rire, le caressai, et observai sa belle gueule. Ce chien souriait vraiment, et cela me plaisait. Mais je ne pouvais pas le garder. C'était trop. J'avais déjà conscience d'avoir craqué sur lui, et je savais à quel point cela pouvait être dangereux. La vie d'un chien n'était jamais très longue. Je me penchai, déposai un baiser sur sa tête, et il fila retrouver les enfants, recommençant à jouer avec ses nouveaux amis.

En me retournant, je croisai trois paires d'yeux.

— Non, il ne reste pas, dis-je. Ça ne marcherait pas. Mais… comme il s'amuse bien avec les enfants et qu'il a passé une nuit stressante, ce serait peut-être une bonne idée qu'il reste aujourd'hui, d'autant plus que Jack sera là.

Je le fixai du regard :

— Tu sais, vu que tu as pris ta journée, dis-je avec un haussement d'épaules pour ponctuer mon propos.

— Oui, acquiesça-t-il. Ce serait logique. Effectivement, il a passé une mauvaise nuit, alors ce serait bien pour lui d'avoir une journée calme et détendue avant de partir.

J'essayai de ne pas me concentrer sur la dernière partie de sa phrase, mais plutôt sur toutes les raisons pour lesquelles ce ne serait pas une bonne idée pour moi d'avoir un chien. Il était indéniable que Clive était un chien adorable et qu'il serait un merveilleux animal de compagnie pour quelqu'un. Mais pas pour moi.

— Je me demandais si tu avais déjà décidé de ce que tu allais porter à l'avant-première, dit Poppy, en un louable effort de changer de sujet.

— Oh, mon Dieu, non. Je pense que je vais rappeler mon agente et…

— Non.

— Non, quoi ?

— Tu y vas. Tu as accepté.

— Je sais, mais…

— Tu y vas. Il me faut tous les potins : à quoi ressemblent les stars dans la vraie vie, ce qu'elles portent, et tout le bazar.

— Tu pourrais peut-être te contenter d'acheter un magazine ?

— Tu y vas, décréta Poppy.

Elle mesurait à peine 1,50 m et paraissait aussi fragile qu'une poupée de porcelaine, mais après toutes ces années où elle avait été mariée à mon frère, je savais que sous cette apparence fragile se cachait une volonté de fer. Donc *a priori*, j'irais bel et bien à cette avant-première.

***

— C'est celle-là ! se réjouit Poppy, battant des mains devant une énième robe que j'essayais.

— Tu as dit la même chose pour l'avant-dernière, fis-je remarquer en m'éloignant du miroir, me tordant le cou pour observer le dos de la robe. Elle est un peu trop décolletée derrière, commentai-je en constatant la quantité de peau nue exposée.

— Je sais, mais là je suis sûre. C'est celle-ci. Définitivement. Elle est magnifique, et elle te va à ravir.

Elle fit un petit mouvement comique des sourcils avant d'ajouter :

— Et elle est tellement sexy !

— Je n'ai pas vraiment envie d'avoir l'air sexy.

— Dommage, parce qu'avec cette robe, tu l'es. Jack va complètement craquer quand il te verra.

— Ça m'étonnerait. D'ailleurs, il n'a pas intérêt. Je ne vais à cette soirée que parce que je sais que j'aurai un cavalier avec qui discuter.

— Et le fait que ce cavalier soit plus beau que la plupart des stars de cinéma n'arrange rien ?

— Je n'avais pas vraiment réfléchi à cet aspect.

Poppy éclata de rire.

— Si ton nez continue à grandir, nous aurons du mal à te faire sortir de cette cabine.

— Oh, très drôle. OK, je reconnais qu'il est beau. Et je pense sincèrement qu'il s'est amélioré avec l'âge.

— Comme le bon vin.

— Je n'irai pas jusque-là, et surtout, ne lui dis pas que j'ai dit cela.

— Non ?

— Non. D'ailleurs, l'autre jour, vous n'aviez pas l'air vraiment ravis par l'éventualité que nous soyons ensemble.

— Parce que nous étions surpris.

— Felix paraissait furieux.

— Bah, tu le connais.

— Justement. Il me dit toujours que je dois avancer. Et là, quand il croit que je l'ai fait, il a l'air d'avoir envie de trucider l'homme en question et de l'enterrer dans mon patio.

— Je pense que c'est juste parce que son instinct protecteur s'est réveillé, au début. Je veux dire, nous savons tous comment se comportait Jack il y a quelques années. Il ne cessait de briser les cœurs. Felix ne veut pas qu'il t'arrive la même chose.

— Mais vous ne cessez de dire tous les deux qu'il n'est plus du tout comme cela.

— C'est vrai. Tu dois l'avoir remarqué depuis qu'il séjourne chez toi.

— Eh bien, c'est vrai qu'il ne sort pas beaucoup. Nous passons beaucoup de soirées seuls tous les deux, à lire, confortablement installés dans le canapé.

— C'est bien.

— Oui, c'est agréable d'avoir de la compagnie, même quand nous ne parlons pas et… oh non. Ne me regarde pas comme cela !

— Comme quoi ?

Poppy prit un air innocent. Mais je la connaissais bien.

— Comme cela, dis-je en pointant son visage.

— Je ne sais pas ce que tu veux dire.

— Oh que si, tu le sais très bien.

— OK, d'accord, mais enfin, ce n'est pas comme si c'était la pire chose au monde qui puisse arriver, quand même !

— Ce ne serait pas non plus la meilleure. De plus, Jack n'est absolument pas attiré par moi comme cela. Nous sommes amis et cela nous convient très bien.

— Si tu le dis.

— Effectivement, c'est ce que je dis. Maintenant, pourrais-tu s'il te plaît m'aider à enlever cette robe, que j'évite de la déchirer ?

— Tu la gardes ?

Je me retournai pour m'observer une fois de plus dans le miroir. La robe longue en satin bleu nuit, avec sa coupe en biais et les plis souples de son col bénitier était à la fois discrète et élégante de face. En revanche, vue de dos, c'était une tout autre histoire : deux fines bretelles croisées retenaient le tissu qui formait un décolleté décent, mais beaucoup plus profond que tout ce que j'avais pu porter auparavant. À cela, de chaque côté du bas de la robe qui était évasée, s'ajoutait une fente à hauteur de cuisse. Tant que je restais immobile, on ne voyait rien, mais dès que je marchais, mes jambes apparaissaient en un flash de peau indubitablement sexy. Pourtant, je ne pouvais m'empêcher d'être d'accord avec Poppy. J'adorais cette robe. Cela faisait bien longtemps que je n'avais pas porté quelque chose d'aussi beau ou d'aussi glamour. Je m'étais tellement habituée aux tenues décontractées et confortables que j'avais l'impression de voir une autre personne dans le miroir. La fête chez les parents de Jack était chic et décontractée, mais là, c'était carrément un autre niveau.

Je regardai Poppy, assise sur une chaise dorée dans un coin de la somptueuse cabine d'essayage. Elle paraissait troublée.

— Poppy ! m'exclamai-je en me penchant pour lui saisir les mains. Que se passe-t-il ?

D'une main, je fouillai dans mon sac et lui tendis un mouchoir en papier. Ses yeux brillaient de larmes.

— Rien. Rien du tout, répondit-elle. Tout est parfait. C'est juste que… j'ai l'impression de te revoir pour la première fois depuis si longtemps. Je te retrouve. La vraie toi.

Je lui pressai la main, et nous constatâmes toutes les deux à quel point j'exposai ma cuisse dans ma position actuelle.

— Eh bien, là, tu vois un bon bout de moi, c'est sûr, plaisantai-je.

— Tu es superbe. Allez, viens, nous devons aussi te trouver des chaussures et un sac.

— Je suis presque sûre d'en avoir une paire qui fera l'affaire.

— Non, pas question. Pour ta première sortie depuis des années, surtout pour un événement aussi glamour, tu ne dois porter que des choses neuves.

Je laissai échapper un soupir.

— Alors, dans ce cas, j'ai surtout besoin d'une énorme tasse de thé et d'une part de gâteau encore plus grosse.

20

À la fin de la journée, j'avais dépensé plus d'argent pour une seule tenue que je ne l'avais fait depuis dix ans pour mes vêtements du quotidien.

— Vous avez trouvé quelque chose ? demanda Felix lorsque Poppy et moi nous franchîmes la porte, plus tard dans la soirée.

— J'ai fait du shopping avec ta femme. Alors, à ton avis ?

Il fit une grimace.

— C'est vrai. J'ai épousé un démon de shopping.

— Je préfère le terme de génie du shopping, répliqua Poppy, en déposant quelques sacs de ses propres achats.

— Très bien, je corrige : j'ai épousé un magnifique génie du shopping.

— Merci, dit Poppy en allant embrasser Felix. Et vous, messieurs, vous avez passé une bonne journée ? Comment vont les enfants ?

— Ils regardent un film dans l'autre pièce, mais il est vrai qu'ils sont incroyablement calmes. Je crois que je vais aller voir ce qu'ils font. Nous les avons emmenés faire une longue promenade, je pense qu'ils sont fatigués.

Il quitta la pièce, et Poppy le suivit.

— Je sais ce qu'ils ressentent, dis-je en me laissant tomber sur le canapé, à la place que Felix venait de libérer.

— Dure journée ? demanda Jack, installé dans le fauteuil juste à côté de moi.

— J'avais oublié qu'il fallait autant d'énergie pour faire du shopping avec Poppy.

— Tu as trouvé quelque chose de bien à ce qu'il paraît ?

— Oui. J'ai failli m'évanouir en voyant l'étiquette du prix, mais ce n'est pas si souvent que l'on est invité à l'avant-première d'un film, n'est-ce pas ? La dernière chose que je souhaite, c'est me ridiculiser.

— Tu ne te ridiculiseras jamais.

— Merci pour ta confiance, mais cela fait bien longtemps que je ne suis pas sortie en soirée, encore moins pour un événement de cette importance.

— Tout ira bien. Et nous passerons une bonne soirée.

— Tante Lily !

Soudain, les deux enfants dévalèrent le couloir et se jetèrent sur moi. J'entendis un « ouille » étouffé quand Freddy heurta Jack.

— Faites attention, leur dis-je en leur donnant un gros câlin. Il n'est pas question de blesser Jack avant qu'il n'ait terminé mon jardin, déclarai-je en les chatouillant.

Ils gloussaient, gigotaient, nouaient leurs bras autour de mon cou pendant que je les serrais contre moi. Puis Freddy se rapprocha de Jack et commença à lui grimper sur les épaules.

— Ne t'avise pas de tomber. Je ne nettoierai pas ton sang.

Je regardai Jack et je vis qu'il avait les mains fermement posées sur les jambes de Freddy. D'un regard silencieux, il me promit qu'il ne lâcherait pas prise. Je lui fis un petit signe de tête d'acquiescement avant d'installer Ruby un peu plus confortablement sur mes genoux.

Cessant d'observer les enfants, je remarquai finalement Clive, qui était assis si près du canapé qu'il était presque dessus sans l'être vraiment. Il était si excité qu'il n'avait pas encore posé son derrière sur le sol et sa queue battait d'un côté à l'autre avec une vive agitation. Une main retenant Ruby, je me penchai en avant pour câliner le chien et lui donner un baiser sur le crâne.

Son jour de retour au refuge avait été repoussé, d'abord d'un jour, puis d'un autre, puis d'une semaine, et ensuite définitivement. Je crois que j'avais su dès le moment où il m'avait décoché son premier sourire niais que j'étais déjà dans le pétrin, et cette nuit de tempête avait scellé à la fois son destin et le mien. J'aimais sa compagnie, et même lorsqu'il dormait, je ne me sentais jamais seule. J'ignorais comment il se comporterait après le départ de Jack, car dès que ce dernier passait la porte, Clive devenait fou, encouragé, je dois ajouter, par Jack. J'espérais qu'il s'en sortirait. J'espérais que nous nous en sortirions tous les deux.

— Vous êtes prêts pour le dîner ? demanda Felix.

Il avait jeté un coup d'œil aux achats de Poppy qu'elle n'avait pu attendre de lui montrer.

— Je suis affamée.

— Moi aussi, répondit Poppy. Le métier de conseiller en style peut être épuisant. Qu'est-ce qu'on mange ?

— Du chili con carne avec du riz, du guacamole et de la crème aigre. Il y a aussi des nachos, mais les enfants les ont peut-être déjà tous mangés et je pense que Clive en a récupéré quelques-uns par terre.

J'avais découvert un autre avantage dans le fait d'avoir un chien chez soi. Vous disposiez d'un aspirateur intégral au cas où vous feriez tomber de la nourriture. C'était très bien pour les miettes de nachos, par contre, ça l'était moins lorsque les saucisses que je venais de faire cuire avaient roulé depuis l'assiette droit sur le plancher avant d'être avalées d'un seul coup par Clive.

— Ça a l'air génial, dis-je en bâillant.

— Ça ne sera pas très long à réchauffer, mais est-ce que tu veux t'allonger avant qu'on se mette à table ? suggéra Jack. Tu as l'air fatiguée.

— Non, ça va, dis-je en bâillant de plus belle.

Je sentis le regard de Jack s'attarder sur moi un moment avant qu'il me donne une légère tape sur la jambe et qu'il se lève, attrapant ma nièce au passage pour se rendre dans la cuisine à l'autre bout de la pièce.

— Oncle Jack, tu peux te transformer en cheval, maintenant ?

— Ruby, papa m'a dit qu'Oncle Jack avait passé presque une heure cet après-midi à se promener en te portant sur son dos. Tu ne penses pas que ce cheval mérite un peu de repos ?

D'après l'expression de son petit visage, non, elle ne le pensait pas. Néanmoins, se triturant les doigts, elle acquiesça.

— OK.

Jack s'accroupit à côté d'elle, l'un de ses genoux craquant bruyamment.

— Que dirais-tu de cinq minutes de cheval avant le dîner, et ensuite, Freddy et toi vous allez vous laver les mains ? C'est d'accord ?

— D'accord !

Elle se mit à sautiller sur place, son petit visage angélique affichant maintenant un large sourire, ses yeux bleus brillant de contentement. Elle entoura Jack de ses petits bras et lui donna un gros baiser sur la joue.

— Je t'aime, Oncle Jack.

— Je t'aime aussi, pois chiche.

— Tu peux te baisser ? Je n'arrive pas à monter.

— Et si on allait dehors, dans le jardin ? Le plancher est un peu dur pour mes vieux genoux.

En un éclair, elle fut dehors.

— Moi aussi, je veux monter à cheval ! s'exclama Freddy en se lançant à leur poursuite.

Quelques instants plus tard, Jack marchait à quatre pattes, les deux enfants sur son dos l'encourageant à aller plus vite.

— Je pense qu'en ce moment il doit regretter d'être rentré de Nouvelle-Zélande, dit Felix en les observant depuis la baie vitrée.

Je le rejoignis. Jack était costaud, mais les deux enfants qui bondissaient sur son dos n'étaient pas des poids plumes. Néanmoins, au vu du sourire qu'il abordait, et des rires qui résonnaient dans le jardin, j'avais l'impression qu'il s'amusait presque autant qu'eux.

Je me dépêchai de monter me changer. À la place de mon jean, j'enfilai un vieux short et savourai le moment que toutes les femmes savourent, celui où l'on enlève son soutien-gorge. J'avais un haut ample et vu la petite taille de ma poitrine ce n'était pas un problème de ne rien porter en dessous. Et quel soulagement ! Lorsque je redescendis, Jack était toujours dans le jardin, mais il paraissait fatigué. Poppy et Felix étaient occupés à préparer les assiettes et les boissons. Je sortis dans le jardin et me dirigeai vers la masse gloussante autour de laquelle Clive tournait et sautillait.

— Je crois qu'il est temps d'emmener ce cheval à l'écurie, non ?

— Noooooon ! Encore un peu !

— Allez, on arrête ! dis-je en me penchant pour soulever Ruby. De toute façon, c'est l'heure du dîner, vous devez aller vous laver les mains tous les deux. Viens, Freddy.

Mon neveu quitta le dos de Jack avec autant de réticence que sa sœur, mais ils furent vite distraits par les pitreries de Clive et coururent vers la maison avec le chien.

Une fois qu'ils furent hors de vue, Jack s'effondra sur l'herbe et roula sur le dos, les bras le long du corps, tel un crucifix.

— Je crois que tu viens de me sauver la vie.

— Eh bien, nous ne pouvons tout de même pas t'envoyer à l'usine pour te faire réparer, n'est-ce pas ?

Il eut un rire chaud et mélodieux.

— Tu dis les choses les plus charmantes.

— Merci, j'essaie.

Je m'accroupis à côté de lui, le dos tourné à la cuisine.

— Tu es sûr que tu vas bien ?

J'avais posé une main par terre pour éviter de perdre l'équilibre. Jack déplaça la sienne sur l'herbe, et effleura la mienne.

— Ça va. Vraiment. J'adore passer du temps avec eux. J'ai l'impression d'avoir raté tellement de choses. Je ne suis pas un si bon parrain, hein ?

— Tu es un excellent parrain. Ce n'est pas parce que tu étais à l'étranger une bonne partie du temps que cela signifie quelque chose. Les gens peuvent être juste à côté et ne pas faire la moitié de ce que tu as fait pour eux ni s'intéresser autant à eux. Ils ont toujours su que tu étais là-bas, mais qu'en cas de besoin tu pourrais rentrer en un clin d'œil. Ne te sous-estime jamais en pensant que tu n'as pas rempli ton rôle de parrain suffisamment. Parce que c'est faux.

— Merci, Lily. Cela signifie beaucoup, surtout venant de toi.

Je savais exactement ce que ressentait Jack. Moi, je m'étais trouvée à côté et pourtant j'avais l'impression d'avoir raté tant de choses. Lui au moins avait l'excuse de la distance, de ces milliers de kilomètres entre eux, mais pas moi. Moi, j'avais fait le choix de ne pas aller à la crèche le soir de Noël, de ne pas assister aux fêtes d'anniversaire ou à tous les autres événements auxquels j'avais été invitée, mais que j'avais redouté de ne pouvoir affronter. Il n'y avait pas vraiment d'excuses pour cela.

— Tu as l'air bien sérieuse, fit-il remarquer, toujours allongé dans l'herbe.

— Non, pas du tout.

— Menteuse. Je commence à te connaître. Tu ne peux pas me duper.

Je lui donnai un petit coup de poing sur le flanc.

— Ne sois pas si suffisant, dis-je en essayant de retenir le sourire qui s'affichait déjà sur mon visage. Allez, lève-toi !

Je me levai et lui tendis le bras pour l'aider. Il prit ma main. Je tirai, mais rien ne se passa. Plaçant mon autre main sur celle qui agrippait déjà la sienne, je tirai de nouveau, cette fois en y mettant vraiment du mien.

— Bon sang, tu es lourd !

Maintenant debout, certainement grâce à ses efforts plutôt qu'aux miens, Jack baissa les yeux vers moi et me sourit.

— Comme je le disais tout à l'heure, tu dis vraiment des choses charmantes. On rentre dîner ?

Il m'offrit son bras comme nous si nous étions à une grande réception au manoir, où il serait vêtu d'un smoking plutôt que d'un short et d'un T-shirt comme ce qu'il portait actuellement. Il affichait un air si sérieux que je ne pus m'empêcher de rire, me reprenant rapidement pour continuer la plaisanterie avec lui.

— Ce serait formidable.

— J'espère qu'il n'y aura pas encore de la soupe de tortue.

— Oui, c'est plutôt barbant, non ?

— Peut-être pourrions-nous manger des huîtres, demain ? Je laisserai un mot à la gouvernante.

Il afficha un sourire malicieux qui n'avait nul besoin des prétendues propriétés aphrodisiaques des huîtres.

— Tu pourrais, mais j'ai entendu dire que la gouvernante a sa propre façon de faire les choses. Elle risque fort de te retourner ton message. Et de te le flanquer ailleurs que dans ta main.

Jack renversa la tête en arrière et éclata de rire. Lorsque nous entrâmes dans la cuisine, je fis semblant de ne pas remarquer le regard échangé entre mon frère et sa femme.

***

— Comment tu te sens par rapport à l'avant-première ? demanda Jack.

Je lui souris.

— Nerveuse, mais un peu excitée aussi, j'avoue.

Il me retourna mon sourire.

— Tu t'en sortiras à merveille.

— Merci. Et merci encore d'avoir accepté de m'accompagner. J'apprécie vraiment. Les choses sont moins effrayantes quand on a quelqu'un pour nous soutenir, non ?

— C'est vrai. Et pas de quoi.

Après le départ de ma petite tribu familiale, la maison avait retrouvé son calme. Le dîner avait été amusant, un peu bruyant ; je l'avais néanmoins apprécié. J'avais trouvé la journée de shopping avec Poppy parfois un peu stressante, n'ayant toujours pas l'habitude de faire face à la foule et aux gens en général, mais j'avais adoré cette occasion de passer du temps avec ma belle-sœur, de partager des moments ensemble, ne serait-ce qu'en bavardant au café où nous avions fait une pause entre deux séances de recherche de la robe parfaite. Ça aussi, c'était quelque chose que j'avais raté. J'avais passé tout ce temps à croire qu'il était mieux pour moi de me renfermer ainsi, mais des fissures commençaient à apparaître dans ma façon de penser. J'étais encore absolument terrifiée par l'avant-première, et je n'allais certainement pas me transformer en grande fan de soirée du jour au lendemain, mais Jack serait là. J'étais toujours persuadée que je n'aurais pas réussi à y assister seule. J'appréciais les promenades que j'avais faites en solitaire, enfin, l'unique promenade que j'avais faite en solitaire, et je me sentais bien plus heureuse et détendue en compagnie de Clive. J'avais l'impression d'avoir un soutien social pour le cas où j'en aurais besoin, et bien sûr, de la compagnie, ce qui m'avait cruellement manqué pendant la majeure partie de la dernière décennie.

21

Besoin d'aide !

Quelques jours plus tard, j'envoyai un message à Poppy. L'avant-première approchait plus vite que je ne l'aurais souhaité, et malgré les heures passées à regarder des tutoriels de maquillage sur YouTube – temps que j'aurais dû consacrer à l'écriture –, je n'arrivais pas à trouver quelque chose d'assez convenable pour une soirée aussi chic. En regardant des vidéos et des images d'autres avant-premières qui montraient des invitées parfaitement coiffées, habillées et maquillées, sans parler de leur silhouette tout aussi parfaite, je commençai à paniquer. À plusieurs reprises, je posai mes doigts sur le clavier, prête à envoyer un e-mail à Zinnia pour lui dire que, finalement, je ne viendrai pas à la soirée. Mais quelque part, au fond de mon esprit, les paroles de Jack continuaient à résonner. Il avait raison. J'avais travaillé dur pour cela, et peu d'écrivains se voyaient offrir ce genre d'opportunité. Rien ne disait que je vendrais les droits cinématographiques de l'un de mes autres livres simplement parce que celui-ci avait bien marché.

Quelque temps plus tôt, j'avais été invitée à une projection privée du film, mais bien sûr, j'avais décliné l'invitation. Aujourd'hui, je le regrettais. Et si j'arrivais à la soirée et que je détestais ce qu'ils avaient fait de mon livre ? Oh, mon Dieu ! Non seulement j'avais besoin d'aide avec mon maquillage, mais j'avais aussi besoin d'un coaching d'acteur pour m'apprendre à feindre. Mais après tout, je pouvais aussi l'adorer.

Je me regardai dans le miroir.

— Je vais l'adorer. Ce sera merveilleux, dis-je à mon reflet.

Clive s'approcha un peu plus de la chaise. Je tendis la main vers lui pour lui gratter la tête.

— C'est vrai, n'est-ce pas, Clive ? Tout va bien se passer.

Peut-être qu'en le répétant suffisamment je parviendrais à faire croire à mon cerveau que ceci était vrai. Je reportai mon attention sur le miroir. Par contre, je ne parviendrais pas à faire croire à mon cerveau que je n'avais pas fait un désastre avec le *merveilleux smoky eyes du soir* que me promettait le tutoriel. C'était la quatrième fois que j'essayais, et à force de tout effacer et de recommencer, j'avais le visage en feu. À ce rythme-là, je serais à court de maquillage avant de parvenir à un résultat correct. Quant aux faux cils, cela faisait déjà longtemps qu'ils avaient littéralement disparu par la fenêtre. Il faudrait que je me souvienne d'aller les ramasser sur la pelouse avant que Clive ne décide de les avaler. Tous ces tutoriels donnaient l'impression qu'il était facile de se maquiller, mais maintenant je connaissais la vérité. Ils mentaient tous !

Que se passe-t-il ? Ça va ?

Non.

Ma réponse fut brève, et je la fis suivre de l'emoji du cerveau qui explose puis d'un GIF d'un gamin qui a trouvé la trousse de maquillage de sa mère.

Oh, ne t'inquiète pas. Je crois que j'ai un plan.
Je t'appelle plus tard.

J'envoyai une série d'emojis de câlins, je me levai et descendis chercher les faux cils dans le jardin, Clive trottinant derrière moi. Après les avoir trouvés et l'avoir convaincu qu'il ne s'agissait pas d'une délicieuse friandise, j'allai lui en chercher une, puis me dirigeai vers mon bureau pour me remettre au travail.

Quelques heures plus tard, le visage de Poppy apparut sur mon écran. Je répondis à l'appel, et la trouvai affichant un large sourire.

— Tu as l'air ravie.

— Tu le seras aussi quand je te dirai ce que j'ai organisé.

— Est-ce que cela va me plaire ?

— Tu vas adorer.

Son sourire était contagieux, je ne pus m'empêcher de sourire à mon tour.

— Je t'écoute, alors. C'est quoi ce secret ?

— Bon, je suppose que les tutoriels ne t'ont pas vraiment aidée.

— Tu as vu le GIF que je t'ai envoyé ?

— Oui, et alors ?

— C'était encore mieux que le résultat que j'ai obtenu. Je suis certaine que Clive aurait pu faire mieux.

— Oh.

— Voilà. Je n m'étais pas rendu compte que j'étais aussi peu douée en maquillage. Bon, en même temps, je n'en ai jamais vraiment beaucoup porté. Je ne sais pas. Est-ce que c'est devenu plus difficile ?

— Je pense surtout que les aspirations sont plus élevées. Aujourd'hui, les adolescentes passent tellement de temps à perfectionner leur maquillage et leur coiffure, grâce à YouTube et aux influenceuses que nous avons carrément l'impression d'être des ringardes. Et cela, avant même d'ouvrir un magazine.

— J'espère vraiment que tu as la réponse à mon problème, alors.

— Je l'ai ! Je viens d'appeler une ancienne copine d'école. Aujourd'hui, elle est maquilleuse professionnelle. Elle travaille sur des défilés, des films, des séries. Elle va venir te maquiller pour la soirée.

— Sérieusement ?

— Oui.

— Est-ce qu'elle veut être payée en liquide ? Tu sais, au black.

Poppy fronça les sourcils.

— Oh ! Non, elle ne veut pas être payée.

— Pardon ?

— Elle te le fait gratuitement.

— Elle ne peut pas faire cela.

— Si, elle peut, et elle va le faire. En fait, c'est une grande fan de tes livres, alors elle était ravie quand je lui ai demandé si elle avait le temps.

— Je ne sais pas quoi dire.

— Tu pourrais dire : Poppy, ma chérie, tu es un génie absolu.

— Poppy, ma chérie, tu es un génie absolu !

— Merci. Et ce n'est pas tout. Elle amène un ami, qui est un coiffeur fabuleux, comme cela, tu auras la totale.

Je restai silencieuse un moment, à la fois submergée et infiniment touchée que deux parfaits inconnus fassent cela pour moi. Certes, cette femme était l'amie de Poppy, mais tout de même. Je savais qu'elle en aurait pour un long moment, et maintenant, j'avais aussi quelqu'un pour s'occuper de mes cheveux. J'éprouvais des sentiments mitigés : c'était à la fois comme si j'allais revêtir une armure, mais aussi comme si je m'apprêtais à émerger de la chrysalide dans laquelle je m'étais enfermée depuis le décès de Mike.

— Tu vas bien ?

— Oui. Oui, répétai-je. Merci beaucoup, Poppy. J'ignore comment te remercier d'avoir organisé tout cela et aussi pour m'avoir aidée avec la robe et tout le reste. Je ne pense pas que je pourrais y arriver sans vous qui me soutenez tout le temps et m'aidez à résoudre mes problèmes.

Des larmes me piquèrent les yeux alors que je comprenais de nouveau à quel point je m'étais repliée sur moi-même. Que je pensais aux moments que j'avais ratés avec ceux que j'aimais. Je devrais faire plus d'efforts avec ma propre famille. Ils étaient tout ce que j'avais, et je les aimais tellement. Ils méritaient beaucoup plus que ce qu'ils avaient reçu de moi jusqu'à présent.

— C'est un plaisir, Lily. Je t'assure. Nous sommes tellement heureux que tu y ailles. Tu mérites une soirée spéciale, et je suis si contente de pouvoir t'aider à te sentir plus à l'aise.

— Mais tu viendras avec eux ? Avec les stylistes ? demandai-je, brusquement paniquée à l'idée d'être interrogée sur les couleurs, les styles, les formes.

J'eus soudain une vision de moi assise sur une chaise, les regardant tous les deux comme un lapin face à une moissonneuse-batteuse, avec les conséquences inévitables.

— Bien sûr ! Tu ne pourrais pas me tenir à l'écart, même si tu le voulais, répondit-elle en riant.

***

— Tu vas bien ? demanda Jack, tôt le matin de l'avant-première. Je croyais que les coiffeurs et les maquilleurs venaient ?

— Oui, ils viennent.

— OK. C'est juste que tu as plutôt l'air d'attendre l'arrivée d'une brigade de secours.

— C'est un peu la même chose.

— Seulement parce que cela te sort de ta zone de confort.

— Ces derniers temps, j'ai l'impression que tout est hors de ma zone de confort. Je ne suis même pas sûre d'être capable de voir la zone en question !

— Tu t'en sors très bien.

Il me serra l'épaule.

— Bon sang, on dirait que tes muscles sont soudés.

— Inutile de me le dire.

J'essayai d'alléger la tension de ma nuque en la massant de mes doigts. Mais j'avais surtout l'impression d'envoyer des éclairs de douleur dans mes tempes, alors je cessai.

— Laisse-moi faire.

Jack se plaça derrière moi. Il demeura sans bouger un instant, mais comme je ne protestai pas, il fit ce qu'il avait en tête. Des mains larges et chaudes se posèrent délicatement de chaque côté de mon cou avant d'entamer progressivement un mouvement en rythme, ses doigts et ses pouces exerçant une légère pression sur mes muscles noués.

— Alors, ça fait du bien ? demanda-t-il en continuant ses gestes délassants.

— Oh, oui. C'est très bon.

— Viens t'asseoir une minute. Ce sera plus facile pour moi.

— Je suis certaine que tu as mieux à faire en ce moment.

— Je suis certain que non. Allez, assieds-toi. Ils ne vont pas tarder à arriver, et tu vas rester assise sur cette chaise pendant des heures.

Il n'avait pas tort, alors je me dirigeai vers une chaise à dossier bas et m'enfonçai dans les coussins moelleux. Jack se plaça derrière moi et recommença ses gestes relaxants et apaisants qui me procuraient une sensation incroyable à la fois de plaisir et de douleur.

— J'ai l'impression que tes muscles se relâchent légèrement. Tu te sens un peu mieux ?

— Si je dis oui, est-ce que tu vas t'arrêter ?

— Pas nécessairement.

— Et si je dis non, est-ce que tu vas t'arrêter ?

— Même réponse. Veux-tu que j'arrête ?

— Non. Je n'y connais rien en conception de jardin, mais je suis certaine que tu pourrais entamer une nouvelle carrière en tant que masseur.

J'ouvris les yeux – qui s'étaient fermés sans même que je m'en rende compte – et renversai la tête en arrière pour croiser le regard de Jack.

— J'espère que ce que j'ai dit ne semble pas bizarre. Ce n'était pas mon intention. Est-ce que ça semble bizarre ?

— Non, dit-il en riant avant de faire glisser doucement ses mains de chaque côté de ma tête et en la basculant de nouveau vers l'avant afin de pouvoir atteindre les épaules. Je comprends ce que tu veux dire, alors merci.

— Oserais-je te demander comment tu es devenu bon dans ce domaine ?

— Tu risquerais d'être choquée si je te le disais.

— Maintenant, j'ai absolument besoin de savoir.

— Je n'ai pas vraiment envie de te le révéler.

— Allez, cela me changera les idées.

— Ah ! Du chantage émotionnel, maintenant ! OK, je vais te le dire, mais sache que je suis une bien meilleure personne aujourd'hui.

— Tout cela me paraît intrigant.

— J'ai appris à le faire pour impressionner les filles. Elles me disaient qu'elles avaient mal au cou, au dos, aux épaules et je leur répondais : oh, je peux t'aider, viens ici. Je leur faisais un petit massage, je leur demandais ce qu'elles ressentaient et… tu sais qu'une chose en entraîne souvent une autre. Comme je viens de te le dire, ce n'est pas quelque chose dont je suis fier, mais cela m'a été utile. Bien qu'utiliser mes talents sur des joueurs de rugby d'un mètre quatre-vingt-dix ne soit pas exactement ce que j'avais en tête quand j'ai perfectionné mes compétences, mais si on peut aider un camarade, autant le faire, n'est-ce pas ?

Je réfléchis à sa réponse.

— Tu es d'un calme inquiétant. Je peux pratiquement t'entendre me juger.

— Alors, il faut que tu fasses tester ton ouïe, parce que je ne te juge pas du tout. Je me disais juste que tu avais utilisé exactement les mêmes mots avec moi.

— Certes, mais étant donné que j'ai mûri en tant que personne, ta réponse m'importe, et je t'assure que mon seul but c'est que tu te sentes mieux.

— Je sais. Je te taquine, c'est tout. Je n'avais pas saisi que tu avais appris des techniques spéciales pour améliorer ton aura de Don Juan.

Soudain, sa voix profonde et douce fut tout près de mon oreille.

— Et encore, tu ne connais pas tous mes talents.

Je ne pus m'empêcher de rire.

— Et voilà ! Je savais que c'était trop beau pour être vrai. Mûri, tu parles !

— Je ne fais qu'énoncer des faits, dit-il en se redressant, reportant son attention sur mes épaules, ses pouces puissants appuyant doucement sur ma nuque évacuant la tension qui s'y était accumulée.

Une tension qui n'était en rien aidée par le souffle chaud de Jack qui frôlait mon oreille et le flot d'images inattendues qui avaient soudain déferlé à mon esprit. Jack Coulsdon-Hart avait peut-être mûri, mais j'avais l'impression qu'il restait tout de même un peu de l'ancien Jack. Et ce n'était peut-être pas une mauvaise chose.

Quelques minutes plus tard, on sonna à la porte. Comme Jack retirait ses mains chaudes de mes épaules, je poussai involontairement un petit soupir de frustration.

— Essaie d'en profiter, dit Jack alors que je me levai et lissai rapidement le peignoir que l'on avait demandé de porter après mon bain de ce matin.

— Oui. Je suis tellement reconnaissante à Poppy d'avoir organisé tout cela.

La sonnette retentit de nouveau.

— Ça va aller, n'est-ce pas ? m'inquiétai-je.

Je levai les yeux vers Jack tandis qu'un flot de pensées inquiétantes déferlait soudain à mon esprit.

— Il ne va pas vouloir couper mes cheveux trop courts, n’est-ce pas ?

— S’il en a l’intention, mais que tu ne veux pas, dis-le-lui. Ce sont tes cheveux. Ne le laisse pas faire ce qu’il veut. De toute façon, Poppy est là pour te soutenir.

Il posa une main sur mon bras, le pressant rapidement, puis se dirigea vers la porte. Je me ressaisis, et quelques instants plus tard, je le suivis.

22

— Boooonjoouuur !

Une femme de l'âge de Poppy, à l'allure pétillante, entra en jetant un coup d'œil rapide à Jack. Ses cheveux formaient de vagues bleu électrique, elle avait une peau magnifique, très peu de maquillage à l'exception d'un léger brillant à lèvres, et elle était superbe. Un homme mince, du même âge, ou peut-être un peu plus âgé, la suivait. Bronzé, il portait un magnifique costume trois-pièces. Ses cheveux d'un châtain brillant étaient coupés court, avec soin, et je voyais la pointe d'un tatouage émerger du col de sa chemise.

— Bonjour.

Il me fit un signe de tête puis il vit Jack.

— Bonjour, répéta-t-il, cette fois avec un peu plus d'enthousiasme et d'emphase.

Je reportai mon regard sur Jack qui leur sourit à tous les deux et leur tendit la main.

— Bonjour, je suis Jack. Je vais m'écarter de votre chemin, à présent.

— Bonjour, Jack, dit Poppy en le serrant entre ses bras avant de refermer la porte derrière elle. On pourrait avoir une tasse de thé avant que tu disparaisses ?

— Je vais en préparer ! lançai-je.

— C'est bon, je m'en occupe, intervint Jack. Toi, tu te laisses chouchouter.

— Oh, mon Dieu, celui-ci est vraiment du genre que l'on garde, s'exclama l'homme en posant un instant sa main sur le bras de Jack.

Sentant son biceps, il la laissa posée un peu plus longtemps.

— Oh, il n'est pas à moi. Je veux dire, je ne le garde pas... Je veux dire... nous sommes juste amis, bredouillai-je, sachant que j'étais à présent écarlate.

Je me tournai vers Poppy, la priant silencieusement de m'aider. Elle me fit un petit sourire, puis intervint.

— Jack est un vieil ami. Il vient de rentrer de Nouvelle-Zélande et il est en train de monter sa propre affaire. Il vit chez Lily jusqu'à ce qu'il ait trouvé où s'installer.

— Et où avez-vous l'intention de vous installer ?

— Dans le coin, répondit Jack en souriant.

— Dommage. Si jamais vous cherchez un endroit où loger à Londres, je vous laisserai ma carte.

L'homme fit un clin d'œil à Jack, puis m'adressa un grand sourire, que je lui retournai. Je l'appréciais déjà. Pourvu que ce soit encore le cas quand il aurait terminé ma coiffure.

La femme aux cheveux bleus n'avait toujours rien dit, mis à part son bonjour à Jack. Je lui souris, et elle me rendit mon sourire, mais les choses s'arrêtèrent là.

— Je suis Lily, comme vous l'avez sans doute deviné, dis-je en lui tendant la main.

Elle regarda Poppy pendant une seconde, comme si elle avait temporairement oublié son propre nom.

— Désolée, c'est juste que... je suis une de vos fans. Je me sens un peu ridicule, comme une groupie.

De ses longs ongles parfaitement manucurés, elle repoussa une mèche de cheveux de son visage.

— Je m'appelle Jemima.

— Mais… Poppy m'a dit que vous travaillez avec des stars de cinéma, des top models et autres mannequins…

— Oui, c'est le cas, tout le temps, mais cela ne m'impressionne pas. Pour être honnête, je ne suis pas vraiment fan de cinéma. Je préfère les livres, et j'ai toujours aimé les vôtres.

— Merci. Je suis ravie que vous les ayez appréciés et je vous remercie tous les deux d'être venus aujourd'hui. Je ne peux vous dire à quel point j'apprécie.

L'homme s'approcha, me prit la main et rabattit la sienne par-dessus.

— Je m'appelle Martin, et c'est un réel plaisir pour nous deux, chérie. Nous allons te rendre fabuleuse. Non que tu ne le sois déjà. Juste une petite mise en beauté pour te donner encore plus confiance.

— Formidable. J'en ai drôlement besoin. Je n'ai jamais assisté à une telle soirée auparavant.

— C'est bien que vous y alliez, dit Jemima.

— J'ai hâte de voir le film, même si, évidemment, il ne sera pas aussi bon que votre livre, dit-elle. Ils ne le sont jamais. Mais j'irai le voir, même si je n'aime pas spécialement les films, parce qu'il est tiré de votre livre.

— J'espère que vous l'apprécierez.

— Venez !

Poppy les conduisit dans la salle à manger transformée en salon de beauté temporaire pour que Jemima et Martin puissent exercer leur magie. Jack s'affairait à l'autre bout de la pièce, sortant tout l'attirail pour le thé et le café, avant de nous rejoindre pour demander qui voulait boire quoi. Les muscles de ses jambes bronzées saillaient sous son short, et les deux stylistes le regardèrent un peu plus longtemps que nécessaire. Je ne pouvais les en blâmer ; j'aurais bien jeté un coup d'œil furtif moi aussi. Malheureusement, lorsque je me retournai, Poppy qui avait les yeux rivés sur moi m'adressa un sourire de connivence que je fis semblant de ne pas comprendre.

— Bon, voyons un peu ces cheveux, dit Martin en tournant autour de moi, tâtant mes cheveux, les soulevant, les tripotant. La couleur est bonne, même si nous pourrions certainement l'éclaircir un peu.

— L'éclaircir à quel point ? m'enquis-je.

— Ne t'inquiète pas, tu ne vas pas te retrouver avec la couleur de cheveux de Jemima.

— Jemima a des cheveux magnifiques, mais je ne suis pas sûre que je pourrais assumer une telle couleur.

Jemima leva la main, effleura ses cheveux, sourit et me remercia pour le compliment.

— Poppy m'a dit que tu avais envie de les couper court, aujourd'hui, alors nous pourrions commencer par la coupe et poursuivre par la couleur.

Je me laissai tomber lourdement sur le siège, et, de l'autre côté de la pièce, Jack laissa tomber une tasse, qui se brisa sur le sol. Nous échangeâmes des regards horrifiés.

— Désolé, me dit-il, avant de porter son regard sur le coiffeur.

— Ne t'inquiète pas, répondis-je, sentant la panique me gagner.

Sois forte, m'admonestai-je. Dis-lui que tu ne veux pas les cheveux courts.

Au même moment, Martin éclata de rire.

— Oh, mon Dieu, tu es devenue aussi blanche qu'un drap ! Je plaisante, chérie. Tu as de beaux cheveux, et Poppy m'a dit que tu les aimais longs.

Je jetai un coup d'œil à Jack qui avait maintenant l'air soulagé.

— Mon petit doigt me dit que quelqu'un d'autre aime aussi que tu les aies longs.

— Non ! bredouilla Jack. Non, ce n'est pas ça. C'est juste que je… vous savez… euh… elle les aime longs, et elle s'inquiétait que l'on veuille les lui couper. C'est tout. Rien d'autre.

— Ooh, je vois, répondit Martin en se retournant vers moi avec un grand sourire.

Je secouai la tête, essayant de garder mon sérieux.

— J'ai l'impression que vous êtes un vrai fauteur de troubles.

Affichant un air d'extrême innocence, Martin posa une main sur son torse avant de me faire un clin d'œil. De l'autre côté de la pièce, Jack balaya les débris de la tasse en porcelaine, et les jeta dans la poubelle.

Quand chacun eut son thé ou son café, Jack me fit un signe de la main et nous annonça qu'il emmenait Clive en promenade avant de le déposer chez Felix. Poppy et lui le gardaient pour la nuit, et j'espérais ne pas rentrer trop tard le lendemain. L'éditeur nous avait réservé des chambres dans un hôtel proche de la soirée. Je serais volontiers rentrée le soir même, mais j'étais ravie de séjourner dans un hôtel chic pour une fois. Cela faisait longtemps que je n'avais rien fait de tel. Je pourrais prendre mon petit déjeuner tranquillement dans ma chambre avant de demander à l'éditeur de nous envoyer une voiture pour nous ramener à la maison.

Une fois que Martin m'eut coupé les cheveux dans un des derniers styles à la mode, ce qui ne m'était pas arrivé depuis des années, tout en gardant la longueur comme il l'avait promis, Jemima commença à me montrer des clichés de différents maquillages, suggérant ceux qui, selon elle, pourraient me convenir. Elle me passa un bandeau autour du visage, mes cheveux ramenés en arrière pour me maquiller.

Poppy monta dans ma chambre et en redescendit avec ma robe pour qu'ils puissent se faire une idée du look dans son ensemble. Tous deux poussèrent des cris d'admiration. Je leur expliquai que c'était grâce au talent de génie du shopping de Poppy que je l'avais acquise, que j'avais hâte de la porter, même si je n'étais pas certaine de pouvoir me rappeler comment marcher avec des talons aussi hauts. Cela faisait longtemps que je n'en avais pas porté.

— Elles sont magnifiques, dit Jemima en contemplant les chaussures à fines lanières que Poppy avait également apportées.

— Je suis d'accord, et j'en déduis que ton beau de ce soir est ton délicieux majordome.

Il étudia la silhouette de Jack.

— Il est plutôt grand, alors ces chaussures sont un choix parfait. Tu seras superbe.

Je ris en entendant Martin utiliser le mot « beau ».

— Il n'est ni mon beau ni mon majordome. Ce qui est tout aussi bien, car vu qu'il vient de casser une belle tasse, je serais obligée de le renvoyer.

— Je plaisantais, chérie. Je sais qu'en fait c'est ton jardinier. Ça fait très « *Amant de Lady Chatterley* », n'est-ce pas ?

J'éclatai de rire.

— Non ! Ce n'est pas du tout cela. Rien à voir.

— Dommage, dit-il avec un large sourire. Il aurait fait un parfait Mellors.

— Ce serait plutôt l'inverse, d'ailleurs, ajouta Poppy en s'installant sur le canapé, et en repliant ses jambes sous elle.

— Qu'est-ce que tu veux dire ? demanda Martin en relevant les yeux.

Il était en train de mélanger une sorte de mixture dans un petit bac en aluminium avec quelque chose qui ressemblait à un pinceau.

— Jack est le fils d'un comte, expliqua Poppy. Lorsque son père quittera son enveloppe mortelle, le titre lui reviendra.

— Vraiment ?

Jemima l'écoutait bouche bée, un doigt posé sur l'écran où elle me montrait des nuances de rouges à lèvres.

— Oui. Même s'il n'en est pas ravi.

— Je parie qu'il ferait un très beau seigneur du manoir, dit Jemima d'un ton nostalgique.

— Je suis presque certain qu'il ferait un très beau n'importe quoi, décréta Martin avec insolence, en me décochant un clin d'œil. Maintenant, place à la couleur !

***

— Je crois que je vais pleurer.

Poppy se tenait à côté de moi, nous nous regardions toutes les deux dans le miroir.

— Ne t'avise surtout pas de le faire ! Tu sais comment je suis quand quelqu'un pleure, et là je ne peux pas pleurer avec ce maquillage. Je ne pourrais jamais le refaire.

— Jemima t'a quand même mis du mascara waterproof. C'est déjà ça.

— C'est vrai.

Jemima avait fait un travail remarquable, tout comme Martin. Ce dernier avait coupé quelques centimètres de mes cheveux, principalement les pointes qui étaient sèches. N'ayant rien perdu de leur longueur, mes cheveux avaient l'air plus sains, et ils ondoyaient doucement sur mes épaules et dans mon dos. Les mèches que Martin avait ajoutées scintillaient sous l'effet de la lumière, donnant l'impression que ma chevelure était plus épaisse, plus volumineuse. Quant au maquillage de Jemima, il était parfait. J'avais l'impression de sortir d'un magazine en papier glacé.

— J'ai l'impression d'avoir été retouchée retouchée sur Photoshop. Je ne sais pas comment elle fait, mais elle est vraiment géniale. Et tout à fait charmante.

— Et elle est ravie de la collection d'exemplaires dédicacés que tu lui as offerts.

— Oui, c'est ce que j'ai compris lorsqu'elle a éclaté en larmes. Heureusement, c'était des larmes de joie. Je ne savais pas quoi faire pour Martin, mais je ne me sentais pas d'offrir un présent à Jemima sans avoir l'équivalent pour lui. Pourtant, c'est plutôt ridicule d'imposer des livres à quelqu'un qui se flatte de ne pas les aimer.

— En tout cas, il est ravi de l'abonnement à la box de gin que tu lui as offert.

— C'est grâce à toi, grâce à ton travail de détective pour découvrir ce qu'il aime. Merci, Poppy.

— Je crois qu'il aurait été encore plus ravi si tu avais pu lui obtenir un tête-à-tête avec Jack.

— Tu as raison.

— Mais je ne suis pas certaine que nous aurions pu persuader ton majordome d'accepter, plaisanta-t-elle alors que nous nous dirigions vers la porte.

— Pour l'amour de Dieu, ne dis pas à Jack que Martin l'a qualifié de majordome, dis-je en ouvrant la porte de la chambre.

— Ton majordome ? demanda Jack en haussant un sourcil, un soupçon d'amusement sur ses lèvres.

— Je… je ne m'étais pas rendu compte que tu étais là.

— Clairement, non.

Son sourire s'élargit.

— Martin ne faisait que… plaisanter.

— Puis-je vous apporter quelque chose, Madame ? plaisanta-t-il.

Derrière moi, Poppy gloussa, et Jack regarda par-dessus mon épaule, échangeant un sourire avec elle.

Je levai les yeux au ciel et quittai la pièce, Poppy sur mes talons.

— Tu es magnifique, dit-elle en donnant un coup d'œil à Jack. Très élégant.

— Merci.

Il lui sourit, et se mit à ajuster ses poignets, comme s'il n'était pas certain du compliment. Magnifique était un euphémisme tant il était séduisant. Fraîchement rasé, une coupe de cheveux parfaite, et un costume sur mesure sûrement très coûteux qui mettait en valeur sa magnifique silhouette.

— Tu sors, ou tu as décidé de rester ici toute la soirée ? À quelle heure arrive la voiture ? demanda Poppy, alors que je restai plantée sur le palier.

— Elle ne devrait plus tarder, répliqua Jack. Au fait…

— Quoi ? demandai-je en levant les yeux vers lui.

— Ouah ! J'avais envie de le dire depuis que tu as ouvert la porte, et l'histoire du majordome était une occasion trop belle pour la rater, mais sérieusement, ouah !

Le visage de Poppy s'éclaira d'un grand sourire. Je la sentais presque vibrer d'excitation à côté de moi.

— Elle est superbe, non ?

— Absolument, répondit Jack d'une voix douce, les yeux toujours rivés sur moi. Absolument magnifique.

— Les amis de Poppy sont des faiseurs de miracles, dis-je avec un rire nerveux.

Ma belle-sœur me donna un coup de coude, un peu plus fort que nécessaire.

— Tu es juste censée dire merci, dit-elle si fort que mes voisins avaient probablement entendu – et mes voisins vivaient à plusieurs kilomètres de là.

— Désolée, oui, merci. Tu es très belle, toi aussi.

Je me sentais soudain comme une adolescente un peu maladroite se rendant à son premier bal de fin d'année.

Jack me fit un doux sourire, puis consulta sa montre, une Philippe Patek simple, mais élégante.

— La voiture devrait arriver d'ici quelques minutes. Ça va ?

— Très bien ! m'exclamai-je d'une voix un peu plus stridente que d'habitude.

J'avais l'impression qu'une volée de papillons avait pris naissance à l'intérieur de mon estomac et qu'ils se cognaient à présent contre mes entrailles, à la recherche d'une issue.

Oh, mon Dieu, avais-je raison d'aller à cette soirée ? Peut-être aurais-je dû commencer par fréquenter quelques cafés locaux, ou autres commerces du coin. Mais non, mes premiers retours dans la société, je les faisais lors d'une soirée organisée par un comte au manoir du comté, et maintenant pour l'avant-première d'un film. On ne pouvait pas dire que je faisais les choses à moitié.

— Je ferais mieux de rentrer.

Poppy enfila une veste légère alors que nous arrivions en bas de l'escalier.

— Vous êtes tous les deux magnifiques – et encore plus ensemble !

Elle me lança un sourire malicieux et nous prit dans ses bras, m'embrassant en l'air pour ne pas gâcher mon maquillage et donnant à Jack une grosse bise sur la joue. Je lui saisis la main.

— Merci pour tout, Poppy. Je n'aurais pas pu faire cela sans toi.

— Je suis ravie d'avoir apporté ma contribution. Felix et moi nous sommes très fiers de toi. Nous savons que c'est difficile, mais tu y arrives. C'est génial, et c'est ce que tu mérites.

Elle ouvrit la bouche pour ajouter autre chose, mais je levai ma main libre pour l'inciter à se taire.

— Il faut que tu te taises, maintenant, sinon je vais me mettre à pleurer et je ressemblerai vraiment à l'enfant du GIF que je t'ai envoyé, malgré tout le travail de Jemima.

Poppy rit, une larme coulant sur sa propre joue.

— D'accord, d'accord, je me tais, mais j'ai hâte que tu me racontes tout quand vous rentrerez.

Du bout des doigts, elle nous envoya une pluie de baisers et se dirigea vers sa voiture.

23

— Nous aussi nous devrions nous préparer à partir. À ton avis, nous attendons dehors ?

Je jetai un coup d'œil dans l'allée, puis me retournai, car Jack venait de me saisir la main.

— Juste une seconde. J'ai quelque chose pour toi.

— Pour moi ? Pour quoi faire ?

— Pour ce soir. Pour n'importe quand.

De la poche intérieure de sa veste, il sortit une petite boîte avec le nom *Cartier* sur le dessus. Je regardai la boîte, puis son visage, puis reportai mon attention sur la boîte.

— Je ne comprends…

— Ne t'inquiète pas, dit-il, un léger rire dans la voix. C'est juste un cadeau d'un ami à une amie pour la remercier de sa gentillesse de l'avoir accueilli alors qu'il sait pertinemment qu'elle n'en avait pas envie.

Je tentai une grimace, mais le sourire fut le plus fort. Jack sourit aussi.

— Je sais que m'accueillir chez toi représentait une contrainte, et je sais aussi que j'ai dépassé les bornes avec certains commentaires sur la façon dont tu as choisi de vivre ta vie, mais je crois que nous avons dépassé cela, et je t'en suis très reconnaissant. Je préférerais toujours être honnête avec toi, mais j'espère que tu sais que quoi que j'aie pu dire par le passé et quoi que je puisse dire à l'avenir, je n'ai jamais eu et je n'aurai jamais l'intention de te blesser. J'ai conscience que pour toi cette soirée représente une grande étape, tout comme cela l'a été quand tu m'as accompagnée à la soirée chez mes parents, mais ton soutien ce soir-là a signifié beaucoup pour moi. Je savais que tu étais là, et ta présence me donnait de la force. J'espère donc que ce soir il en ira de même pour toi. Et ça, c'est juste un petit témoignage de reconnaissance pour te remercier de tout ce que tu as fait, et parce que tu es courageuse.

Le silence s'installa entre nous avant que je ne relève les yeux.

— J'aimerais bien que vous cessiez tous de tenter de me faire pleurer, ce soir.

— Désolé, ce n'était pas mon intention.

— Non, je sais.

Je souris, repoussant les larmes qui menaçaient de couler.

— Est-ce que je peux l'ouvrir, maintenant ?

Sans dire un mot, Jack ouvrit l'écrin pour moi. À l'intérieur se trouvait le plus beau collier de platine. Sa chaîne à la fois simple et élégante soutenait un fin pendentif où scintillaient trois diamants exquis.

— Oh, Jack ! murmurai-je. Il est absolument magnifique, mais je ne peux pas l'accepter.

— J'aimerais pourtant que tu le fasses.

Je reportai mon attention sur le collier. Il était splendide, et c'était exactement le genre de bijou que j'aurais choisi pour moi, mais je savais que son prix était bien plus élevé que celui d'un bracelet d'amitié de chez *Claire's Accessories*.

— Arrête de réfléchir, dit-il, lisant dans mes pensées. Tu as donné à Clive un foyer, un merveilleux foyer. Une bijouterie entière ne suffirait pas à te remercier de ce simple acte de gentillesse.

Je pris une profonde inspiration et acquiesçai. Il posa l'écrin sur la console, retira le collier et se plaça derrière moi tandis que je soulevai mes cheveux pour qu'il puisse fixer le fermoir sur ma nuque.

— Ouah, cette robe est magnifique. Je n'avais pas encore vraiment vu le dos jusqu'à présent. Tu devrais faire du shopping avec Poppy plus souvent.

— J'en ai bien l'intention, répondis-je alors que, saisissant mes mains, il me faisait comprendre que je pouvais lâcher mes cheveux.

— Parfait.

Je me retournai pour lui faire face, ma main remontant sur ma gorge pour effleurer le collier.

— Il me va bien ?

— Magnifiquement. Regarde par toi-même.

Il me guida doucement jusqu'au miroir près de la porte, se tenant derrière moi pendant que je me regardais.

— Tu es parfaite.

— Il est absolument magnifique, Jack. Je ne sais pas quoi dire.

— Tu n'as rien à dire, Lily.

Comme je me retournai pour lui faire face, ses mains glissèrent doucement le long de mes avant-bras.

— Bon sang !

Nous sursautâmes tous les deux alors que la sonnette retentissait bruyamment dans le hall d'entrée, brisant le soudain silence et… quoi qu'il ait été sur le point de se passer. Je reculai d'un pas.

— Ça doit être le chauffeur ! dis-je d'une voix un peu trop aiguë, tentant mentalement de me reprendre.

— Sûrement.

Bien sûr, la voix de Jack était, elle, parfaitement normale.

Il prit nos manteaux sur la rampe, là où ils avaient été déposés, puis ouvrit la porte, saluant le chauffeur en bavardant pendant que je vérifiais la maison, attendit à côté de moi pendant que je fermais la porte à clé et que je rangeais la clé dans ma pochette.

Nous restâmes tranquillement assis, profitant des luxueux sièges en cuir de la limousine que les éditeurs avaient mis à notre disposition. Nous roulions sur une route de campagne sombre. Tout semblait surréaliste. Sans lumière à l'extérieur, la seule chose que je pouvais voir par la vitre était mon reflet, un reflet auquel je n'étais pas habituée, mais qui me plaisait bien. C'était juste différent de d'habitude. Très différent.

— Tu vas bien ?

Le ton grave de Jack mit un frein à mes pensées galopantes.

Je me retournai pour lui sourire.

— Oui, merci. Je réfléchissais, c'est tout.

Il me rendit mon sourire.

— C'est bien ce qui m'inquiétait.

— Tu es nerveux ?

Jack prit une grande inspiration, puis exhala lentement.

— Pas spécialement, mais je pense que c'est parce que j'ai été élevé dans une famille où les grandes réceptions et les soirées faisaient partie de la norme. Même lorsque j'ai commencé le collège, la plupart des garçons venaient de milieux similaires, privilégiés. Ce n'est que lorsque j'ai commencé à côtoyer un plus grand nombre de personnes, en particulier au village, que j'ai compris que ma vie n'était pas celle de tout le monde.

— Qu'est-ce que tu as pensé lorsque tu as découvert que la majorité des gens ne revêtait pas de tenue particulière pour dîner et n'organisait pas de grande réception ?

— Honnêtement ? J'ai trouvé ça génial ! C'est bien pour cela que j'adorais venir chez vous. Oui, chez moi nous mangions ensemble et nous passions « du temps en famille », mais chez vous, c'était vraiment du temps en famille. Vous parliez de vos journées, mais de façon décontractée. Il n'y avait pas de pression, personne à impressionner. C'était juste… génial.

Il écarta les mains devant lui, comme s'il ne parvenait pas à exprimer toutes ses pensées par des mots.

— Je me suis toujours demandé si tu ne nous méprisais pas un peu. J'en ai parlé à Felix, un jour, mais il a tout de suite rejeté l'idée en disant que ce n'était pas le cas, et que tu n'étais pas comme ça.

— Mais tu avais des doutes ?

— Oui. Mais peut-être que c'était plus dû à mes propres insécurités qu'à ton comportement.

— Eh bien, pour que les choses soient parfaitement claires, je n'ai jamais méprisé aucun d'entre vous, et je ne le ferai jamais ! Et pour tout te dire, j'ai souvent souhaité faire partie de ta famille plutôt que de la mienne.

Je me tournai légèrement pour l'observer à la faible lueur qui régnait dans l'habitacle. Le tissu de ma robe glissa, révélant ma cuisse. Je le réajustai bien vite, aussi nonchalamment que possible, tout en continuant à discuter avec Jack, espérant qu'il n'avait rien remarqué. Hélas, son léger sourire m'informa du contraire. Il n'avait rien raté, et ma tentative maladroite n'avait probablement fait qu'empirer les choses. Cette robe n'était peut-être pas une si bonne idée, finalement, mais elle me plaisait. Et après tout, qui y avait-il de mal ? J'avais remarqué que mes jambes avaient retrouvé un peu de tonus grâce aux promenades que je faisais autour de mon jardin, dans les champs, et maintenant en compagnie de Clive. Peut-être devrais-je cesser de me tracasser là-dessus aussi. Je repris le fil de mes pensées pour revenir à la déclaration précédente de Jack.

— Tu aurais vraiment préféré faire partie de notre famille ?

— Felix n'a pas subi la même pression que moi pour se marier, ni pour épouser la bonne personne ou choisir la bonne carrière, ce qui revient à ce que l'on choisisse à la fois ma femme et ma carrière pour moi. Tes parents s'intéressaient à ce que vous aviez à dire, à ce que vous pensiez et ce que vous vouliez faire. Les miens sont toujours coincés dans une époque où tout est régi par la tradition. L'aristocratie a évolué, mais j'ai parfois l'impression que ma mère, en particulier, est restée bloquée dans une époque révolue.

— Je ne pense pas que beaucoup d'entre nous aient pensé à toi de cette façon. On te voyait juste comme un garçon privilégié, le genre de play-boy qui pouvait avoir tout ce qu'il voulait. Que ce soient les choses ou les personnes.

— Je suis sûr que c'est l'impression que vous aviez, et dans une certaine mesure, cela l'était, sauf en ce qui concerne les personnes.

— Ah bon ?

Il haussa les épaules. J'attendis qu'il poursuive, mais il demeura silencieux.

— Que pensaient tes parents du fait que tu sortais avec des filles du village s'ils avaient un certain type de femmes en tête pour toi ?

— Je ne pense pas qu'ils s'en souciaient. Les hommes de l'aristocratie ont le droit de s'amuser autant qu'ils le souhaitent, avec toutes les personnes qui le souhaitent, du moment qu'ils ne s'engagent pas sérieusement avec une personne qui ne leur correspond pas. C'est la règle d'or.

— Et toi ? Il y a eu quelqu'un avec qui tu aurais aimé t'engager sérieusement, mais qu'ils n'auraient pas approuvé ?

Je songeai à ce qu'il venait de dire avant d'ajouter :

— Je dois admettre que tu as toujours donné l'impression que le mot « engagement » était un véritable anathème pour toi.

— C'était en partie le cas, mais c'était aussi pour me protéger. Je savais que certaines des femmes avec lesquelles je sortais n'étaient intéressées que par le titre dont elles hériteraient un jour si nous nous mariions, donc j'ai fait ce qu'il fallait pour m'assurer, ou du moins pour donner l'impression que je ne m'engageais jamais dans des relations sérieuses.

— Je peux te citer les noms de plusieurs filles qui étaient convaincues d'être capables de te faire changer d'avis.

— Je n'en doute pas, et je connais probablement celles que tu évoques. Mais contrairement à mes parents, je tiens à me marier par amour et non pour un titre, de l'argent, ou un autre motif superficiel du même genre.

— C'est ce que tu leur as dit ?

— Oui. En y repensant aujourd'hui, j'aurais probablement dû être plus circonspect dans le choix de mes mots. Leur mariage a effectivement été arrangé, et je l'ai qualifié de superficiel. Je ne suis peut-être pas d'accord avec certaines de leurs convictions, mais je ne voulais pas les blesser.

Je posai brièvement ma main sur la sienne qui reposait sur le siège en cuir frais.

— Je sais que tu ne voulais pas les blesser, et je suis certaine qu'ils le savent aussi. Parfois, dans le feu de l'action, nous disons des choses qui peuvent être mal interprétées. Je pense qu'à leur façon ils ne veulent que le meilleur pour toi.

— Tant que Lady Cecily Fullington-Beck en fait partie, je suis sûr que c'est le cas.

— Qui est-ce ?

— Une très belle femme qui appartient au cercle social qu'ils jugent acceptable.

— Elle n'est pas ton genre ?

— Elle est assez jolie. Nous nous connaissons depuis que nous sommes enfants. Nos parents avaient l'intention de nous mettre en couple, mais Cecily a mis un terme à leur projet en épousant quelqu'un d'autre.

— Oh, je vois ! On dirait que tu n'étais pas le seul à être contre le fameux plan.

— Pendant un certain temps, cela ne lui déplaisait pas du tout, jusqu'à ce qu'elle rencontre un homme d'affaires extrêmement riche lors d'une des innombrables fêtes auxquelles elle aime assister. Notre Cecily est une vraie mondaine.

— Donc s'ils essaient de faire en sorte que cela marche de nouveau entre vous deux, je suppose qu'elle est divorcée ?

— Non. Cecily est désormais une veuve joyeuse, très riche. Son mari avait au moins trente ans de plus qu'elle, et d'après ce que j'ai compris, il aimait beaucoup la viande et le vin rouge. Cecily sera la première à te dire que cela a pris plus de temps qu'elle le pensait.

— Cela me semble une approche très froide du mariage.

— Comme je te le disais, dans certains cercles, il s'agit plutôt d'un arrangement commercial. Il avait de l'argent, et apparemment l'idée de faire partie du barnum de l'aristocratie lui plaisait beaucoup, alors qu'elle possédait un titre, mais peu d'argent, ce qui est souvent le cas. Ce qui n'a pas empêché ses parents de dédaigner quelque peu l'homme qu'elle comptait épouser parce qu'il n'était pas issu d'une vieille famille et qu'il avait gagné sa vie en faisant des affaires.

— Tu n'es pas sérieux ? dis-je en lâchant un rire. On dirait un roman de Jane Austen ou de Charles Dickens.

— On pourrait le penser, mais non. Ce monsieur n'était pas assez bien à leurs yeux, même s'il était milliardaire. Cependant, l'argent a fini par les convaincre.

— Je n'en doute pas. Tu crois qu'elle l'aimait ?

— Elle tenait à lui, oui. Mais l'aimer, non. Elle me l'a dit le jour de son mariage.

— Nooooon, vraiment ?

Jack haussa les épaules.

— Elle m'a fait venir, et m'a demandé si je pensais qu'elle faisait le bon choix.

— Et qu'est-ce que tu as dit ?

— Je lui ai demandé si elle l'aimait. Elle m'a répondu qu'elle avait des sentiments pour lui, mais que non, elle ne l'aimait pas. Mais à ses yeux, ce n'était pas un obstacle à leur mariage.

— Dans ce cas, pourquoi te demandait-elle ton avis ?

— Je pense qu'elle craignait qu'on la snobe parce qu'elle n'épousait pas un titre.

— C'est ce que tu pensais, toi ?

— Non. Mais cette opinion dépassée à propos des gens qui font fortune dans les affaires imprègne encore la société aujourd'hui, même si l'argent a désormais plus d'influence et ouvre bien plus de portes.

— Donc, elle était satisfaite.

Il se tourna, et regarda momentanément par la vitre.

— Il s'est passé autre chose, n'est-ce pas ?

— Rien d'important.

— Tu sais ce que j'aime le plus dans mon métier d'écrivain et ce qui me plaît le plus lorsque je sors ?

— Quoi ? demanda-t-il en se retournant pour me faire face.

— Observer les gens. On peut devenir très bon dans ce domaine. On perçoit leurs manières, leur comportement et tout le reste. Même la façon dont ils sont assis peut révéler s'ils se sentent à l'aise ou non avec la personne installée en face d'eux. Évidemment, je manque un peu de pratique depuis le temps que je ne suis pas sortie, mais là, je suis certaine que tu me mens.

Nos deux mains reposant sur le siège de la voiture, Jack effleura mon auriculaire du sien.

— On dirait que tu ne manques pas tant de pratique que cela.

— Alors, qu'a-t-elle dit d'autre ce jour-là ?

— Elle m'a demandé si j'étais prêt à l'épouser comme nos parents l'avaient toujours prévu. Si je répondais par l'affirmative, elle mettrait fin au mariage à l'instant même.

— Ouah…

— Comme tu dis. De plus, c'était gênant.

— Donc, j'en déduis que tu n'en avais pas envie.

— Non. Je n'étais pas prêt pour le mariage à l'époque. J'aime bien Cecily, et nous nous sommes toujours bien entendus, mais je n'éprouvais absolument aucun sentiment romantique pour elle.

— Tu le lui as dit ?

— Oui.

— Comment l'a-t-elle pris ?

Il éclata de rire.

— Parfaitement bien. Elle m'a dit qu'elle se doutait déjà de ma réponse, mais qu'elle préférait vérifier, car elle savait qu'elle s'amuserait plus au lit avec moi qu'avec son futur mari.

— C'est pas vrai ! Et comment savait-elle cela ? demandai-je en riant à mon tour.

— Grâce à beaucoup trop de coupes de champagne un soir à une fête atrocement ennuyeuse d'où je suis parti avec sa meilleure amie. Apparemment, les femmes parlent beaucoup entre elles.

Il eut au moins la décence de prendre un air légèrement gêné.

— Tu n'es qu'un gigolo !

Il renversa la tête en arrière et rit de plus belle.

— Un gigolo ? Je n'en suis pas sûr, mais si c'est le cas, j'aimerais mettre les choses au clair en rappelant que tout cela fait partie de mon passé.

— Mais si tes parents ont leur mot à dire, Lady Cecily pourrait faire partie de ton avenir.

— Mes parents n'ont rien à voir là-dedans. Je leur ai dit clairement et à plusieurs reprises que si je décidais de me marier de nouveau, ce serait selon mes propres termes.

— Et comment l'ont-ils pris ?

— À peu près aussi bien que je pouvais m'y attendre. D'après eux, étant donné que mon précédent mariage ne s'est pas bien terminé, et que j'avais choisi ma femme selon mes propres critères, cela montrait forcément que je serais plus heureux avec quelqu'un comme Cecily.

— Mais vu sa fortune, cherche-t-elle vraiment un mari ?

— Pour être honnête, je n'en sais rien. Elle a beaucoup voyagé à l'étranger. Je n'ai pas eu l'occasion de la croiser depuis mon retour, même si nous sommes plus ou moins restés en contact. Cela dit, j'ai lu des choses bizarres sur elle dans des magazines à potins chez des amis en Nouvelle-Zélande.

— Que pensaient tes amis là-bas du fait que tu connaisses tous ces gens riches et célèbres ?

— Je ne leur ai jamais dit.

— Mais je croyais que tu avais dit que tu te sentais plus toi-même là-bas que n'importe où ailleurs.

— C'est vrai. Plus que cela avait été le cas auparavant. Mais je me rends compte aujourd'hui que je me réfrénais encore dans certains domaines. Je pense que j'avais peur qu'ils me jugent ou me traitent différemment, ou même qu'ils croient que je racontais n'importe quoi si je faisais référence à des amis célèbres, même accidentellement.

— Ah. J'imagine donc qu'ils ignoraient que tu attendais ta couronne.

Jack me donne un petit coup sur le côté.

— Très drôle. Et non, ils ne connaissaient pas mon univers. J'avais tendance à rester vague.

— Et ta femme ?

— Oui, elle était au courant, mais j'ai attendu pour le lui dire d'être certain que notre relation était sérieuse.

— Il était sans doute juste de l'informer qu'elle pourrait un jour devenir comtesse.

— C'est ce que je pensais aussi.

— Comment l'a-t-elle pris ? Bien, je suppose, puisqu'elle t'a épousé.

— J'imagine. Elle se voyait bien en comtesse, mais je ne suis pas certain qu'elle ait saisi le poids des traditions, sans compter que le moment venu, nous aurions dû déménager en Angleterre. Je crois qu'elle pensait que c'était négociable, mais les gens croient ce qu'ils veulent. Elle s'était toutefois engagée à garder le secret sur tout cela. Je ne voulais vraiment pas que les gens soient au courant.

— Je peux le comprendre.

— Malheureusement, elle a considéré que cette promesse n'était valable que durant le temps de notre mariage. Dès que les choses ont commencé à se gâter, tout le monde a été au courant.

Jack fit une grimace.

— Oh, non !

— Ce n'était pas génial, mais je m'en suis sorti. Et pour être honnête, avec le divorce en cours, c'était le cadet de mes soucis.

— Je n'en doute pas. T'es-tu finalement résigné à assumer le titre si et quand il le faudra ?

— Je suppose que oui, d'une certaine manière. Mais il est hors de question que j'abandonne mon entreprise. J'ai travaillé trop dur pour l'abandonner de nouveau.

— Pourquoi devrais-tu la fermer ?

— Mes parents ne seraient pas ravis que je continue à l'exploiter. Ils ont encore leurs habitudes – les anciennes traditions.

24

Nous roulâmes encore un moment avant que Jack m'effleure la main.

— Comment te sens-tu ?

— Je suis complètement terrifiée, mais moins que si j'avais été seule. Ça fait du bien de discuter. Cela distrait.

Jack jeta un coup d'œil par la vitre.

— Il reste encore un peu de temps avant que nous arrivions. De quoi veux-tu parler ?

Je posai mes mains de chaque côté de mes cuisses, me rendant compte que j'avais gardé les poings serrés une fois notre conversation terminée. Mes paumes étaient moites et je craignais de tacher le satin de ma robe en les posant sur mes genoux.

— Raconte-moi pourquoi tu aimes tant les jardins et le paysagisme. Qu'est-ce qui t'a attiré dans ce domaine, et quel serait ton jardin idéal.

Je me calai contre l'appuie-tête et fermai les yeux, tandis que la voix grave et mélodieuse de Jack me berçait.

***

— Oh, mon Dieu !

À l'extérieur, une véritable marée humaine entourait le théâtre où l'avant-première devait avoir lieu.

Des agents de sécurité avaient déjà arrêté la voiture à deux reprises avant de nous autoriser à avancer, le conducteur ayant présenté le laissez-passer requis. Nous approchions enfin de l'entrée. Les flashs des appareils photos crépitaient de toutes parts et malgré la vitre épaisse et sombre j'entendais les cris de la foule, les appels des paparazzis à l'adresse des invités qui arrivaient. Nous étions encore à une certaine distance, alors Dieu seul savait à quel niveau de bruit et d'agitation nous serions soumis une fois que nous serions au cœur de l'action.

Soudain paniquée, je me tournai vers Jack.

— Je ne peux pas y aller. Je ne peux pas, c'est trop.

Jack prit ma main, toujours repliée en un poing serré, si serré que les jointures et presque toute ma main étaient d'un blanc quasi translucide à cause du manque d'écoulement sanguin. Avec douceur, il déploya mes doigts, massa ma main entière pour lui faire retrouver un peu de couleur avant de l'entourer de sa propre main, large et chaude.

— Tu peux le faire, Lily.

— Non. C'est impossible. Écoute ce bruit ! Je ne peux pas faire face à tout cela. S'il te plaît. Je veux juste rentrer chez moi.

Jack s'enfonça un peu plus dans le siège et se tourna pour me faire face.

— Si c'est vraiment ce que tu veux, alors, allons-y. Nous pouvons demander au chauffeur de faire demi-tour. Mais il faut que ce soit ce que tu veux vraiment, au plus profond de ton cœur, et pas seulement une angoisse passagère, et compréhensible, parce que tu dois sortir de ta zone de confort. Si nous rentrons maintenant et que dans une semaine tu es toujours persuadée d'avoir fait ce qu'il fallait, alors très bien. Par contre, si tu penses que tu pourrais avoir le moindre regret, alors je crois que nous devrions continuer. Je sais c'est effrayant, mais je suis là pour toi, Lily, et je ne t'abandonnerai pas. Je te le promets. Nous pouvons toujours essayer d'y passer un peu de temps et si tu penses toujours que c'est trop difficile, nous prendrons la voiture pour rentrer. Tu auras tout de même accompli un bel exploit, sans parler de l'occasion de montrer à quel point tu es belle à couper le souffle, ce soir. Ce serait une honte de priver les gens d'une aussi magnifique apparition.

Je ne pris conscience d'avoir retenu mon souffle qu'au moment où je le relâchai.

— Toujours aussi doué pour convaincre les filles à ce que je vois, Jack Coulsdon-Hart ? dis-je avec un rire nerveux.

Je parvins enfin à croiser son regard, mais je continuai à serrer sa main avec une force qui, je crois, nous surprenait tous les deux.

— C'est toujours bien d'utiliser ses talents quand on en a, plaisanta-t-il avant de se pencher vers moi. Sauf que ces jours-ci, je ne dis que la vérité, et crois-moi, la vérité c'est que ce soir tu vas être la plus belle femme de l'événement.

Rire m'aida à évacuer la tension. J'étais si crispée que j'en avais quasiment mal partout.

— Maintenant, je sais que tu racontes des bobards.

De sa main libre, Jack repoussa doucement une mèche sur mon épaule.

— Pas du tout. En fait, je n'ai jamais été aussi sérieux de ma vie.

Je pris une grande inspiration que je laissai échapper lentement, relâchant légèrement ma prise sur la main de Jack avant de la serrer de nouveau, lui faisant ainsi comprendre silencieusement que j'avais entendu ses paroles, que je les appréciais même si j'avais du mal à y croire.

— Alors, que veux-tu faire ?

Il m'avait posé cette question sans aucune insistance dans la voix. La décision m'appartenait complètement.

— Avançons encore un peu.

Il posa un instant son autre main sur nos deux mains enlacées avant de se caler de nouveau dans son siège tandis que nous continuions à avancer.

Plus vite que je ne l'avais prévu, et certainement espéré, nous nous arrêtâmes, et deux hommes en costume sombre ouvrirent chacun une portière de la voiture. Sans se presser, Jack me fit face.

— Tu es prête ?

Je ne l'étais pas, mais je savais que le moment était venu. J'avais travaillé dur pour en arriver là, et même si j'étais terrifiée, je savais, comme Jack l'avait suggéré, que si je renonçais à cette soirée je le regretterais pour le restant de ma vie. Je savais aussi que je devais le faire pour Mike. Même s'il n'avait pas vécu assez longtemps pour me voir atteindre le succès que j'avais aujourd'hui, il avait toujours été là pour m'encourager, m'aider à croire en moi, et au fond, m'aider à persévérer. J'aurais aimé qu'il soit là pour voir tout cela, mais j'espérais que, quelque part, il savait à quel point je l'aimais pour m'avoir aidée à y parvenir.

Je croisai le regard de Jack.

— Oui.

Il me fit un grand sourire, me pressa la main, et nous sortîmes chacun de notre côté de la voiture.

Le bruit était assourdissant. Entre la foule, les spectateurs, et l'afflux de médias qui criaient des noms dans toutes les directions, avec les flashs des appareils photos qui crépitaient presque constamment, on avait l'impression d'un chaos à peine contrôlé. Je me concentrai sur les instructions de Zinnia qui m'avait dit de remonter le tapis rouge, de me rendre à l'intérieur puis de l'appeler. Quelque part là-dedans, mon agente et un groupe de personnes de la maison d'édition me trouveraient.

Je travaillais avec Zinnia depuis longtemps, mais j'avais changé de maison d'édition quelques années après le décès de Mike. À l'époque, j'avais l'impression qu'il me fallait tout modifier. La maison avec laquelle j'avais travaillé était un grand conglomérat, et si, au départ, leurs soirées glamours avaient semblé attrayantes, cela n'avait jamais finalement été mon truc, et après le décès de Mike, cela ne l'était plus du tout. Notre collaboration avait été fructueuse, je m'étais installée assez confortablement comme auteure qui commençait à être connue, mais lorsque j'avais lu un article sur une nouvelle maison d'édition qui se lançait, quelque chose m'avait incitée à les approcher – peut-être Mike de là où il était, ce que j'aimais à croire. C'est alors que les choses avaient vraiment commencé à décoller, et j'étais là, ce soir, à Londres, sur Leicester Square, en train de fouler le tapis rouge comme si j'étais au beau milieu d'un rêve surréaliste.

Je jetai un coup d'œil à Jack qui marchait à côté de moi, mon bras passé sous le sien. Il avait l'air calme, détendu, comme s'il faisait cela tous les jours. Il était également difficile de ne pas remarquer son incroyable beauté. Je ne serais pas surprise qu'on le prenne pour une star de cinéma. Soudain, il dut sentir mon regard sur lui et ses yeux verts se rivèrent à mes yeux bleus.

Il posa un instant son autre main sur la mienne en signe de réconfort, et se pencha vers moi pour se faire entendre au-dessus de la clameur de la foule qui nous entourait.

— Tu t'en sors très bien.

— Merci.

Je lui souris en retour, serrant son bras plus que nécessaire. À présent, je voyais les portes du théâtre. Nous y étions presque. Il ne restait plus qu'un obstacle à franchir. Soudain, quelqu'un me reconnut et mon nom fut crié dans toutes les directions, ou plus exactement le nom de plume que j'utilisais.

— Contente-toi de lever les yeux et de sourire, m'encouragea Jack.

Je gardai mon bras sous le sien, mais je suivis son conseil, essayant de faire de mon mieux pour paraître naturelle afin que demain, le web ne soit pas envahi de photos d'une auteure à l'air terrifié, surprise par les flashs des paparazzis. Devant moi, je vis plusieurs journalistes munies de microphones, vêtues de robes de soirée, qui s'adressaient à des caméras, et interviewaient diverses personnes qui avançaient sur le tapis, le visage illuminé par un éclairage supplémentaire au-dessus de la caméra. Chaque microphone avait une grosse étiquette identifiant la chaîne pour laquelle le journaliste travaillait. J'en reconnus quelques-unes, mais d'autres ne me disaient rien, je supposai donc qu'il s'agissait de chaînes d'autres pays ou bien du bouquet satellite. N'étant pas fan de TV, je n'y connaissais pas grand-chose.

Soudain, quelqu'un se précipita vers moi en criant mon nom de plume.

— Astoria ? Astoria ?

Une grande et belle femme black, vêtue d'une robe d'un rose fluo, les cheveux remontés haut sur la tête, faisait signe à une assistante qui, le souffle court, me demanda si je pouvais dire quelques mots pour une chaîne de divertissement connue. Même moi j'en avais entendu parler, donc elle devait être assez importante. Jack fut poussé sur le côté, un peu derrière moi. Je lui jetai un coup d'œil par-dessus mon épaule, ce que remarquèrent l'assistante et la présentatrice.

— Si vous pouviez juste attendre ici un moment, monsieur, nous ne serons pas longues.

Jack acquiesça d'un hochement de tête et se planta là, les mains dans les poches, avant de se déplacer pour aller se positionner derrière la caméra et ne pas se retrouver en plein champ.

— Bonsoir, ravie de vous rencontrer, Astoria.

— Bonsoir.

Je me concentrai sur ma respiration pour répondre du mieux possible.

— Je vais juste vous poser quelques questions, d'accord ? Super, dit-elle, répondant elle-même à sa question.

La lumière de la caméra se déplaça et soudain nous baignâmes toutes deux dans une lumière aussi éblouissante que celles d'un terrain de football, un soir de match. La journaliste n'avait pas l'air de s'en préoccuper, mais moi, je me sentais déstabilisée. Je me rappelai la présence de Jack, qui s'était encore déplacé afin que je puisse le voir. Il me fit un léger sourire rassurant, que je lui retournai, sentant mon pouls diminuer un peu.

— Astoria James, l'auteure du roman à succès sur lequel est basé le film présenté en avant-première ce soir est ici avec moi. Astoria ?

Elle se tourna vers moi.

— C'est le premier de vos romans à être transformé en film, n'est-ce pas ?

— Oui, c'est exact, répondis-je au microphone placé près de mon visage.

Je me tournai vers la journaliste.

— Quel effet cela fait-il d'être ici ce soir ? Vous êtes réputée pour vivre plutôt en recluse.

Je serrai ma pochette un peu plus fort, sentant le rouge me monter aux joues. Pourvu que les couches de maquillage que Jemima avait appliquées un peu plus tôt dans la journée suffissent à cacher ces embarrassantes rougeurs. Je savais que cette femme ne faisait que son travail, pourtant je trouvais cette question plutôt impolie et intrusive, mais je supposai qu'aujourd'hui il en allait ainsi. Tout le monde voulait tout savoir sur tout le monde, qu'il s'agisse de la vie privée ou de la vie professionnelle. À mon avis, ma façon de vivre n'avait rien à voir avec le film, mais je savais aussi qu'en venant ici ce soir, j'aurais droit à des questions qui me mettraient peut-être mal à l'aise. Il est vrai que je n'avais pas pensé que ce serait devant une caméra, voilà, on y était. Je plaquai un sourire sur mon visage et entrepris de lui répondre.

— C'est vrai, je tiens à ma vie privée, mais beaucoup de gens ont travaillé très dur pour faire de mon livre un succès. Je suis très reconnaissante à Bella Dupree d'avoir autant apprécié mon roman et de l'avoir soutenu pour qu'il devienne un grand film.

La femme semblait satisfaite de cette réponse. Je la vis jeter un coup d'œil par-dessus mon épaule, au-delà de la caméra. Je présumai qu'elle cherchait la prochaine personne sur laquelle elle allait se jeter et qu'elle était donc sur le point de conclure notre interview. J'étais ravie que cet entretien ait été aussi court.

— Une dernière question avant de vous laisser partir. Devons-nous croire les rumeurs selon lesquelles vous êtes vous aussi en train de vivre une merveilleuse histoire d'amour avec l'héritier présomptif d'un comté et que cette histoire aura elle aussi une fin heureuse ?

Elle m'adressa un large sourire. Ses dents étaient d'une blancheur si éclatante qu'elles en étaient presque transparentes. J'ignorais que dire. Je m'étais doutée que quelqu'un ferait un ou deux commentaires ce soir, mais j'avais songé que je pourrais les balayer d'un revers de main. Je ne m'attendais certainement pas à être prise au piège en direct à la télévision au sujet de ma relation avec Jack.

Je ravalai ma peur. *Sois courageuse, Lily.* Je souris à la journaliste, me rappelant qu'elle essayait simplement de gagner sa vie.

— Je n'aime pas dévoiler la fin d'une histoire, dis-je en lui souriant avant de faire un signe de tête pour lui signifier que l'entretien était terminé.

Elle comprit le message, sourit et me remercia, continuant son travail devant la caméra tandis que je passais devant elle. Jack me rejoignit immédiatement et me prit la main. Sans réfléchir, je la serrai.

— Tu as été géniale ! s'exclama-t-il, son beau visage rayonnant.

— Je ne m'attendais pas à la dernière question. Tu trouves que j'ai bien répondu ?

— Tu l'as très bien gérée. Très classe.

Je levai le visage vers lui et laissai éclater un rire.

— Venant d'un héritier présomptif, je prends cela comme un compliment.

— C'en est bien un.

25

Une fois à l'intérieur, je fis ce que Zinnia m'avait demandé et je l'appelai. J'envoyai également un message à mon éditrice pour lui indiquer où nous nous trouvions, Jack et moi. Dieu merci, on venait de nous offrir une coupe de champagne dont je n'avais jamais autant eu besoin.

Quelques minutes plus tard, mon agente était à mes côtés. Après m'avoir embrassé dans l'air pour ne pas gâcher mon maquillage, elle déposa une bise sonore sur la joue de Jack avant d'essuyer son rouge à lèvres avec un mouchoir en papier tiré d'un volumineux sac Gucci. Depuis que je connaissais Zinnia, jamais je ne l'avais vu voyager léger, quelle que soit l'occasion.

Un moment plus tard, les membres de l'équipe d'édition arrivèrent à leur tour, et pour la première fois depuis que j'avais signé avec eux, six ans plus tôt, je pus les serrer dans mes bras. Jusqu'à présent, toutes nos rencontres s'étaient déroulées en ligne, car je ne m'étais jamais sentie capable de me rendre dans leurs bureaux ou de dîner avec eux. C'était merveilleux de les rencontrer en personne et de pouvoir ainsi les remercier de tout ce qu'ils avaient accompli ces dernières années. Je leur présentai Jack qui bavarda aisément avec eux sans se laisser impressionner par l'agitation qui nous entourait alors que des visages célèbres défilaient tout près. Comme il l'avait dit, le fait de devoir assister à des réceptions en compagnie de personnes connues, dès son plus jeune âge, l'aidait à garder un comportement détaché. Pour l'instant, je lui étais reconnaissante de son calme absolu, malgré les commentaires effrontés de Zinnia sur nous deux, auxquels il se contenta de répondre par un sourire énigmatique ou en balayant ses remarques avec tact, de manière qu'aucune des parties ne soit gênée.

Au cours des quarante-cinq minutes qui suivirent, on me présenta de nombreuses personnes dont j'oubliai aussitôt le nom à cause d'un mélange d'excitation, de nervosité et de ce sentiment de surréalisme encore bien présent. Au moment où nous envisagions d'aller nous asseoir, il y eut soudain une nouvelle agitation autour de nous, et tout à coup, Bella Dupree apparut devant moi, accompagnée de plusieurs personnes que je ne reconnus pas.

— Astoria ! Oh, mon Dieu ! C'est si bon de te rencontrer enfin. Je suis très heureuse que tu sois là ce soir. J'espère vraiment que tu aimeras ce que nous avons fait de ton livre. Comme tu le sais, je l'ai adoré, et dès que je l'ai eu terminé, j'ai recommencé à le lire.

— Merci, dis-je, comprenant aussitôt que cette simple réponse ne suffisait pas à compenser son enthousiasme bienveillant. Merci beaucoup ! Je suis sûre que je vais adorer ce film, et je suis désolée de ne pas avoir pu assister à la projection précédente.

Elle me prit la main et me sourit.

— Pas de problème, je comprends. Tout cela peut être un peu écrasant parfois, n'est-ce pas ?

Une telle remarque venant de l'une des plus grandes stars du cinéma hollywoodien ! Si quelqu'un pouvait comprendre, c'était bien elle.

— Absolument, répondis-je en laissant échapper un petit rire, à la fois nerveuse et soulagée.

Nous échangeâmes un sourire complice, et pendant un moment, elle pressa ma main avant de se tourner vers Jack.

— Et qui est-ce ?

— Oh, désolée. Bella, voici Jack Coulsdon-Hart. Il est venu pour me soutenir.

Elle lui serra la main, puis se retourna et me sourit.

— Tu as très bon goût en matière de soutien.

Je souris à mon tour, ignorant que dire, et décidai que garder le silence était probablement la meilleure réponse.

Une personne de son entourage se pencha vers elle et chuchota quelque chose à l'oreille de Bella.

— Je suis désolée, je dois y aller, me dit-elle ensuite, mais j'espère vous voir tous les deux plus tard à l'after-party. Je suis vraiment ravie de t'avoir rencontrée.

Sur ces mots, elle me serra très fort dans ses bras avant de disparaître dans la foule en un bruissement de tissu métallisé très élégant.

— Regarde-toi un peu, te voilà en train de te mêler aux riches et célèbres, me taquina Jack.

— Oh, tu es bien placé pour parler. Si tu n'es pas sage, je te présenterai comme l'Honorable Jack Coulsdon-Hart.

— Tu n'oserais pas.

Je levai les yeux et, plus proche de lui ce soir grâce à mes talons hauts, je croisai son regard.

— Tu veux vraiment me tester là-dessus ?

Un léger sourire releva le côté de ses lèvres tandis qu'il me scrutait d'un regard inébranlable.

— Je suis partagé. Une partie de moi pense que tu n'oserais pas, mais une autre partie sait qu'il y a quelque part ici une femme qui n'hésiterait pas à le faire, juste pour me prouver qu'elle est capable de me surprendre.

Je haussai rapidement les sourcils, sachant que je ne lui ferais jamais un tel coup bas, de toute façon. Mais c'était amusant de faire semblant, même si j'étais quasiment certaine qu'il connaisse la vérité.

— Cela te dérangerait réellement ? demandai-je

— Ce soir ? Pas vraiment. Je crois que personne ne s'en souviendrait.

— Je suis sûre du contraire. Tu es plutôt difficile à oublier.

— Était-ce un compliment ?

— Plutôt une observation.

Quelques instants plus tard, nous fûmes conduits dans la salle de cinéma pour la projection proprement dite. La nervosité m'envahit de plus belle. J'avais vécu longtemps avec ce livre et je connaissais très bien les personnages. Ils étaient comme des amis. J'avais toujours su que la vente des droits signifiait que l'histoire et les personnages ne m'appartenaient plus, mais je n'avais jamais été en position de voir le résultat de cette vente. J'étais sur le point de le découvrir, et je ne pouvais qu'espérer que l'amour de Bella pour le roman et ses efforts pour que le scénario du film corresponde au maximum au livre, comme on m'avait assuré qu'elle le souhaitait, avaient été suffisants pour convaincre les producteurs de ne pas trop s'éloigner de mon histoire. Quoi qu'il en soit, je n'allais plus tarder à le découvrir, car autour de nous les lumières s'éteignirent et le rideau se leva.

***

— Je sais que tu essaies de ne pas pleurer à cause de ton maquillage, chuchota Jack à mon oreille alors que les lumières se rallumaient, mais j'espère que ce sont des larmes de joie que tu retiens.

J'acquiesçai d'un hochement de tête, incapable de prononcer un seul mot. Mes craintes s'étaient révélées infondées, le livre avait été transformé en un film magnifique, Bella incarnant l'héroïne de la meilleure et de la plus sensible façon que je n'aurais jamais pu espérer. Mon agente et toute la formidable équipe de la maison d'édition me rejoignirent, applaudissant à tout rompre, chacun semblant aussi heureux que moi du résultat. Il y eut de nombreuses accolades, chacune faisant attention à ne pas abîmer son maquillage.

— Alors, qu'est-ce que tu en penses ? demanda Bella en se précipitant vers moi. Tu as aimé ?

Elle paraissait soudain plus jeune et beaucoup moins sûre d'elle.

— Oui, beaucoup, répondis-je en toute honnêteté. J'ai adoré. Tu as fait un travail exceptionnel et tu as su capturer l'essence de l'héroïne telle que je l'avais imaginée quand j'ai écrit mon roman.

— Tu le penses vraiment ? Sérieusement ?

— Absolument. Je te le promets. Merci de m'avoir aidée à donner vie à mon livre d'une si belle manière.

Les larmes qui perlaient déjà à ses yeux débordèrent, et elle me sauta au cou en murmurant :

— Merci.

Je lui rendis son étreinte, et de nouveau j'eus l'impression d'être dans un univers surréel. L'une des actrices les mieux payées au monde me remerciait de lui avoir dit qu'elle avait fait un travail magnifique. Jamais je n'aurais cru me retrouver dans une telle situation, mais j'étais soudain fort reconnaissante d'avoir l'occasion d'offrir un compliment sincère à une jeune femme dont on ne soupçonnerait jamais qu'elle ait autant besoin d'être rassurée. Cependant, son expression me prouvait que les quelques mots que je lui avais adressés résonnaient en elle et lui apportaient une confiance dont je n'aurais jamais cru qu'elle lui fût aussi nécessaire. Peut-être portons-nous tous un masque à certains moments ? La perspective de venir ici ce soir m'avait terrifiée, et cette terreur ne m'avait pas encore complètement quittée, mais après avoir vécu un tel moment j'étais heureuse de m'être forcée et d'avoir pu compter sur le soutien de Jack et celui de ma famille.

— Tu viens à la fête, n'est-ce pas ?

— Je… euh…

— Bien sûr qu'elle vient ! répondit Zinnia à ma place.

— Génial ! s'exclama Bella en jetant un coup d'œil par-dessus son épaule et en levant le bras pour saluer quelqu'un. Je dois y aller, mais je te retrouverai là-bas.

J'acquiesçai, et elle s'en alla.

Je levai les yeux vers Jack, consciente du sourire radieux que j'affichais.

— Contente ?

— Oui ! Je ne peux pas m'empêcher de penser que je suis en train de rêver et que je vais bientôt me réveiller.

— Eh bien, avant cela, allons à cette fête. Je veux être sûr de me voir accorder une danse par une auteure célèbre.

— Oh, arrête !

Je pris le bras qu'il m'offrait alors que nous nous dirigions en petits groupes vers la file de limousines noires qui emmenaient les invités vers différentes fêtes.

Je n'avais aucune idée de celle où nous allions, mais pour l'instant, peu m'importait. À mon grand étonnement, je m'amusais vraiment. Jack y contribuait grandement. Il n'était pas intrusif, ne s'immisçait jamais dans les conversations ; il se contentait de se tenir là, poli, faisant la conversation quand c'était nécessaire, tout en étant un soutien silencieux et constant pour moi, et je n'étais pas sûre de pouvoir un jour lui rendre la pareille.

***

La fête était bruyante, colorée, excitante. Je passai un moment merveilleux avec l'équipe qui avait contribué à faire de mon livre ce qu'il était, et avec Jack bien sûr, et nous bûmes tous beaucoup trop de champagne. Je ris plus durant cette soirée que je ne l'avais fait depuis ce qui me sembla être une décennie. Après le décès de Mike, j'avais cru que je ne rirais plus jamais, et quand cela m'arrivait, j'avais l'impression d'être déloyale envers l'homme que j'avais tant aimé. Je savais au fond de mon cœur que c'était idiot de réagir ainsi, mais je ne pouvais m'en empêcher. Et puis, peu à peu, ce fut comme si j'avais oublié de rire.

Au fil du temps, cette capacité était revenue, surtout après les naissances de mon neveu et de ma nièce, mais mes rires étaient toujours teintés d'un soupçon de culpabilité. Avec l'arrivée de Clive dans ma vie, j'avais commencé à rire davantage. Sa gueule drôle et tendre à la fois, son sourire niais, et le fait qu'il soit toujours ravi de me voir, même si je n'étais sortie que vingt secondes pour jeter quelque chose dans le bac à compost, m'apportaient une telle joie et un tel soulagement que c'était comme si une main invisible avait subtilement actionné un variateur. Ce soir, le variateur était allumé à fond, et pour la première fois depuis cette horrible nuit, je ne ressentais aucune culpabilité. Mike serait fier de moi, c'était la seule chose à laquelle je devais penser maintenant. Mike n'aurait pas voulu que je m'enferme comme je l'avais fait. Il m'aimait, et il aurait voulu que je sois heureuse, tout comme je l'aurais voulu si la situation avait été inversée – un scénario que j'avais souhaité maintes et maintes fois, bien plus que je ne pouvais les compter. Cette soirée représentait une grande étape, mais j'avais Jack avec moi. Je savais que sans lui, je ne me serais pas trouvée là. Mais j'étais déterminée à redoubler d'efforts pour faire les choses par moi-même. Pour Mike. Et pour moi.

— Tu es à des kilomètres, me chuchota Jack lorsque nous nous retrouvâmes seuls, les autres étant partis se mêler à la foule et repérer les stars.

— J'étais juste en train de penser à toutes les personnes auxquelles je suis reconnaissante pour m'avoir aidée à me trouver là ce soir, y compris toi.

— C'est à toi que tu dois tout cela, Lily. Je n'ai pas fait grand-chose, voire rien.

— Tu as accepté de venir, même si tu n'as pas vraiment eu le choix.

— C'est un peu comme lorsque tu t'es retrouvée à devoir m'accueillir. Nous sommes à égalité, du coup.

Je levai la tête pour lui sourire, acceptant la comparaison.

— Il est vrai qu'au départ je n'étais pas très enthousiaste à cette idée, mais finalement, j'en suis ravie.

— Vraiment ?

Un large sourire éclaira son visage.

— Vraiment, je confirme. Si tu ne séjournais pas chez moi, je ne me serais pas sentie aussi à l'aise avec toi, et je sais que nous avons eu des désaccords, mais j'ai plus discuté avec toi qu'avec n'importe qui d'autre depuis des années. Entre Clive et toi, je commence à comprendre ce que j'ai raté.

— J'en suis heureux. Je sais que rien de tout cela n'a été facile pour toi, et je sais qu'il te faudra encore du temps. Je ne m'attends pas à ce que tu aies un agenda social bien rempli d'ici demain soir, mais tu avances, et c'est ce qui compte. Tu as trop à offrir au monde pour te cacher.

— Merci, répondis-je, ne sachant pas trop quoi dire d'autre, mais décidant que c'était sûrement suffisant.

— Je suis surpris que tu ne m'aies pas demandé si j'avais aimé le film.

— Je sais. Une partie de moi a envie de savoir et une autre n'en a pas envie au cas où tu n'aurais pas aimé, mais que tu te sentes obligé de répondre par l'affirmative pour ne pas me décevoir.

— Je pensais que tu saurais à présent que je ne suis pas doué pour ce genre de choses. Si on ne peut pas être honnête avec quelqu'un, à quoi bon ? Bien sûr, il faut toujours faire preuve de tact, mais…

Il haussa les épaules comme pour ponctuer son propos, puis pencha la tête.

— Et maintenant, tu m'étudies comme si j'étais un spécimen très rare. Que se passe-t-il dans ton cerveau en cet instant ?

Pour être honnête, beaucoup de choses se bousculaient dans mon esprit, surtout après plusieurs coupes d'un champagne hors de prix. L'une de ses pensées était que je fixais l'un des plus beaux hommes que j'avais jamais rencontrés. En réalité, j'aimais bien ce nouveau Jack, non seulement parce qu'il était d'une beauté à couper le souffle, mais aussi parce qu'il était gentil, attentionné, et qu'il me mettait au défi. Et il ne se laissait pas faire.

— Je me demandais si tu aimerais danser.

Une piste de danse avait été installée dans une partie de la salle, et il commençait à y avoir déjà pas mal de monde, car un DJ apparemment très connu, mais dont le nom ne me disait rien, mixait sans discontinuer un morceau avec un autre.

— Je ne peux pas croire que c'était la seule chose à laquelle tu pensais, mais oui, j'aimerais danser, dit-il en s'approchant de moi. Très volontiers.

Je ne me souvenais pas de la dernière fois où j'avais dansé en public. Dernièrement, c'était plus souvent seule dans ma cuisine pendant que Clive m'observait. Mais j'étais là, à l'after-party de l'avant-première d'un grand film, à danser au milieu d'un océan de visages que je ne voyais habituellement que sur le grand ou sur le petit écran, et face à Jack Coulsdon-Hart. Pour un changement, c'était un changement !

Lorsque la musique passa à un rythme plus lent, plusieurs couples se formèrent.

— Veux-tu bien m'accorder cette danse ? demanda Jack.

Je levai les yeux vers le beau visage qui affichait maintenant une pointe de sérieux et je compris qu'il n'était pas certain de ma réponse. Quelques mois plus tôt, j'aurais poliment refusé. Mais ce soir, je n'en avais aucune envie.

J'acceptai d'un hochement de tête et je sentis une vague d'excitation m'envahir alors que Jack glissait un bras musclé autour de ma taille, m'attirant à lui, et je mis son autre main dans la mienne. Il me guida d'un pas sûr et habile, et alors que la chanson se fondait dans une autre, il m'interrogea d'un regard silencieux. Pour toute réponse, je me rapprochai de lui, et nous continuâmes à danser. La musique était forte, quand Jack voulait me parler, il devait se pencher quasiment jusqu'à ce que ses lèvres effleurent mon oreille. Chaque fois, une nouvelle vague d'excitation me parcourait d'une façon telle que je n'avais pas ressentie depuis plus de dix ans.

Il était près de trois heures du matin lorsque nous fîmes nos adieux à chacun, nous écroulant pratiquement dans la limousine qui nous attendait pour nous reconduire à l'hôtel, qui par chance n'était pas loin. Le portier vint m'ouvrir la portière, mais ce fut Jack qui m'aida à descendre de la limousine et qui m'offrit son bras tandis que nous nous dirigions vers le hall, mélange étincelant de marbre blanc, de lustres en cristal et de subtils accents dorés. J'étais contente de sentir son corps musclé contre le mien, à la fois à cause de mes talons hauts et des quantités non négligeables de champagne que j'avais bu au cours de la soirée, mais aussi parce que c'était agréable. Sortir avec lui, et en fait toute la soirée passée avec lui, avait été agréable, mais je n'étais pas prête à le reconnaître, et encore moins à l'accepter.

La réceptionniste de l'hôtel nous remit une clé électronique sous forme de carte, et nous expliqua que nos bagages avaient déjà été pris en charge plus tôt, après avoir été déposés par notre chauffeur. Elle nous précisa ensuite que le petit déjeuner pouvait nous être servi dans notre suite ou dans la salle du restaurant et nous indiqua les horaires. Sur ce, elle nous souhaita une bonne nuit et nous informa que si nous avions besoin de quoi que ce soit d'autre, il nous suffirait de l'appeler.

Nous pénétrâmes dans l'ascenseur aux parois pavées de miroirs et nous montâmes vers notre étage. En me jetant un coup d'œil, je fus stupéfaite de voir que mon maquillage et ma coiffure étaient toujours parfaits malgré la longue soirée, la chaleur, et bien plus de moments passés à danser que cela ne m'était arrivé depuis des années. C'était là un véritable témoignage des compétences des artistes que ma belle-sœur avait eu la gentillesse d'engager pour moi.

Nous empruntâmes un couloir silencieux et j'eus soudain l'irrépressible envie de rire. Jack remarqua mon large sourire, et le voir porter son doigt à ses lèvres ne fit qu'empirer les choses. Par chance, la suite n'était pas trop loin. Il tint la carte devant la serrure électronique, attendant le déclic et la lumière verte avant d'ouvrir la porte et me laisser entrer la première, puis il referma derrière nous. J'avais expliqué notre situation à l'éditeur qui m'avait assuré qu'il nous réserverait deux chambres, ou une suite, afin que Jack et moi puissions avoir chacun notre propre chambre. Comme on ne nous avait donné qu'une seule clé, je supposai qu'il s'agissait d'une suite.

Je m'arrêtai soudain et Jack faillit me percuter. Il pila et posa sa main sur mon bras pour se stabiliser.

— Que se passe-t-il ?

— Ce n'est pas une suite.

Je me retournai pour lui faire face.

— Ils m'ont dit qu'ils nous réservaient une suite pour que nous ayons des chambres séparées. Mais ce n'est pas une suite. Ce n'est même pas une chambre double.

Du plat de la main, je frappai le matelas du grand lit.

— Est-ce vraiment important ? Après tout, ce n'est pas comme si nous n'avions jamais partagé de lit auparavant, fit remarquer Jack. De plus (il jeta un coup d'œil à sa montre), ce n'est que pour quelques heures. Cela dit, je peux retourner à l'accueil et essayer de trouver une solution, si tu préfères.

Il se passa une main dans les cheveux, et de l'autre il défit son nœud papillon qui se retrouva à pendre sur sa chemise dont il ouvrit les deux premiers boutons. Il avait l'air effondré, et je savais ce qu'il ressentait. Qui savait combien de temps il leur faudrait pour trouver une autre chambre, et même s'ils en avaient une de libre.

— Tu as raison. C'est bon. Allons nous coucher.

— Voilà une phrase que je n'aurais jamais cru entendre de ta bouche, dit-il avec un sourire diabolique.

— Tu ne m'aides pas, rétorquai-je en retirant mes chaussures et en poussant un soupir de soulagement.

— Je sais, dit-il en venant se placer devant moi.

Sans mes talons hauts, je dus renverser la tête un peu plus que durant la soirée pour le regarder, et entre le champagne et la fatigue qui commençait à se faire sentir, j'eus l'impression de perdre l'équilibre. Aussitôt, les bras de Jack m'entourèrent, me stabilisant.

— Tu vas bien ?

— Presque.

— Je peux arranger cela, dit-il, prenant ma main et s'asseyant sur le lit de sorte que nous nous retrouvâmes presque à la même hauteur.

— C'est mieux.

— Parfait.

— Je ne t'ai jamais demandé, as-tu aimé le film ?

— Oui, beaucoup. Je trouve qu'ils ont fait une très bonne adaptation de ton livre. Évidemment, le roman est meilleur, comme toujours, mais j'ai été ravi de voir une version si fidèle de ton travail.

— Tu as lu le livre ?

— J'ai lu tous tes livres.

— Vraiment ?

— Tu as l'air surprise.

— Je suis stupéfaite.

— Pourquoi ?

— Je ne sais pas. Je ne pensais pas que ce style t'attirerait.

— C'est toi qui les as écrits. C'est normal que j'aie eu envie de les lire.

— Tu les as réellement tous lus ?

— Absolument, et je les ai tous aimés. Maintenant, dit-il en se levant de sorte qu'il était encore plus près, tu sembles sur le point de t'endormir debout, alors va en premier dans la salle de bain, comme cela tu pourras te coucher.

Avec douceur, il posa ses mains chaudes sur mes épaules désormais nues et me fit pivoter en direction de la salle de bains devant laquelle nous étions passés en entrant. Je m'y dirigeai.

— Au fait, cette robe est magnifique. J'ai essayé de trouver un moyen de te le dire depuis que nous sommes rentrés, mais je n'en ai pas eu l'occasion, alors je te le dis maintenant.

Je lui jetai un coup d'œil par-dessus mon épaule et lui souris, une bouffée de chaleur me saisissant face à ce compliment et à sa voix, rauque de fatigue.

— Sérieusement. Sexy en diable.

Mon sourire s'élargit, et je disparus dans la salle de bains pour défaire le travail extraordinaire accompli par Jemima et Martin. Laissant ensuite la salle de bains libre pour Jack, je me glissai avec reconnaissance dans les impeccables draps blancs et m'endormis avant même qu'il n'ait fermé la porte de la salle de bains.

26

Lorsque je m'éveillai le lendemain matin, je crus un instant que j'étais morte. Puis je tentai d'ouvrir les yeux et souhaitai réellement être morte. J'étais dans la même position que celle dans laquelle je m'étais endormie, mais j'avais plus l'impression de m'être évanouie que d'avoir dormi. Je poussai un lourd gémissement, faisant un effort pour bouger, mais ma tête et mon corps semblaient opposés à cette décision.

— Bonjour, beauté.

Je réussis à ouvrir une paupière et vis Jack assis à l'extrémité du lit, l'air enjoué, pas du tout fatigué.

— Comment peux-tu être aussi en forme ? demandai-je d'une voix qui donnait l'impression que j'avais avalé du gravier.

— Probablement parce que j'ai un peu plus l'habitude de faire la fête que toi.

— Je croyais que tu avais cessé tout cela ?

— Je n'ai jamais dit que j'avais complètement arrêté, mais que je ne sortais plus autant que lorsque j'étais jeune.

— Tu pourrais quand même essayer d'avoir l'air un peu moins en forme.

Je fis basculer mes jambes et me redressai lentement avant de me diriger vers la salle de bains, espérant que quelques giclées d'eau froide sur mon visage pourraient, par miracle, faire disparaître ce mal de tête lancinant et la désagréable sensation que mon estomac était prêt à se retourner. Ce ne fut pas le cas, mais après m'être brossé les dents je me sentais un peu plus humaine. Je me douchai rapidement, principalement parce que rester debout était plus difficile que d'habitude, puis j'attrapai l'un des épais peignoirs accrochés derrière la porte et m'en enveloppai avant de gagner la pièce principale.

— Tu te sens mieux ?

— Plus fraîche, en tout cas.

— J'ai pensé que tu n'aurais pas envie de descendre pour le petit déjeuner, alors j'ai pris la liberté de commander pour qu'on le prenne ici. J'espère que ça te va ?

Je m'assis avec précaution sur le lit.

— Tout me va. De toute façon, je ne pense pas manger à nouveau avant un certain temps.

— Il faut que tu manges quelque chose, Lily. Tu dois éponger un peu l'alcool. Manger t'aidera, je te le promets.

— Cela m'aidera à vomir.

La sonnette de la chambre retentit. J'adorais que les chambres des hôtels luxueux aient leur propre sonnette, mais là j'étais un peu moins enthousiaste, car je savais que de l'autre côté de la porte se trouvait une quantité de nourriture que Jack s'attendait à me voir manger.

— Mange ce que tu peux, dit Jack avec un sourire compatissant, plaçant devant moi deux comprimés de paracétamol et une bouteille d'eau plate.

Je repliai mes jambes sous la couette tandis qu'un serveur poli, en uniforme, me saluait d'un signe de tête, que Jack signait le reçu et gratifiait l'employé d'un pourboire.

— Quand nous rentrerons, tu me diras combien tu as dépensé en pourboire que je puisse te rembourser.

— Il n'en est pas question. Bon, voyons un peu ce qui pourrait te tenter. Tout d'abord, bois un peu de jus de fruits. Ça te fera avaler de la vitamine C. Tu as pris les comprimés ?

Je hochai doucement la tête.

— Bien. Quoi d'autre ?

— Je ne suis pas sûre de pouvoir faire face à tout cela, dis-je timidement, regardant les plats dont Jack avait retiré les couvercles.

— Juste un peu, suggéra-t-il, en testant les œufs brouillés. Ils sont excellents. C'est tellement difficile d'avoir de bons œufs brouillés où que l'on aille. Allez, juste un peu sur du pain grillé, OK ?

Il déposa un peu d'œufs brouillés sur une tranche de pain grillé, donc il semblait bien que j'allais devoir en manger une bouchée, que je le veuille ou non. Je n'en avais aucune envie, mais il était si gentil, si prévenant que je lui devais au moins d'essayer. Me déplaçant dans le lit pour me rapprocher de l'endroit où Jack avait demandé à l'employé de laisser le chariot, je goûtai prudemment à la nourriture qu'il avait placée devant moi.

À ma grande surprise, je mangeai plus que je ne le pensais et, effectivement, je me sentis mieux. Ma tête me faisait encore souffrir, mais mon estomac avait cessé de se comporter comme une machine à laver lancée sur un programme à grande vitesse. Pour l'instant, c'était plutôt comme si elle était sur un cycle délicat. Les choses s'amélioraient donc un peu.

Je gagnai à nouveau la salle de bains pour enfiler un jean et un chemisier délicatement fleuri que j'avais apporté pour changer des T-shirts. Après avoir rassemblé mes affaires de toilette, je retournai dans la pièce principale et les rangeai dans mon sac de voyage que je fermai.

— Prête à partir ? demanda Jack en sortant deux housses de l'armoire, l'une contenant son smoking, l'autre ma magnifique robe en satin.

J'ignorais quand j'aurais l'occasion de la porter de nouveau, mais j'étais contente de l'avoir achetée pour cette soirée. Quelque part dans l'espace brumeux de mon cerveau flottait un vague souvenir de Jack me disant qu'il aimait cette robe. Moi aussi, j'aimais cette robe, mais la façon dont il l'avait dit cela avait déclenché des frissons en moi.

Je portai ma main à ma tête. Je n'étais pas en état de penser à tout cela maintenant. Sa remarque ne signifiait rien de plus que le fait qu'il aimait cette robe, mais je savais que moi, j'avais apprécié qu'elle lui plaise.

— Les comprimés ne t'ont pas soulagée ? demanda Jack, remarquant ma main posée sur ma tempe.

— Je m'assure juste que ma tête reste en place, dis-je avec un faible sourire.

Jack sembla accepter mon explication et se dirigea vers la porte qu'il m'ouvrit, prenant mon sac au passage.

— Je peux le porter.

— Laisse.

— Merci, dis-je en m'adossant à la barre de l'ascenseur tandis que nous descendions doucement jusqu'au hall d'entrée.

— Je vais rapporter la clé, annonçai-je alors que les portes s'ouvraient et que Jack m'incitait d'un signe de tête à sortir la première.

Je me dirigeai vers la réception et remis la carte à un membre du personnel avant de rejoindre Jack. Nous avions envoyé un message au service de limousines une demi-heure plus tôt, et heureusement, la voiture nous attendait à l'extérieur. Le chauffeur prit les bagages qu'il rangea dans le coffre, posant soigneusement les housses sur le dessus tandis que Jack m'ouvrait la portière puis grimpait à ma suite. C'était une belle journée, lumineuse, ce qui rendit le voyage de retour agréable, même si, malheureusement, j'en ratai la majeure partie, car en moins de dix minutes je m'endormis aux côtés de Jack et ne me réveillai qu'en percevant le crissement des pneus sur le gravier de mon allée.

— Tu as fait une bonne sieste ? me demanda Jack alors que j'étais encore appuyée contre lui.

— Oui, merci.

Toujours ensommeillée, je levai les yeux vers lui. Je pourrais rester blottie ainsi contre lui toute la journée, et pour plus d'une raison. Néanmoins, je me forçai à bouger et quittai l'habitacle. L'air frais me fit du bien. Je remerciai le chauffeur quand il remit les bagages à Jack, et sortis de la poche de mon jean les billets que j'avais préparés pour lui offrir un pourboire. Il remonta en voiture, redescendit lentement l'allée et quelques instants plus tard la limousine disparaissait de notre vue, alors que je nous ouvrais la porte. Il était étrange que Clive ne vienne pas nous saluer en bondissant autour de nous.

Jack posa nos bagages et referma la porte derrière lui.

— Ce n'est pas pareil, n'est-ce pas ?

— Non, répondis-je en me tournant vers lui. Ce n'est pas pareil, et je n'aime pas cela.

— Tu veux que j'aille le chercher maintenant ? Tu pourrais te reposer encore un peu, si tu veux. Je ne serais pas long.

— Je ne peux pas dormir toute la journée.

— Pourquoi pas ?

— C'est une perte de temps.

Avec douceur, Jack posa ses mains de part et d'autre de ma tête et approcha son front du mien.

— Tu as le droit, Lily. Tu as passé une nuit blanche et tu as fait quelque chose qui t'a demandé beaucoup de courage et d'énergie aussi bien physique que mentale, d'autant plus que tu n'en as pas l'habitude. Tu as le droit de te reposer. Cela te fera du bien. D'accord ?

Je hochai ma tête contre la sienne et m'éloignai. Il me suivit, attendit que je me pelotonne sur le canapé, puis il déposa un plaid sur moi.

— Je serai bientôt de retour.

— Tu es sûr que cela ne te dérange pas ?

— Pas du tout. Il me manque aussi. Maintenant, repose-toi, dit-il en me souriant avant de se tourner vers la porte.

— Jack ?

Il se retourna, et je me redressai un peu, ce qui l'incita à s'approcher. Je tendis les bras vers lui, et il accepta rapidement mon étreinte, m'enlaçant à son tour.

— C'est pour quelle raison ? demanda-t-il avec douceur. Non que je me plaigne, je tiens à préciser. Je suis juste curieux.

— Pour tout.

Cela semblait une explication suffisante, et il resserra son étreinte avant de me relâcher et de réajuster le plaid sur moi.

— Nous serons bientôt de retour.

J'entendis la porte se refermer, et quelques minutes plus tard, le bruit de la voiture qui démarrait et s'engageait dans l'allée. La maison me sembla soudain extrêmement silencieuse. Je n'avais jamais remarqué cela auparavant, d'ailleurs, jusqu'à présent je me délectais de la paix et de la tranquillité qui m'entouraient. Mais aujourd'hui, j'avais l'impression qu'il manquait quelque chose. Je savais que ce quelque chose était Clive, mais j'avais aussi l'impression que Jack faisait de plus en plus partie de ce quelque chose.

***

Les semaines suivantes, Jack et moi passâmes de plus en plus de temps ensemble, nous servant souvent de Clive comme excuse pour aller nous promener. Nous nous attardions de plus en plus lors des dîners, discutant du passé, de l'avenir, et de plein d'autres choses. Nous passions souvent de la table à manger au canapé ou aux fauteuils, et Clive nous accompagnait joyeusement. Une fois que nous étions installés, il s'allongeait à nos pieds et se mettait à ronfler.

Mon écriture allait bon train et j'attendais avec impatience les soirées où Jack serait la maison pour partager dîners et conversations. Felix et Poppy étaient venus nous rendre visite à plusieurs reprises, amenant souvent les enfants qui grimpaient sur leur parrain et jouaient avec le chien jusqu'à l'épuisement, après quoi Poppy et moi allions les border dans la chambre que j'avais installée pour eux. Très souvent, Poppy essayait d'attirer mon attention et faisait des signes en direction de Jack, mais je faisais semblant de ne pas les remarquer ou je les ignorais en riant. Même par une personne qui avait de bonnes intentions, je n'étais pas prête à être questionnée sur ma relation avec Jack. Je n'étais pas tout à fait sûre de ce qu'elle était ni de la direction qu'elle prenait, et j'étais encore moins prête à essayer de l'expliquer à quelqu'un d'autre.

— Vous avez déjà… ? chuchota Poppy un soir alors que nous refermions la porte de la chambre des enfants.

— Déjà, quoi ?

— Tu sais bien…

Je secouai la tête en souriant.

— Non, je ne sais pas, sinon je ne te poserai pas la question. Tu es plutôt vague.

Poppy poussa un soupir.

— Est-ce que Jack et toi vous avez couché ensemble ? demanda-t-elle dans un chuchotement, car nous savions toutes les deux que de petites oreilles pouvaient nous entendre, même à travers une porte.

Le pied sur une marche, je me retournai.

— Non ! Il n'y a rien de tel entre nous.

— Vraiment ?

— Non ! répétai-je même si, pour être honnête, je n'en étais pas tout à fait sûre. J'aimais la compagnie de Jack, et passer du temps avec lui était devenu une de mes activités préférées. D'après ce que je comprenais, il ressentait la même chose, mais rien de physique ne s'était produit entre nous.

— Non, insistai-je. Tu sais comment est Jack. S'il avait voulu que quelque chose de plus se passe entre nous, il aurait fait un pas dans cette direction, mais ce n'est pas le cas. Nous ne sommes que des amis. Des amis proches.

— As-tu déjà pensé que Jack pourrait attendre que ce soit toi qui fasses le premier pas ?

Cette idée ne m'avait jamais traversé l'esprit.

— Nous savons toutes les deux que Jack est le mal alpha par excellence. Il n'attendrait pas après moi.

— Nous savons aussi *toutes les deux* que Jack n'est plus le même. Il a mûri, et il sait que tu as eu beaucoup de choses à gérer ces dernières années. Peut-être qu'il attend ton signal.

— Absolument pas, dis-je d'un ton définitif. Et si les garçons ont mangé tout le dessert pendant que tu me retiens ici à bavarder, je vais définitivement t'en donner un, moi, de signal.

Poppy éclata de rire, mais posa une main sur mon bras pour m'arrêter alors que je me dirigeai vers la cuisine.

— Réfléchis-y.

Je hochai la tête, sachant que c'était la façon la plus simple de clore la conversation. Mais je n'avais aucune intention de réfléchir à tout cela.

27

C'était vraiment mon intention, mais la réalité s'avéra différente. Depuis que Poppy en avait parlé, je ne cessais d'y penser.

Si Jack voulait plus que de l'amitié, il aurait sûrement déjà abordé le sujet, non ? Il n'était pas du genre à perdre son temps, et encore moins avec les femmes. Certes, Poppy avait raison de dire qu'il avait mûri et qu'il était devenu meilleur, mais chassez le naturel, il revient au galop.

— Tu as l'air perdue dans tes pensées.

La voix de Jack me tira soudain de mes rêveries, alors que, accroupie, je fixai l'étang qu'il avait aménagé, théoriquement pour observer la faune, mais en réalité je ne faisais que rêvasser. Je sursautai et j'eus une sorte d'étourdissement. Aussitôt, je cherchai à quoi me raccrocher le temps que cet étourdissement se calme. Bien sûr, il n'y avait que Jack, qui passa doucement un bras autour de ma taille pendant que je reprenais mon équilibre.

— Ça va mieux ? demanda-t-il, alors que je commençais à m'éloigner.

— C'est juste que je ne t'ai pas entendu arriver.

— Peut-être qu'il serait mieux de t'éloigner un peu de l'eau.

Il me guida, l'air inquiet. Son bras s'était-il attardé un peu plus que nécessaire ?

— Tout va bien. Je vais juste entrer et m'asseoir.

Il acquiesça, un peu confus, tandis que je me dirigeai vers la maison.

Satanée Poppy. À cause d'elle, je réfléchissais désormais à chaque petit moment. Il fallait que j'arrête. Oui, Jack était magnifique, et, oui, en sa compagnie j'éprouvais des sentiments et des sensations que je n'avais pas éprouvés depuis longtemps, mais tout cela ne signifiait rien. Toute femme hétérosexuelle faite de chair et de sang aurait été capable de voir que Jack était l'incarnation parfaite du beau grand brun absolument séduisant et au corps musclé grâce au travail manuel et à l'amour du plein air. Avec le temps qui s'était réchauffé, j'avais dû fermer le store de mon bureau quand Jack travaillait au jardin parce que la vue de cet homme qui se déshabillait pour patauger dans l'étang et y ajouter des pierres, des plantes ou je ne sais quoi d'autre, affectait sérieusement ma productivité. D'un autre côté, il était une bonne source d'inspiration pour un héros masculin.

— Je venais juste voir comment tu allais. Tu m'as paru bizarre, dehors.

— Je vais bien, honnêtement.

Assise sur le canapé qui faisait face au jardin, je portai un verre d'eau fraîche à ma tête.

— Comment tu trouves ? demanda-t-il en désignant l'étang d'un signe du menton.

Je laissai mon regard dériver sur son T-shirt moulant, sa mâchoire puissante assombrie d'une barbe d'un jour, et croisai son regard hypnotisant.

— Magnifique, dis-je.

— Génial ! J’espérais que tu dirais cela.

— Ah bon ?

— Oui. Mais que dirais-tu d’ajouter un diplodocus soyeux sur le côté ?

Ce n’était évidemment pas la formulation exacte qu’il avait employée, mais comme il parlait de plantes et utilisait un nom latin, cela aurait pu être le cas.

— Hein ?

Il me montra une photo sur son téléphone.

— Un de ceux-là, de l’autre côté de l’étang ? suggéra-t-il.

— Ah, oui ! Ça a l’air bien. Je te laisse carte blanche, car je n’y connais rien. Mais j’aime l’idée d’introduire plus de vie sauvage dans le jardin.

Je baissai les yeux vers Clive. Il s’appuyait sur la jambe de Jack qui lui caressait la tête.

— Mais tu n’es pas concerné, monsieur. Plus d’avertissement.

— Oh, non, il a recommencé ? Il s’est remis dedans ?

— Il serait plus juste de dire que nous y sommes entrés tous les deux, car il a décidé qu’il était très heureux assis là-dedans et il refusait d’en sortir.

— Alors, tu y es entrée ?

— Oui, à cause de ce petit idiot, dis-je en regardant la gueule angélique de Clive tournée vers le soleil, tandis que Jack continuait à lui gratter la tête.

— J’aurais bien aimé être là !

— Si cela avait été le cas, c’est toi qui y serais allé et pas moi. C’est ton chien et ton étang !

Jack rejeta la tête en arrière et éclata de rire. J’essayais de ne pas me concentrer sur la vague de joie qui m’envahissait toujours à ce son délicieux.

— Je vais le dresser un peu pendant le week-end pour qu'il cesse d'aller vers l'étang. Qu'est-ce que tu en dis ?

— Ce serait bien, merci.

— Je t'en prie. À quoi pensais-tu tout à l'heure quand je t'ai fait sursauter ?

— Oh… juste à quel point tout ceci est beau, répondis-je en lui souriant.

Il me scruta du regard.

— Je vois.

Son sourire indiquait clairement qu'il ne croyait pas un mot de ce que je venais de dire.

***

— Ça sent bon, dit Jack en arrivant derrière moi alors que je préparais le dîner.

Il sortait tout juste de la douche, et le dîner n'était pas la seule chose à exhaler une délicieuse senteur. Comme je me retournai, je constatai que, comme d'habitude, Jack était encore plus beau qu'il ne sentait bon. Je lui adressai un petit sourire de remerciement avant de l'écarter doucement de mon chemin afin de pouvoir m'occuper des derniers préparatifs du repas.

— Tu es libre pour dîner, demain ? demanda-t-il alors que je lui faisais signe de s'asseoir.

Sa question me surprit tant que je faillis trébucher alors que j'apportais le plat sur la table. Aussitôt, Jack bondit de sa chaise et me le prit des mains.

— Ça va ? Je t'ai déjà dit que c'était à moi de porter ce qui est lourd.

Il posa le plat sur la table, tira ma chaise pour que je m'asseye, puis nous versa à chacun un verre de jus de raisin pétillant.

— Alors, on dîne ensemble demain ?

Je déglutis, et commençai à nous servir les pâtes à la puttanesca.

— Pour quelle occasion ?

— Aucune en particulier. J'aimerais t'inviter à sortir pour te montrer ma reconnaissance pour tout ce que tu as fait. Et je me suis dit que ce serait sympa.

— Tant que nous partageons l'addition.

Jack posa sa fourchette à côté de son assiette, et prit une profonde inspiration, qu'il laissa s'échapper lentement tandis qu'il étendait ses mains sur la table, les étirant et les repliant comme pour se calmer.

— Je dois reconnaître que je n'ai jamais eu autant de mal à inviter une femme à dîner avec moi.

Ignorant que répondre, je demeurai silencieuse.

— D'accord, je vais réessayer. Lily, j'aimerais beaucoup t'inviter à dîner demain soir, si tu es libre. Et non, nous ne partagerons pas l'addition.

Un tourbillon d'émotions m'envahit. Cette invitation signifiait-elle quelque chose en particulier ? Était-ce uniquement pour me remercier de l'avoir accueilli ? Cela impliquait-il qu'il allait bientôt déménager ?

Jack se frotta la nuque.

— Tu réfléchis plus longtemps que je n'aurais cru à ma proposition. Si tu ne veux pas, alors…

— Si, si je veux bien.

— Tu n'as pas besoin d'avoir l'air aussi terrifiée. Il ne s'agit que d'un dîner entre deux amis.

— Ah ! Je ne suis pas terrifiée. Tu n'es pas aussi effrayant que cela.

Jack prit sa fourchette et fit le signe d'un cercle autour de son visage avant de la plonger dans les pâtes.

— Dis cela à ton visage.

— Mon visage va très bien. C'est juste que j'ai perdu l'habitude de sortir dîner.

Jack leva les yeux vers moi.

— Le restaurant dans lequel j'ai prévu de t'emmener est très calme, et j'ai demandé une table dans la partie la plus isolée.

— Tu as déjà réservé la table ? Tu étais sûr de toi !

— Pas du tout. En fait, je n'ai jamais été aussi peu sûr de moi en invitant une femme à dîner. Mais j'avais toujours la possibilité d'annuler la table ou d'y aller seul.

Il baissa les yeux sur le chien.

— Ou bien de me faire accompagner par Clive.

— Clive a un agenda très chargé. Nous aurions dû vérifier s'il était libre, de toute façon.

— Vraiment ?

— Tout à fait, dis-je en enfournant une bouchée de pâtes.

Il secoua la tête avec une petite lueur amusée dans les yeux, avant de se concentrer de nouveau sur son dîner.

— Au fait, ton visage est bien plus que juste *très bien.*

Ses grands yeux verts fixèrent les miens alors que je le contemplai avec incrédulité. Puis il sourit de nouveau et prit une autre fourchette de pâtes.

***

— Je savais que cela allait arriver ! cria quasiment Poppy quand je lui parlais plus tard au téléphone.

— Il ne se passe rien ! C'est juste un dîner entre amis comme il l'a lui-même spécifié.

— Il t'a aussi parlé de ton visage.

— Je savais que j'allais regretter de t'avoir dit cela.

— Trop tard.

— Oui, malheureusement. Bon, que suis-je censée porter ?

— Quelle est la tenue la plus sexy que tu possèdes ?

— La robe que nous avons achetée pour l'avant-première. Premièrement, il l'a déjà vue, deuxièmement, je crains que soit un peu trop habillé pour l'occasion, et troisièmement, je ne veux pas avoir l'air sexy. C'est entre amis, n'oublie pas.

— J'ai l'impression qu'il te trouve sexy, quoi que tu portes.

— Tu veux bien arrêter ça ! Ce n'est pas du tout comme cela entre nous.

***

Le lendemain soir, alors que Jack et moi nous trébuchions sur le seuil, et qu'il me plaquait contre le mur, ses lèvres explorant ma gorge, ses mains explorant d'autres parties de mon anatomie avec des soupirs d'appréciation, je songeai brièvement – très brièvement – que la prochaine fois que je parlerais à Poppy il me faudrait reconnaître mon erreur. Finalement, c'était bien comme cela entre Jack et moi.

— Oh, Lily, chuchota-t-il, j'en avais envie depuis si longtemps, mais je ne voulais pas te presser avant que tu sois prête.

Je ne suis pas sûre d'être prête, songeai-je un bref instant, mais je savais que c'était ce que je voulais. Je le savais depuis un certain temps déjà, mais j'avais continué à tenter de m'en dissuader, à tenter de me convaincre que ma vie était suffisamment remplie, que je n'avais pas besoin de cela, que je n'éprouvais aucun désir, surtout pour Jack. Mais je m'étais menti à moi-même. Ça aussi, je le savais. La seule chose que je n'avais pas saisie, c'était que Jack voulait plus que de l'amitié, lui aussi. Mais en cet instant, je n'en avais plus aucun doute.

Nous entrâmes dans la pièce en trébuchant, chacun de nous tâtonnant avec les vêtements de l'autre. Jack me souleva et je nouai mes jambes autour de sa taille alors qu'il s'affairait avec les boutons de ma robe, la repoussait sur mes épaules avant de la laisser tomber par terre. Sa bouche était partout sur moi, et je ne pensais plus à rien d'autre qu'à son corps musclé pressé contre le mien. Avec douceur, il m'allongea sur le tapis et entreprit de me débarrasser du reste de mes vêtements, chacun de ses gestes étant suivi d'une pluie de baisers. Plus rien n'existait en cet instant que Jack.

***

— Nous aurions dû faire rentrer Jack au pays bien plus tôt si nous avions su que cela allait arriver. Regarde-toi, tu rayonnes littéralement !

Poppy rit en grattant la tête de Clive après que je l'ai fait asseoir et attendre patiemment pour un morceau de fromage.

— Je ne rayonne pas, dis-je en riant à mon tour.

Cependant, je me sentais différente, et pas seulement à cause de tous ces muscles que j'avais oubliés et qui me faisaient souffrir depuis ce mois passé avec Jack. Je me sentais différente de l'intérieur, plus forte en quelque sorte. Nous étions sortis à plusieurs reprises, et il m'encourageait toujours, mais ne me poussait jamais à faire quoi que ce soit si je n'y étais pas prête. Cela dit, je n'aurais jamais pensé être prête à avoir un autre homme dans mon lit, et pourtant, c'était arrivé. Cela semblait juste, normal, comme tout ce que je faisais avec Jack. Cette révélation m'avait surprise au plus haut point. Je savais que j'avais eu énormément de chance de rencontrer un homme aussi merveilleux que Mike, qui m'aimait autant, et lorsque notre temps ensemble avait été si cruellement écourté, je n'aurais jamais imaginé avoir la chance de trouver un autre homme avec qui je me sentirais aussi bien et à qui je tiendrais autant. Pourtant, désormais, je me réveillai chaque jour aux côtés d'un homme qui m'aimait entièrement, d'un amour qu'il m'était si facile et si naturel de lui rendre.

Les dimanches étaient devenus un jour particulier : Jack se réveillait tôt, m'embrassait avant de quitter le lit pour emmener Clive se promener au village où il achetait le journal pendant que je restais blottie dans la chaleur du lit et m'assoupissais jusqu'à leur retour. Pendant que Clive prenait son petit déjeuner, Jack préparait le nôtre et l'apportait dans la chambre avant de sauter de nouveau dans le lit que j'avais gardé chaud pour lui. Clive arrivait alors en trottinant et se couchait dans le lit que nous lui avions installé à l'étage pendant que nous lisions – Jack se tenait au courant des nouvelles, et moi je me replongeais dans mon dernier livre ou parfois dans un magazine. Je rapprochais mes jambes des siennes, appréciant la sensation d'avoir son corps musclé tout près de moi, chacun absorbé dans notre tâche, mais ensemble. C'était le bonheur.

Ce matin, j'avais passé quelques minutes à le regarder dormir, ses cils sombres effleurant ses joues, son visage tanné par le soleil d'été, avant qu'il ne me dise de cette voix rauque et sexy que j'aimais tant de cesser de le regarder dormir. Je choisis de lui désobéir en lui disant que s'il voulait que je cesse, il devrait m'y obliger.

— Avec plaisir, marmonna-t-il.

Soudain il tendit le bras, m'attrapa, me fit asseoir sur lui avant de rouler sur le matelas et de me coincer sous lui.

Nous fûmes tous les deux en retard sur nos horaires de travail.

28

Poppy se pencha en avant sur l'îlot de la cuisine et posa son menton entre ses mains.

— Tu rayonnes carrément ! Et maintenant, tu dois me dire exactement pourquoi. Je veux tous les détails, s'il te plaît.

Je ris et poussai vers elle la tasse de thé que je venais de lui servir, ainsi qu'une tranche de gâteau glacé aux carottes que j'avais préparé un peu plus tôt. C'était le préféré de Jack, et j'éprouvais un plaisir supplémentaire à en cuisiner ces derniers temps. Il avait toujours apprécié ma cuisine, mais maintenant il y avait des avantages supplémentaires à cette gratitude.

— Allez ! insista Poppy en avalant une bouchée de gâteau. J'ai hâte de savoir.

Je ris et alors que je tendais la main pour saisir mon téléphone portable, je lui fis comprendre d'un signe que je ne répondrais pas à sa question. Je ne reconnus pas le numéro qui s'affichait sur l'écran, mais décrochai néanmoins.

— Lily ?

— Qui est à l'appareil ?

— C'est Sanjid. Je travaille avec Jack.

Je savais de qui il s'agissait. Jack avait gardé le contact avec des collègues et des amis de Kew, et quand il avait cherché à recruter davantage de personnel vu que son entreprise était en pleine croissance, il avait lancé un appel d'offres pour trouver un jeune talent à qui il pourrait apprendre le métier. Sanjid avait été l'un des candidats. Jack l'avait apprécié dès le début. Il avait du flair pour le travail, de l'enthousiasme et une soif d'apprendre quasi insatiable. Selon Jack, il ne serait pas surprenant que ce jeune homme expose à Chelsea d'ici cinq ans. Mais pourquoi me téléphonait-il ?

— Bonjour, Sajid. Tout va bien ?

— En quelque sorte.

Le ton de sa voix ne correspondait pas à ses paroles et je posai une main sur le quartz froid de mon plan de travail pour atténuer l'afflux soudain de sang dans mes veines.

— Qu'est-ce qui ne va pas ?

— Il y a eu un petit accident.

Je cherchai derrière moi le tabouret de cuisine sur lequel je me laissais tomber lourdement. Poppy qui m'avait vu changer de couleur surgit à mes côtés et me demanda à voix basse ce qui se passait.

— Qu'est-ce que vous voulez dire par petit accident ? Jack va bien ?

Je m'efforçai de rester calme et de garder une voix posée.

— Oui, mais je pense qu'il a besoin de quelques points de suture, et je ne suis pas assuré pour conduire le pick-up.

Curieusement, Jack avait mentionné cela la veille au soir, et je savais que cela figurait sur sa liste de choses à faire ce soir même.

— Vous êtes toujours chez Mme Dorsey ?

— Oui.

— J'arrive aussi vite que possible. Dites-lui de ne pas bouger et de ne rien faire de stupide.

— Il a dit qu'il conduirait lui-même.

— C'est exactement ce que je veux dire par « ne rien faire de stupide ». Demandez à plusieurs personnes de s'asseoir sur lui s'il le faut, mais gardez-le sur place.

Nous raccrochâmes, et je me tournai vers Poppy.

— Tu peux garder Clive ?

— Bien sûr, dit-elle, attrapant déjà sa laisse et appelant le chien. Que s'est-il passé ?

— Je n'en suis pas très sûre. Jack a une sorte d'accident, et Sanjid pense qu'il a besoin de points de suture.

— Tu ne sais pas où il est blessé ?

— Non, je n'ai pas pensé à demander.

J'avais l'estomac crispé, et ma tête bourdonnait d'une foule d'émotions auxquelles je ne voulais pas céder pour l'instant. Je m'en occuperais plus tard. Ma priorité était de rejoindre Jack.

— File ! dit Poppy. Je m'occupe de prendre la nourriture pour Clive et de fermer à clé. Appelle-nous dès que tu sauras quelque chose.

Poppy me serra un instant dans ses bras, puis recula d'un pas, me tenant toujours par les épaules.

— Il va bien, Lily. Tu le sais, n'est-ce pas ?

Je ne savais pas, mais j'acquiesçai quand même.

— À plus tard, dis-je en la serrant à mon tour dans mes bras avant de me pencher et de déposer un baiser sur la tête de Clive. Tu seras sage chez Tante Poppy, hein ?

Le chien me regarda avec une expression un peu perplexe, comme s'il ignorait ce qui se passait. Nous étions donc deux dans le même cas.

***

Je me garai devant la maison de Mme Dorsey et me dépêchai de sortir de la voiture pour me diriger vers l'arrière où se trouvait toute une équipe de constructeurs, des matériaux de construction ; et au milieu de tout cela, je vis Jack, assis sur un muret, du sang lui coulant sur le visage. Je repoussai la vague de nausées qui menaçait de me submerger et me dirigeai vers lui.

— Je leur avais dit de ne pas t'appeler !

— Eh bien, je suis contente que ton apprenti ait plus de bon sens que son mentor et qu'il ait ignoré ta consigne. Que s'est-il passé ?

Je me penchai vers lui et écartai doucement sa main qui tenait un chiffon imbibé de sang. Je vis alors une large entaille sur son front, assez profonde, et qui saignait toujours beaucoup. Aussitôt, je remis le chiffon en place et lui dis d'exercer une pression.

— Vous auriez dû appeler une ambulance, dis-je en demandant à Sanjid de venir m'aider à remettre Jack sur ses pieds.

Le jeune homme était beaucoup plus mince que Jack, mais à nous deux, et avec l'un des constructeurs plutôt costaud qui se tint derrière lui au cas où il perdrait l'équilibre, nous réussîmes à emmener Jack jusqu'à ma voiture.

— Encore désolé, mon pote, dit l'un des constructeurs alors que nous installions Jack dans le véhicule. C'est un accident un peu bizarre.

Je posai une main sur l'aile de la voiture et fermai les yeux un instant tandis que les mots résonnaient à mon esprit. Un accident bizarre…

— Vous allez bien, ma jolie ? Je l'aurais volontiers emmené moi-même, mais il a fait tout un foin pour ne pas y aller.

— Ça va, merci, répondis-je. Et, oui, j'imagine bien. Merci, en tout cas.

Je pris une profonde inspiration, me dépêchai de passer du côté conducteur, montai à bord et filai en direction de l'hôpital.

— Pourquoi tu ne les as pas laissés t'emmener à l'hôpital ?

— Parce qu'ils ont du travail. Tout comme toi. Tu ne devrais pas être là.

Arrivée à un feu rouge, je tirai le frein à main, et me tournai vers lui.

— Et qu'est-ce que tu comptais faire exactement avec ça ? demandai-je en désignant son visage ensanglanté.

— Cela va s'arrêter d'ici une minute. Tout le monde réagit de manière excessive.

— Bon sang, ne sois pas ridicule ! Tu as une sacrée entaille à la tête. Arrête de faire ton macho stupide ! Comment est-ce arrivé ?

— Je marchais sous l'échafaudage et l'un des gars a trébuché sur quelque chose. Son pied a heurté un marteau qu'il venait de poser et l'a fait tomber sur le bord de l'échafaudage. J'ai levé les yeux en entendant les cris et c'est alors que je me suis pris le marteau sur la tête.

— Pourquoi n'avais-tu pas de casque ?

— J'en avais un. En fait, j'en avais un juste une seconde avant. Il faisait si chaud que la sueur me coulait dans les yeux, et je venais juste de l'enlever pour m'essuyer le visage. Mauvais timing.

Tel un flash, un autre souvenir me traversa l'esprit, mais je le repoussai.

— Mon Dieu ! Tu as perdu connaissance ?

— Pas que je me souvienne, répondit-il avec un sourire ironique.

Vu la situation, j'avais du mal à apprécier son humour. Je demandai au Bluetooth de ma voiture de recomposer le dernier numéro de mon téléphone. Au bout de deux sonneries, la voix de Sanjid répondit.

— Rebonjour, c'est Lily. Est-ce que quelqu'un sait si Jack a perdu connaissance ? L'hôpital aura besoin de le savoir.

— Oh, pour l'amour de Dieu, Lily ! s'emporta Jack, je viens de te dire que ce n'était pas le cas.

Je l'ignorai, et attendis la réponse de Sanjid.

— Je ne pense pas. Certes, il est tombé sur une surface dure, mais il était déjà assis quand j'ai couru vers lui, soit moins d'une minute après que cela est arrivé.

— OK, merci, Sanjid.

Je raccrochai. Je pouvais pratiquement entendre Jack fulminer à côté de moi. Pour l'instant, je m'en moquais. Le plus important était de le faire examiner correctement. S'il choisissait de m'en vouloir pour cela, alors, tant pis. Certaines choses étaient plus importantes.

***

Quelques heures plus tard, j'arpentais le même bout de couloir qu'au cours de ces deux dernières heures. De temps à autre, je m'asseyais dans la salle d'attente, mais je ne parvenais pas à me concentrer sur quoi que ce soit, et j'avais probablement effectué mes dix mille pas de la journée au cours de la première heure.

— Êtes-vous Lily ? demanda une infirmière en se dirigeant vers moi.

— Oui, répondis-je en me précipitant à sa rencontre. Comment va-t-il ?

— Il va bien. Nous avons fait un scanner complet, car il a subi un choc important sur le crâne et nous ne savons pas avec certitude s'il a perdu connaissance ou non lorsqu'il a heurté le sol. Dans ces circonstances, mieux vaut prévenir que guérir.

— Absolument.

— Les scanners sont bons. Vous pouvez le voir, maintenant.

Elle poussa une porte me permettant ainsi de me rendre à l'endroit où Jack était assis sur un lit vêtu d'une blouse d'hôpital. Il avait une rangée de points de suture sombre le long de son front, au-dessus de son œil droit. Malgré tout, il était toujours aussi sexy.

Il leva une main, et afficha un sourire un peu endormi.

La doctoresse qui s'occupait de lui se présenta, puis m'expliqua que l'entaille était trop profonde pour faire de simples points de suture, et qu'ils avaient dû la coudre.

— Nous avons utilisé un anesthésique local, et il a reçu des analgésiques assez puissants. Ce sera assez douloureux quand l'anesthésie commencera à s'estomper. Je crains qu'il ne garde une cicatrice, et qu'il ait quelques bleus de bonne taille, mais ils s'estomperont évidemment.

— Est-ce que tu m'aimes toujours avec une telle apparence ? demanda Jack.

Même endormi et manifestement sous l'emprise des médicaments, son regard restait malicieux.

Je me tournai vers la médecin.

— Êtes-vous sûre qu'il n'a pas besoin de médicaments plus puissants ? Vous savez, du genre qui pourraient l'assommer pendant quelques heures ?

Elle rit et plaça un pansement sur les points de suture.

—Nous lui avons expliqué comment soigner la plaie, mais tout est noté là, juste au cas où les choses seraient encore un peu floues pour lui à cause des médicaments.

Elle me tendit divers documents.

J'essayai de réfréner toutes les pensées qui menaçaient de déferler à mon esprit. Soudain, je sentis les doigts de Jack s'enlacer aux miens.

—Je vais bien, Lily, dit-il, paraissant un instant totalement lucide.

—Je sais.

Je serrai doucement ses doigts et plaquai sur mes lèvres un sourire qui me semblait bien trop faible.

***

Heureusement, Jack n'alla pas travailler les jours suivants, même si j'avais le sentiment que c'était plus pour me faire plaisir et m'apaiser que par réel désir de sa part. Je l'encourageai à se reposer autant que possible, acceptant seulement qu'il sorte le chien pour une petite promenade sachant que rester tout le temps à l'intérieur le rendrait fou.

Je savais que l'hôpital lui avait donné le feu vert, mais je ne cessais de penser à son visage couvert de sang et à la plaie béante sur sa tête. Je tenais à ce qu'il lui laisse une chance de commencer à guérir, et qu'il se repose un peu avant de reprendre le travail. Sanjid était passé voir comment il allait, et il m'avait promis qu'il garderait un œil sur Jack quand il retournerait travailler, et s'assurerait aussi qu'il ne fasse rien d'exagéré. J'étais soulagée que Jack ait engagé quelqu'un d'aussi pondéré, et remerciai le jeune homme pour son aide et sa gentillesse, avant de le raccompagner jusqu'au pick-up de Jack pour lequel il était désormais assuré.

***

Je n'avais pas écrit un mot de la journée. Normalement, j'étais capable de me détacher du monde qui m'entourait et de me perdre dans mes histoires. Après tout, une fois le choc initial passé, c'était ainsi que j'avais fait face à la mort de Mike. Mais là, je ne parvenais pas à me détacher. Je ne pouvais m'empêcher de voir le visage de Jack couvert de sang. La nuit dernière, je m'étais même réveillée en pleurant de terreur, après l'avoir vu en rêve, gisant ensanglanté sur le sol. Cependant, lorsque Jack m'avait interrogée sur ce cauchemar, je lui avais répondu que je ne m'en souvenais pas. Il m'avait serrée entre ses bras, et nous nous étions de nouveau allongés ensemble. Bientôt, sa respiration était devenue plus profonde, régulière, mais moi j'avais été incapable de me rendormir, craignant de revoir durant mon sommeil des images que je ne pouvais supporter.

29

L'air embaumait les fleurs, la lavande et le chèvrefeuille quand Jack entra par la porte arrière restée ouverte. Il se dirigea vers moi, souriant comme s'il ne m'avait pas vue depuis des années, ainsi qu'il le faisait toujours. Cela me procurait un merveilleux sentiment de satisfaction. Mais ce soir, c'était différent. Je reculai d'un pas, et il s'arrêta soudain, son sourire s'évanouissant.

— Que se passe-t-il ?

— Je ne peux pas faire ça.

— Faire quoi ?

Il avait posé la question, mais son visage m'indiquait qu'il connaissait déjà la réponse.

— Ça. Nous.

— Et depuis quand ?

Sa voix prit un ton dur, et les yeux verts que j'aimais tant perdirent de leur chaleur.

— Je crois que nous nous sommes tous les deux emballés. L'avant-première, le fait de vivre ensemble… nous nous sommes laissés emporter. Je pense que nous le savons tous les deux.

— Moi, je ne le sais pas du tout. Je *pense* que c'est tout le contraire. Je *pense* que nous avons tous les deux attendu d'être absolument sûrs.

Il fit un pas vers moi.

— Tu sais que tout est parfait entre nous, Lily. Je le sais.

Il me prit la main.

— Je sais aussi que l'accident t'a fait une peur bleue, et j'en suis désolé, mais je vais bien. L'hôpital l'a confirmé par des scanners. Je ne sais pas quoi dire d'autre.

Je m'écartai, mettant plus de distance entre nous. Sans cela, je ne pourrais faire ce qui, je le savais, devait être fait.

— Cette fois. Tu t'en es bien sorti *cette fois.*

— Il n'y aura pas de prochaine fois. C'était juste un accident.

— Un accident bizarre ! m'écriai-je, répétant la phrase qui n'avait pas quitté mon esprit depuis que le constructeur l'avait prononcée. Un accident bizarre, tout comme la mort de Mike était un accident bizarre, et le tien aurait pu être tout aussi grave. Tu as eu de la chance, cette fois. Je ne peux pas supporter d'entendre de nouveau ces mots : il y a eu un accident. La prochaine fois, ça pourrait…

J'étais incapable de terminer ma phrase.

— Tu n'as pas besoin de penser à cela, Lily. Tu ne peux pas y penser tout le temps. Si nous considérions toujours tous les risques, aucun d'entre nous ne ferait jamais quoi que ce soit. Je croyais que tu étais heureuse…

— Je le suis. Oui, je suis tellement heureuse. Tu ne le vois pas ? C'est là tout le problème. Je ne peux pas prendre de nouveau un tel risque. Je ne peux pas risquer de perdre ce bonheur.

— Lily, je n'ai pas l'intention d'aller où que ce soit.

— Tu ne peux pas dire ça ! Tu n'en sais rien ! Les choses ne dépendent pas de nous. Mike me disait la même chose. Il me promettait de ne jamais me quitter et pourtant, je l'ai perdu. Tu ne devrais pas faire de promesse que tu ne peux pas tenir.

— Lily.

Jack fit un pas vers moi, et quand je voulus reculer je me heurtai au plan de travail. Jack était tout près, à présent. Trop près. Tout ce que je voulais, c'était l'enlacer et ne jamais le laisser partir. Me sentir en sécurité blottie contre son corps musclé et rassurant, sentir que l'on s'occupait de moi et que l'on m'aimait comme cela avait été le cas ces dernières semaines, ce que je n'avais jamais pensé vivre de nouveau. Mais c'était impossible. Je savais que plus longtemps je resterais avec Jack, plus je tiendrais à lui, et j'étais déjà largement dépassée par les événements. Ce serait douloureux d'arrêter notre relation maintenant, mais la voir détruite malgré moi à un moment ou à un autre m'était trop insupportable pour que je puisse seulement l'envisager.

— Jack, je sais que tu as de bonnes intentions, mais tu ne peux pas me promettre que tu seras toujours là, parce qu'il existera toujours une possibilité que, pour une raison ou une autre, il en aille autrement. Il y a des choses que tu ne peux pas contrôler. Et, je suis désolée, mais je ne suis pas prête à prendre ce risque.

L'air tendu, les yeux ombrés de colère, il recula d'un pas et croisa les bras sur son torse puissant.

— Il y a plusieurs façons de perdre quelqu'un, Lily. On nous a accordé à tous les deux une deuxième chance au bonheur, et, je ne peux pas parler pour toi, mais je sais que moi, je suis plus heureux que je ne l'ai jamais été. Tu es prête à tout gâcher ?

Je détournai le regard vers ce jardin que j'avais toujours aimé et qu'il avait rendu encore plus beau. Je ne pouvais supporter de voir la souffrance dans ses yeux. Je détestais le ton accusateur de sa voix, car je savais qu'il avait raison. Mais je ne pouvais changer mes sentiments, seulement espérer qu'un jour il comprendrait et me pardonnerait.

— Alors, que va-t-il arriver, maintenant ? Tu vas passer le reste de ta vie dans l'ombre par peur de ce qui pourrait advenir ? Tu as été épargnée ce jour-là, Lily. Si je pouvais changer le passé et te ramener Mike, je le ferais, même si cela impliquait que je ne vivrais jamais rien avec toi, alors crois-moi, ce n'est pas quelque chose que je prends à la légère.

Il me lança un regard sombre, ses yeux froids et durs comme des émeraudes.

— Moi non plus.

— Tu réussirais presque à me le faire croire.

Il traversa la pièce, et observa le jardin. Le chien se précipita vers lui, et se plaqua contre sa jambe. Son petit gémissement interrogateur fut le seul bruit à rompre la tension qui régnait.

Jack s'accroupit et le caressa pour le calmer.

— Tout va bien, mon garçon.

Me tournant le dos, il poursuivit.

— Aucun de nous ne sait combien de temps il lui reste sur cette Terre, Lily. C'est pourquoi nous devons en profiter au maximum. Chaque jour peut être le dernier, mais passer son temps à le redouter implique que l'on ne fait jamais rien et que l'on gâche sa vie. Je suis tellement, tellement désolé que tu aies vécu une telle épreuve, mais tu as été épargnée, et tu devrais t'en réjouir et non te cacher. Tout le monde n'a pas cette chance d'être heureux, alors quand elle se présente, il nous faut la saisir à deux mains et ne pas la lâcher, quoi qu'il arrive.

Je restai silencieuse, ma main agrippant derrière moi le bord froid et dur du plan de travail pour m'empêcher de courir me jeter dans les bras de Jack. Il ne comprenait pas, et je ne m'attendais pas à ce qu'il comprenne. Je ne lui en voulais pas d'être en colère. J'étais tout aussi furieuse contre moi-même, mais la peur de le perdre un jour était plus forte que ce que je pouvais supporter.

Comme je ne répondais rien, Jack se retourna, m'observa pendant un instant puis se passa une main dans les cheveux.

— J'avais l'impression que cela, *nous*, signifiait autant pour toi que pour moi. Je vois maintenant que je me suis trompé.

— Non, tu ne t'es pas trompé.

Il lâcha un rire amer, si différent de son rire habituel, profond, chaleureux.

— Oh, que si, Lily, je me suis trompé. Je t'aime de tout mon cœur, et il n'y a absolument aucune chance que je m'éloigne un jour de toi. Je sais que je n'ai pas traversé l'enfer que tu as traversé, et je ne peux pas prétendre comprendre cette douleur, mais je suis là maintenant, et toi aussi. Et pourtant, tu continues à vouloir tout gâcher.

— Jack, s'il te plaît, essaie de comprendre.

— Je ne comprendrai jamais, Lily. Jamais.

Il prit ses clés dans le vide-poches et quitta la maison sans ajouter un mot. Quelques instants plus tard, j'entendis ronfler le moteur de son pick-up puis le crissement des pneus sur le gravier.

Clive s'approcha de moi, perturbé que Jack ne l'ait pas emmené.

— C'est bon, mon garçon, il reviendra plus tard. On va aller faire un tour, qu'en dis-tu ?

En temps habituel, Clive serait déjà en train de bondir de joie à la perspective de sortir, mais, sentant que quelque chose n'allait pas, il ne cessait de faire des allers-retours entre moi et la baie vitrée ouverte, cherchant manifestement Jack.

Je montai à l'étage pour fermer les fenêtres et enfiler un short. Par la porte ouverte, j'entendis le gémissement de Clive qui semblait exprimer sa tristesse. Je fis de mon mieux pour repousser toutes mes émotions loin dans mon esprit, et me changeai, mais soudain la réalité de la situation me submergea et l'instant d'après, je me retrouvai effondrée sur mon lit à sangloter comme cela ne m'était pas arrivé depuis des années.

Mettre un terme à notre relation était la bonne chose, la seule chose à faire, mais si c'était vraiment le cas, pourquoi me sentais-je si mal ? Un corps chaud et poilu se précipita dans la chambre et se blottit contre moi. Je serrai Clive entre mes bras, j'enfouis ma tête dans son pelage doré jusqu'à ce que toutes mes larmes se soient dissipées. Me redressant, je caressai ses poils désormais humides. Finalement, je me levai, et descendis au rez-de-chaussée pour le sortir. J'espérais que l'air frais nous ferait du bien à tous les deux et parviendrait à me convaincre que je ne venais pas de commettre une énorme et terrible erreur.

Deux heures de marche n'apportèrent pas le répit espéré à l'angoisse et au vide qui m'habitaient. Quand nous rentrâmes à la maison, il n'y avait aucune trace du pick-up de Jack. Je me demandai où il était, puis songeai que j'avais perdu le droit de le savoir. Jack était venu chez moi en tant que locataire, et cette relation avait bien fonctionné jusqu'à ce que je laisse l'émotion obscurcir la situation. Je n'avais jamais eu l'intention de passer autant de temps avec lui, même lorsque nous n'étions qu'amis. Quelque temps avant que nous nous mettions ensemble, il avait parlé de trouver son propre logement. Je me rendis compte que nous avions tous les deux cherché des excuses pour qu'il n'en fasse rien, mais désormais, plus rien ne le retenait. Néanmoins, cela prendrait quand même un peu de temps et j'espérais que durant cet intervalle, Jack me pardonnerait et que nous pourrions au moins nous séparer en amis. Clive se précipita dans la maison et, comme il le faisait toujours, il inspecta les lieux. En revenant, il fit encore un tour, puis alla à son bol d'eau et se mit à laper. Je raccrochai sa laisse, puis retirai mes baskets avant de monter me doucher et me changer. En passant devant la chambre de Jack, je vis que la porte était entrouverte, pourtant j'étais sûre que plus tôt elle était fermée.

— Jack ?

Comme il n'y eut pas de réponse, je poussai un peu plus la porte. La chambre était vide. Tous ses effets avaient disparu, et la pièce ressemblait de nouveau à une chambre d'amis plutôt qu'à celle de Jack. La couette était pliée au bout du lit, et c'est alors que je remarquai un mot, ainsi que les clés de la maison et de la dépendance.

Lily, j'ai pris d'autres dispositions, et je pense que c'est mieux ainsi. Les draps et tout le reste sont dans la machine à laver. Prends soin de toi et de Clive. Jack.

Je lus son message trois fois avant de me laisser tomber lourdement sur le lit et de regarder par la fenêtre à travers la magnifique campagne, mais sans rien en voir.

30

Avec le départ de Jack, chaque période de vingt-quatre heures semblait durer bien plus longtemps. Les jours et les nuits s'éternisaient sans la distraction de sa compagnie, de son sourire, de son amour. J'allais me coucher tôt dans l'espoir de raccourcir mes longues journées, mais cela ne faisait qu'allonger mes nuits.

Je contemplai le chien, installé dans son lit, qui ronflait avec contentement, ignorant complètement qu'il était le seul élément qui m'empêchait de retomber dans les profondeurs abyssales de la tristesse, du désespoir et de la solitude que j'avais connue auparavant.

L'été se transforma en automne, et même si j'emmenai Clive faire sa promenade quotidienne, j'étais incapable d'apprécier le changement de saison, les nuances d'or et de bronze des feuilles qui tombaient sur le sol et s'accumulaient autour de nos pieds. Clive avait finalement cessé de chercher Jack chaque fois que nous rentrions à la maison, mais il se collait de plus en plus à moi depuis que Jack était parti, comme s'il avait peur que je disparaisse aussi. Si mon cœur n'avait pas déjà été brisé en mille morceaux, savoir que j'avais blessé ce bel animal innocent l'aurait détruit. Je ne pouvais que rassurer Clive en lui disant que je n'irais nulle part, tout comme Jack avait essayé de me rassurer en me disant la même chose. Dans ces moments-là, il me regardait avec ses grands yeux bruns, puis posait sa tête sur moi en poussant un grand soupir. Je n'étais pas certaine qu'il comprenne quoi que ce soit, mais j'espérais qu'il saisissait au moins l'essentiel. Felix et Poppy avaient essayé de m'aider, mais eux comme moi savaient qu'il n'y avait rien à dire. J'avais pris une décision et je devais vivre avec. Un jour, ne pouvant m'en empêcher, je leur avais demandé comment allait Jack. Poppy avait pris un air inhabituellement grave et avait secoué la tête d'un air triste.

— Pas très bien. Il travaille autant qu'il peut. Les enfants et moi, nous ne l'avons pratiquement pas vu.

— Je suis vraiment désolée de vous avoir placé au milieu de tout cela. Cela n'a jamais été mon intention.

Elle posa une main sur mon bras.

— Nous le savons, et je suis sûre que Jack reviendra nous voir quand il le pourra. Il aime trop ses filleuls pour rester longtemps à l'écart, mais je pense qu'il a besoin de prendre un peu de temps pour lui.

Je pensais m'être épargné du chagrin, mais la douleur d'être séparée de Jack, même si cela avait été ma décision, était encore aussi vive que le jour de son départ. Je lui avais fait beaucoup de mal, mais j'avais aussi heurté ma famille, et même mon chien. Le temps guérit toutes les blessures, dit-on. Je n'en étais pas si sûre, mais je ne pouvais qu'espérer que dans notre cas ce soit vrai.

***

— Mais tu viens quand même au mariage ?

Felix engloutit un morceau de la génoise que je venais de déposer sur l'assiette.

— Quel mariage ?

— Celui de William. Tu as répondu par l'affirmative il y a des mois. Tu ne peux plus annuler maintenant.

William était l'un des garçons du village qui avait réussi. Il avait gravi les échelons du droit pour devenir grand avocat à Londres et se mariait dans l'église du comté avec une fille avec laquelle il était allé à l'école. Ils étaient sortis ensemble pendant leur adolescence, mais s'étaient éloignés l'un de l'autre et chacun avait connu plusieurs relations à l'âge adulte. Une rencontre fortuite les avait remis sur le chemin de l'amour, et ils voulaient maintenant célébrer cet amour à l'endroit où tout avait commencé. Tout le village était invité, et je savais que cela incluait Jack.

— N'y pense même pas, et ne t'avise pas de le dire, lâcha Felix d'un ton inhabituellement sec.

— Quoi ?

— L'excuse, n'importe quelle excuse, que tu t'apprêtais à nous sortir pour ne pas venir. Faith et Wiliam sont très heureux que tu aies accepté et ils seraient blessés si tu ne venais pas.

— Mais bien sûr que je vais y aller ! Sinon, je les préviendrais.

— Et tu crois que cela arrangerait les choses ?

— Felix…

Poppy avait parlé d'une voix douce, mais son ton contenait nettement un avertissement.

Il se tourna vers elle.

— Quoi ? Je pensais qu'elle avait surmonté tout cela.

— Surmonté quoi ? demandai-je.

— Cette satanée façon de vivre en recluse.

— Je ne le fais pas par choix !

— Bien sûr que si ! Tout le monde l'a compris, au début ! Tu as vécu une expérience horrible, mais tu as refusé de te faire aider et tu t'es renfermée sur toi-même, ratant des événements, des moments spéciaux dans la vie des enfants, dans notre vie, dans ta propre vie…

Il secoua la tête et poursuivit…

— Et avec Jack ? Tu étais heureuse, Lily. Pourquoi diable as-tu tout gâché ? Il était parfait pour toi. Il avait réussi à te faire sortir de ce foutu mausolée.

— Ce n'est pas un mausolée !

Curieusement, j'étais plus choquée par sa critique sur ma maison que par ses autres propos, peut-être parce que je savais qu'ils dépeignaient la vérité.

— D'accord, c'est vrai. Mais tu t'enfermes toujours chez toi comme si c'en était un. Tu avais commencé à sortir, Lily, tu es même allée à une putain d'avant-première, et tu as survécu ! J'irais même jusqu'à dire que tu as apprécié. Tu avais recommencé à avoir une vie, Lily. Et tu étais heureuse.

— Je le suis toujours.

Mon frère se frotta le visage à deux mains.

— Bien sûr que non ! Tu n'es pas heureuse. Tu es même tout le contraire d'heureuse, et tout cela par ta faute !

Je sentis les larmes me brûler les joues.

— Tu as terminé ?

Felix repoussa son assiette de gâteau.

— Oui, j'ai terminé.

Il descendit du tabouret de bar, caressa brièvement la tête du chien et s'en alla sans me dire au revoir. Je sursautai lorsque la lourde porte d'entrée se referma derrière lui. Poppy et moi restâmes un moment assises en silence. Mon frère et moi nous étions déjà disputés, mais jamais comme cela, et jamais il n'était parti sans me dire au revoir.

— Je ferais mieux d'y aller, dit Poppy.

Je m'aperçus soudain qu'elle avait les yeux pleins de larmes.

— Je suis tellement désolée, Poppy, je n'ai jamais voulu faire de mal à personne.

— Je sais, Lily. C'est juste que cela le rend triste quand il pense aux événements et aux bons moments que tu as ratés, et il était si heureux quand tu as commencé à… à revivre. C'est difficile pour lui de te voir si malheureuse et te replier sur toi-même. Il est inquiet et triste pour toi, et, hélas, cela se traduit par de la colère, parce qu'il se sent frustré.

Elle me serra un instant dans ses bras avant de se pencher, de caresser Clive et de déposer un baiser sur son crâne.

Quand nous fûmes arrivées à la porte d'entrée, elle se tourna vers moi.

— Cela dit, Felix a raison pour le mariage. Il a lieu ce week-end, il est donc trop tard pour annuler, et comme il te l'a dit, ils sont impatients de te voir. Vous étiez tous de bons amis durant votre adolescence. Je pense que ce serait impoli d'annuler maintenant.

Sur ce, elle me donna un rapide baiser sur la joue et traversa bien vite l'allée de graviers jusqu'à la voiture dans laquelle Felix l'attendait. Aucun d'eux ne se retourna pour me faire un petit signe quand ils s'éloignèrent. Je ne m'étais jamais sentie aussi seule. Un cliquetis de griffes me fit baisser les yeux.

— Viens mon garçon, allons nous promener.

C'était la dernière chose dont j'avais envie, mais j'avais contrarié mes proches, et en cet instant j'avais l'impression que Clive était la seule bonne chose qu'il me restait, et il demandait si peu.

***

Le bel éclat doré du lever de soleil se fondait dans un ciel clair d'un bleu céruléen et la température restait généreusement à un niveau doux compte tenu de l'époque de l'année. Je n'avais pas eu de nouvelles de Felix depuis notre dispute et, chose inhabituelle, je n'avais reçu qu'un seul texto de Poppy disant qu'elle espérait que j'allais bien, suivi d'un emoji de câlin. J'avais eu beau me bercer d'illusions ces deux derniers mois, je savais désormais que je n'allais pas si bien que cela. Il en allait ainsi depuis le moment où j'avais dit à Jack que notre relation ne fonctionnerait pas. J'avais blessé des personnes, y compris celles qui m'avaient soutenue au moment où j'en avais le plus besoin. Felix avait raison. J'aurais dû me faire aider, mais j'avais refusé d'en voir la nécessité, préférant me refermer sur moi-même, pensant que me fermer à tous et à tout m'éviterait de souffrir. En fin de compte, ce n'était pas le cas et cela n'avait fait qu'étendre la douleur à d'autres personnes, de bonnes personnes, ce que j'aurais du mal à me pardonner un jour.

Je garai ma voiture sur le parking de l'aire de jeux, et avançai jusqu'au cœur du village.

En approchant de l'église, je remarquai la foule qui attendait sur le parvis et je ne pus m'empêcher de me demander si nous allions tous tenir à l'intérieur. Il y avait des nouvelles ou des ragots chuchotés à l'oreille, mais aussi de grands signes pour se dire bonjour et des sourires, et je fis de mon mieux pour garder la tête haute. J'aurais pu téléphoner à Felix, m'excuser et venir avec eux, mais je savais que je devais faire cela seule, pour lui prouver et me prouver à moi-même que j'en étais capable. Jack avait eu raison le jour où il avait dit que je vivais dans l'ombre, et c'était le cas depuis bien trop longtemps. Il était temps d'entrer dans la lumière, aussi effrayante et brillante qu'elle puisse me paraître en ce moment.

— Tante Lily !

Les petites jambes de Ruby la portèrent jusqu'à moi et elle se précipita dans mes bras. Je m'accroupis pour la serrer contre moi.

— Je ne savais pas que tu venais aujourd'hui ! Tu me manques, Tatie.

Elle me donna un gros baiser sur la joue, et je m'efforçai de ne pas pleurer. Il m'avait fallu plus de deux heures pour essayer de reproduire le magnifique maquillage de Jemima, en essayant de me souvenir des conseils qu'elle m'avait donnés, m'expliquant chaque étape. Dieu merci, mon mascara était waterproof. Je me redressai, et serrai Ruby contre moi tandis qu'elle nouait ses jambes autour de ma taille pendant que nous avancions vers le reste de ma famille.

Me voyant avec sa sœur, Freddy courut vers nous et je me penchai pour l'embrasser, mais il se détourna timidement en remarquant deux garçons de son école qui nous observaient. Néanmoins, il chercha ma main et la serra fermement tandis que nous franchissions le porche et entrions dans l'enceinte de l'église.

— Tu es magnifique, dit Poppy en déposant un baiser sur ma joue.

Nous échangeâmes un regard qui en disait bien plus que des mots.

— Merci. Tu es superbe toi aussi. J'adore ton chapeau !

Je me tournai vers mon frère.

— Salut.

Felix m'enveloppa dans un énorme câlin, incluant sa fille dont les petits bras s'accrochaient à mon cou.

— Je suis désolé, chuchota-t-il.

— Tu n'as aucune raison de l'être. C'est moi qui devrais m'excuser pour tant de choses.

Il me fit taire et déposa un baiser sur ma tempe.

Puis il nous relâcha, et faisant preuve de tact, Poppy prit Ruby et l'emmena avec Freddy un peu plus loin, sur un petit banc où elle les fit asseoir avant de sortir quelques friandises de son sac pour les distraire un moment, nous laissant seuls, Felix et moi.

— Je n'aurais pas dû te parler de la sorte. Je suis désolé. Cela fait un moment que je voulais m'excuser, mais Poppy a pensé qu'il serait sage que nous nous accordions tous les deux un peu de temps pour nous calmer.

— Cette sagesse prouve que j'ai la meilleure belle-sœur, et toi la meilleure épouse.

— Je crois que tu as raison.

Pendant un moment, il y eut un silence entre nous, mais qui n'avait rien d'inconfortable. Nous fîmes quelques pas pour nous éloigner suffisamment afin de n'être entendus de personne.

— Je n'ai jamais voulu faire de mal à personne, surtout pas à toi, dis-je.

— Je sais. Tu tentais de faire face à une situation horrible de la meilleure façon possible. Je n'aurais jamais dû partir en vrille comme cela l'autre jour.

— Peut-être que tu as bien fait. J'ai eu beaucoup de temps pour réfléchir ces deux derniers mois, et notre dispute n'a fait que confirmer certaines choses. J'ai raté tellement de bons moments, et je ne veux plus en rater aucun.

Comme nous nous trouvions dans un lieu public, mon frère garda un visage stoïque, mais l'étreinte dont il me gratifia disait tout ce qui avait besoin d'être dit. Nous jetâmes tous deux un coup d'œil vers Poppy et les enfants, et, grâce à cette communication silencieuse qu'entretiennent souvent mari et femme, Poppy autorisa les enfants à nous rejoindre, et ils bondirent aussitôt de leur banc, tandis qu'elle les suivait à une allure plus posée. Ruby reprit sa place sur ma hanche, tandis que Freddy s'appuyait sur la jambe de son père.

— Oncle Jack ! cria soudain Ruby par-dessus mon épaule en commençant à gigoter d'excitation.

J'eus l'impression que mon cœur se mettait à battre la chamade tandis que nous nous retournions pour voir Jack remonter l'allée dans notre direction. Il n'était pas seul.

— Bonjour, pois chiche.

Comme Ruby tendait vers lui ses petits bras, autant qu'elle pouvait les étirer, il la prit dans les siens, et nos mains s'effleurèrent au passage. J'en eus le souffle coupé, comme si j'avais touché une clôture électrique, mais Jack me regarda à peine. L'élégante femme, à la silhouette altière, qui se trouvait à ses côtés, retira gracieusement sa main de son bras pour lui permettre de prendre Ruby correctement, et la plaça sur son autre main, qui tenait une ravissante pochette Chanel avec un gros fermoir doré. Ce faisant, la lumière du soleil de fin d'automne éclaira l'énorme solitaire en diamant qui ornait sa main gauche.

— On ne t'a pas vu depuis siiiii loooonngteeemmps ! dit Ruby en pointant son petit doigt sur Jack, ses grands yeux bleus semblant l'implorer.

Cette gamine serait une véritable briseuse de cœurs quand elle serait grande.

— Je sais, ma chérie. Je suis désolé. J'essaierai de faire mieux, d'accord ?

— Promis ?

Les doigts de ma nièce jouaient avec l'œillet blanc à la boutonnière de Jack.

— Promis.

Il leva sa main libre et de son auriculaire fit un crochet avec celui de Ruby, puis la petite se blottit contre lui, ses bras le serrant un peu plus fort.

— C'est tellement mignon, dit la compagne de Jack. Manifestement, Jack a oublié ses bonnes manières, donc je vais me présenter toute seule.

Elle sourit chaleureusement.

— Cecily Fullington-Beck. Vous devez être Felix et Poppy. J'ai tellement entendu parler de vous, c'est merveilleux de vous rencontrer enfin. Et toi, comment t'appelles-tu ? demanda-t-elle en s'accroupissant au niveau de mon neveu.

— Freddy, répondit-il, approchant furtivement sa main de celle de Felix.

— C'est un très joli nom, et tu es très beau, et très élégant dans ton costume.

— Merci.

Son autre main s'approcha de ma main gauche, et je la saisis.

— Et vous devez être Lily.

C'était une information plutôt qu'une question.

— Effectivement, dis-je en lui tendant la main droite, qu'elle serra en me souriant.

— C'est tellement agréable de mettre des visages sur des noms, vous ne trouvez pas ? demanda Cecily.

Je croisai le regard de Jack, et nous nous fixâmes un très bref instant. Mais il se détourna aussitôt.

— Excusez-moi un moment, j'ai besoin de vérifier quelque chose.

Lâchant la main de Freddy, je me dirigeai vers le coin de l'église qui menait à l'arrière, vers la partie ancienne du cimetière où je me laissai tomber sur un banc. La tranquillité de l'endroit contrastait avec les hurlements de mon cerveau qui me criaient à quel point j'avais été idiote de repousser Jack. J'avais eu la chance de trouver un homme qui m'aimait, et des années après avoir connu l'enfer, on m'avait donné une seconde chance d'être heureuse. Au lieu d'être reconnaissante et de saisir l'occasion comme j'aurais dû le faire, je l'avais gâchée, poussant l'homme que j'aimais dans les bras de lady Cecily. Comme Jack l'avait dit à l'époque, il y avait plus d'une façon de perdre quelqu'un, et cette fois-ci, j'avais contribué au processus. Je pris mon téléphone portable et composai un numéro, tout en ayant l'horrible sensation que mon cœur était en lambeaux.

Peut-être était-ce mieux ainsi pour Jack – Cecily était la femme que sa famille voulait le voir épouser, et tant qu'il était heureux, leur mariage contribuerait peut-être à combler le fossé entre lui et ses parents. Je ne pouvais qu'espérer que quelque chose de bon en résulterait, car Jack le méritait.

— Il va tout à fait bien, ma chère, s'exclama madame Dorsey en riant, avant même que je n'aie eu le temps de dire un mot. Clive et moi avons discuté quand vous êtes partie, et je lui ai annoncé que vous reviendriez bientôt, et pour l'instant, il semble se satisfaire de cette explication. Il est très occupé à jouer avec ses amis, et à faire le tour du jardin.

— Merci, madame Dorsey.

— Oh, je vous en prie, pas de madame Dorsey entre nous. Appelez-moi Pearl, ma chère. Avez-vous vu la mariée ?

— Non, pas encore. Mais je pense que nous n'allons pas tarder à entrer dans l'église.

— Pourriez-vous prendre quelques photos pour moi, ma chère ? Je suis plus que ravie de m'occuper des chiens de tout le monde, aujourd'hui, mais il est toujours agréable de voir un beau mariage, n'est-ce pas ?

— J'en prendrai, ne vous inquiétez pas.

À en juger par l'énorme caillou à la main de Cecily, Pearl aurait sûrement l'occasion d'assister à un autre grand mariage dans le village, d'ici peu.

— Merci encore, et à demain matin !

Ignorant l'heure à laquelle je rentrerais, nous avions convenu que j'irais chercher Clive le lendemain matin.

— Passez une belle journée ! dit-elle joyeusement avant de raccrocher.

Je restai assise, le téléphone à la main, et contemplai le cimetière soigneusement entretenu.

— Ah, te voilà. Nous nous demandions où tu avais disparu.

Je souris.

— Ne t'inquiète pas, je ne me suis pas dégonflée et je ne suis pas rentrée chez moi.

Poppy s'assit à côté de moi.

— Ce n'est pas ce que nous pensions.

Elle posa une main sur la mienne.

— Tu vas bien ?

Il aurait été facile de prétendre que j'ignorais de quoi elle parlait, mais cela aurait été une perte de temps pour nous deux.

— Tu savais ?

— Non. Mais nous ne l'avons pas vu beaucoup depuis que vous avez rompu. Je dois dire que je suis un peu surprise. Il était absolument dévasté de t'avoir perdue.

— Il la connaît depuis longtemps. Il m'en a parlé une fois quand nous discutions de choses et d'autres. Apparemment, leurs parents respectifs ont toujours voulu qu'ils se marient, mais elle en a eu assez que Jack ne la demande pas en mariage, et elle a épousé quelqu'un d'autre. Elle est devenue veuve il y a quelques années, alors les deux familles ont repris espoir.

— C'est impossible qu'il l'aime.

— Cela doit pourtant être le cas.

— Pas comme il t'aime, toi.

— Aimait, la corrigeai-je, mettant le verbe au passé. J'ai vraiment tout gâché. Mais il doit l'aimer, de toute façon. Si ce n'était pas le cas, il ne l'épouserait pas. Il ne voudrait pas la blesser en s'engageant dans quelque chose en quoi il ne croit pas.

— Tu as raison. Mais je ne comprends pas. Cela me paraît si rapide.

— Oui.

C'était la seule réponse que j'étais capable de prononcer. J'avais l'estomac crispé, et des élancements me martelaient le crâne. La dernière chose dont j'avais envie était d'assister à un mariage sachant que l'homme que j'aimais allait bientôt en épouser une autre, et que tout cela était de ma faute. Aujourd'hui était le jour de William et Faith.

Je m'étais repliée sur moi-même pendant trop longtemps. Il était temps de regarder vers l'extérieur, et aujourd'hui j'allais assister à ce mariage et me réjouir sans penser, pour une fois, à toutes les choses qui pourraient mal tourner. Je ne verrais que l'amour qui avait réuni ces deux êtres, comme ils devaient l'être.

— Clive va bien ?

Felix surgit au coin de l'allée, pointant du doigt mon téléphone.

— Je suppose que c'est ce que tu voulais vérifier.

— Où sont les enfants ?

— Avec Jack et Cecily, répondit Felix à Poppy avant de se tourner vers moi, attendant une réponse.

— Oui, il va bien. Apparemment, il s'amuse beaucoup.

— Parfait. Allez, on y va ! Voyons si nous pouvons faire en sorte que toi aussi tu t'amuses bien.

Poppy et moi levâmes en même temps les yeux vers lui, et il soupira.

— Oui, d'accord, j'ai vu la bague. Voyons donc si nous pouvons au moins te faire passer un moment agréable.

Je me levai et, tous trois bras dessus bras dessous, nous nous dirigeâmes vers l'église.

31

Pendant la réception, Jack et Cecily étaient assis à une table différente de la nôtre, ce qui rendit les choses un peu moins pénibles. Jack était installé avec ses parents, mais je fus surprise de ne pas voir son frère. Il y avait quelques personnes que je ne reconnus pas, qui devaient être des amis de William venant de Londres. J'essayais de ne pas regarder trop souvent dans leur direction, mais il me semblait qu'il y avait moins de tension entre Jack et ses parents que durant la soirée à laquelle j'avais assisté avec lui, plus tôt dans l'année. À l'instant même, Jack passait un bras autour de l'épaule de son père et se penchait pour lui dire quelque chose. Tous deux éclatèrent de rire. Même sa mère avait l'air plus détendue. Peut-être que ce mariage était pour le mieux, qu'il comblerait un fossé dont tout le monde avait souffert. Cela ne signifiait pas pour autant que je ne regrettais pas d'avoir laissé partir Jack. Le voir remonter l'allée de l'église avec Cecily à son bras, l'énorme bague de fiançailles scintillant sous les rayons du soleil, m'avait fait l'effet d'un coup de massue.

Il me faudrait du temps avant d'oublier Jack Coulsdon-Hart, mais cette fois, je ne me refermerais pas sur moi-même. Certes, cela m'amènerait à entendre les ragots sur eux, et à nul doute Jack se marierait aussi dans l'église de notre village, étant donné que ses ancêtres possédaient autrefois toute la région, et j'ignorais encore comment je ferais face à cela – mais j'y arriverais. J'étais plus forte que je ne le pensais, et j'étais soutenue par ma famille et par le merveilleux cadeau que Jack m'avait offert – Clive. Ensemble nous trouverions un moyen.

***

— C'est magnifique, tout éclairé comme ça dans l'obscurité, n'est-ce pas ?

La voix profonde s'enroula autour de moi et me serra le cœur.

— C'est vrai, répondis-je sans détourner le regard.

— Tu passes un agréable moment ?

J'ignorais ce qui était le pire. Ne pas lui parler du tout ou bien cette conversation inepte.

— Oui, merci. C'était un beau mariage, et le repas était délicieux. J'espère que tu t'amuses bien, toi aussi.

Jack s'approcha, posa ses mains sur la balustrade en pierre qui entourait la terrasse donnant sur les jardins paysagers de l'hôtel cinq étoiles où se tenait la réception. Je frissonnai malgré moi, autant à cause de la fraîcheur du soir que de la proximité de Jack, de sa chaleur, autrefois si familière et qui me manquait désormais douloureusement.

— Tu as froid.

Jack retira sa veste et voulut me la poser sur les épaules, mais je reculai d'un pas.

— Ça va, merci, dis-je en lui souriant.

Il faisait vraiment plus frais, à présent, mais Cecily n'apprécierait certainement pas que son fiancé pose sa veste sur les épaules d'une autre femme, surtout une femme avec laquelle il avait eu une liaison.

— Lily, tu frissonnes. Prends ma veste.

— Non, mais merci de me le proposer. Je retourne à l'intérieur dans un moment.

Du coin de l'œil, je vis Cecily qui nous observait par les portes-fenêtres ouvertes.

— Pourquoi diable es-tu si têtue ?

Il s'était exprimé d'un ton à la fois contrôlé et circonspect. Je levai la tête et croisai son regard pour la première fois depuis nos retrouvailles sur le parvis de l'église, lorsqu'il avait détourné la tête si rapidement.

— J'apprends.

Je lui souris d'un air triste, maudissant intérieurement les larmes qui emplissaient mes yeux.

— Je vais rentrer, maintenant.

Je jetai de nouveau un coup d'œil à Cecily.

— Peut-être devrais-tu en faire autant, ajoutai-je.

Jack me regarda un moment en fronçant les sourcils, puis jeta un coup d'œil à l'intérieur.

— Ne t'inquiète pas pour elle. Le superpouvoir de Cecily, c'est de toujours trouver quelqu'un à qui parler.

— Mais ce n'est pas vraiment le sujet, n'est-ce pas ?

Il fronça un peu plus les sourcils.

— Quel est-il, alors, Lily ?

Allait-il vraiment m'obliger à le lui expliquer ?

— Le sujet, c'est que tu devrais être avec ta fiancée plutôt qu'à essayer de jouer le chevalier servant pour ton ancienne petite amie, même si elle apprécie le geste.

Il me fixa du regard, puis ce sourire que j'aimais tant commença à éclairer son visage. Il ramassa sa veste qu'il avait jetée sur la balustrade lorsque je l'avais refusée, et me la posa sur les épaules avant que je puisse protester.

— Mon Dieu, Lily, tu me manques.

— Jack…

— Tu m'aimes ?

— Jack, tu ne peux pas me poser cette question.

— Pourtant, je viens de le faire. La réponse est simple. C'est oui ou non.

— Comment peux-tu me faire cela ?

Des larmes commencèrent à couler sur mes joues.

— Parce que je t'aime. Je t'ai toujours aimée et je t'aimerai toujours. Je savais, quand j'étais plus jeune, que je n'étais pas digne de toi, et même si la majorité des femmes du coin m'a toujours considéré comme insensible, je savais que toi tu étais différente. Spéciale. Je savais que tu ne méritais pas d'être traitée comme les autres, mais j'ignorais comment m'y prendre. Quand j'ai appris que tu allais te marier, j'ai eu l'impression que l'on m'avait transpercé le cœur, mais quand j'ai appris l'accident, c'était encore pire, parce que je savais à quel point tu étais détruite. Je ne suis plus l'homme que j'étais à l'époque, mais je devais attendre que tu t'en rendes compte, même si je savais que je t'aimerais jusqu'à la fin de mes jours.

Je m'éloignai de lui, mais soudain un de mes talons s'accrocha entre les pavés et je titubai. Je tendis les bras pour ne pas perdre l'équilibre, mais déjà Jack était tout près, et m'enlaçait.

— Tu ne peux pas dire cela, m'exclamai-je. Pas quand tu as prévu d'épouser une autre femme. Ce n'est pas juste pour elle ni pour moi.

— Je n'épouse personne.

J'eus un petit rire incrédule.

— Je suis presque sûre que les astronautes de la station spatiale internationale sont capables de voir la bague de fiançailles de Cecily, vu la taille de ce diamant. C'est bien une bague de fiançailles, non ? demandai-je en croisant les bras sur ma poitrine.

Jack prit une profonde inspiration, et expira lentement.

— Oui, c'est bien une bague de fiançailles.

— C'est ce qu'il me semblait. Donc, il est plutôt déplacé de ta part de dire à une autre femme que tu l'aimes et…

— Mais elle ne vient pas de moi.

J'ouvris ma bouche, puis la refermai, et le fixai durant un long moment.

— Pardon ? dis-je lorsque je fus capable de retrouver ma voix.

— La bague de fiançailles de Cecily n'est pas de moi. Je n'épouse personne. Pas pour le moment, en tout cas.

— Mais vous êtes… ensemble. Vous êtes venus ensemble et tes parents ont l'air si heureux.

— Je suis le cavalier de Cecily pour la journée, et, oui, mes parents sont heureux, car nos deux familles s'unissent enfin comme ils l'ont toujours souhaité.

— Je ne comprends pas.

— Cecily va épouser mon frère. Edward est tombé de cheval hier, il est cloué au lit à cause d'un mal de dos. J'accompagne donc ma future belle-sœur au mariage du jour.

— Mais je croyais que tes parents voulaient que tu l'épouses.

— Je ne crois pas qu'ils aient jamais attaché de l'importance à savoir lequel de nous deux l'épouserait. Il y a quelques mois, Edward et elle discutaient ensemble lors d'une soirée, et pour la première fois de sa vie, Cecily s'est rendu compte qu'elle était follement amoureuse. Par chance, Edward éprouvait les mêmes sentiments.

— Et toi, qu'est-ce que tu en penses ?

— Je ne pourrais pas être plus heureux pour eux.

— Alors pourquoi nous observe-t-elle depuis que tu es venu me rejoindre ?

Jack ne me quitta pas un instant des yeux.

— Parce que Cecily n'est pas idiote. Elle sait que je suis toujours fou de toi, et apparemment, quand vous avez fait connaissance, elle a senti que tu avais peut-être encore des sentiments pour moi. C'est elle qui m'a dit de te rejoindre et de faire quelque chose avant de te perdre de nouveau. Tu avais raison. Je ne peux pas te promettre d'être toujours là pour toi.

Alors que je m'apprêtais à reculer d'un pas, il prit ma main et poursuivit.

— Mais je te promets que je *veux* être là pour toi pour toujours et que je ferai absolument tout ce qui sera en mon pouvoir pour tenir cette promesse. Je vais donc te reposer la question. Est-ce que tu m'aimes encore ?

— Plus que jamais, murmurai-je à travers mes larmes.

— J'espérais t'entendre dire cela.

Jack me serra très fort contre lui. Ses lèvres se posèrent sur les miennes et, une main sur ma nuque, il me berça contre lui comme s'il ne voulait plus jamais me laisser partir. Derrière nous retentit un déluge de cris, d'applaudissements et de huées provenant de la salle de bal.

— Bon sang ! Enfin ! s'écria une voix à l'accent distingué par-dessus le bruit de la foule.

Jack me lâcha juste assez pour que nous puissions nous retourner et sourire béatement au public que nous avions rassemblé, y compris Cecily, qui se tenait à l'avant.

— Il est évident que c'est à moi que revient tout le mérite de ces retrouvailles, déclara-t-elle.

— Évidemment ! répondit Jack en riant avant de m'embrasser de plus belle.

Épilogue

Dix-huit mois plus tard, la lignée Coulsdon-Hart se voyait gratifiée d'un nouvel héritier. Cecily et Edward étaient des parents extrêmement fiers, et Jack était manifestement déjà l'oncle préféré. Jack n'avait plus sur ses épaules aucune pression pour épouser une femme qui convenait à son rang. Une discussion très franche avec ses parents, qui s'était révélée, à la surprise de Jack, très émouvante, avait permis d'évacuer tous les sentiments refoulés des années passées, d'apaiser les tensions et de faire souffler une brise fraîche dans la maison familiale.

Jack avait convenu que, le moment venu, il accepterait le titre, mais qu'Edward et Cecily s'installeraient dans la demeure familiale tandis que lui continuerait à vivre avec moi à Meadow Blossom House.

Au départ, nous avions prévu un petit mariage, mais lorsque Jack me demanda ma main le jour de mon quarantième anniversaire en m'offrant une bague d'une beauté époustouflante assortie au collier qu'il m'avait offert pour l'avant-première, notre projet prit de l'ampleur. À notre propre surprise, nous en fûmes ravis, reconnaissant qu'après des années passées à nous cacher chacun de notre côté à notre façon, nous voulions célébrer notre amour avec autant de personnes que possible. J'eus tout de même quelques hésitations à l'idée de voir autant de gens réunis autour de nous, mais au moment de remonter l'allée, Felix à mes côtés, tout ce que je vis, ce fut le merveilleux homme que j'aimais et qui m'attendait pour sceller notre union.

L'entreprise de Jack n'avait cessé de se développer, et la médaille d'or qu'il gagna avec Sanjid au Chelsea Flower Show ne fit qu'accroître sa réputation. Il travaillait toujours dans la dépendance du jardin, et moi dans mon bureau, mais lorsqu'il était à la maison, nous nous retrouvions pour déjeuner, puis, le soir, nous promenions notre chien ensemble.

Clive était toujours notre fidèle compagnon, si doux, si souriant, si beau. Je ne savais pas comment je pourrais me passer de lui, et je n'en avais aucune envie. Alors, plutôt que d'envisager le pire, je me concentrai sur ce que j'avais, et ce que j'avais était parfait.

Remerciements

Ce livre était prévu pour l'an passé, mais en raison de circonstances personnelles, je n'ai pas pu m'y consacrer. Mes remerciements vont donc tout d'abord à l'incroyable équipe de Boldwood Books qui m'a permis de l'écrire au moment où je me sentirais prête, sans aucune pression, ce qui était exactement ce dont j'avais besoin. C'est vraiment la meilleure maison d'édition.

Je remercie particulièrement ma charmante éditrice, Sarah Ritherdon, pour les excellents commentaires qu'elle a formulés à la lecture de la première version. Merci ! Merci aussi pour son insistance à faire figurer Clive sur la couverture. C'est une parfaite décision.

Merci à tous mes amis écrivains qui comprennent parfaitement ce qu'est cette vie d'écriture, folle, brillante, frustrante et gratifiante à la fois. J'embrasse aussi très fort mes amis non écrivains, qui se reconnaîtront.

Et, bien sûr, merci à James, pour absolument tout.

Diverses informations sur Maxine Morrey

Nous espérons que vous avez apprécié la lecture de *On ne vit qu'une fois.* Si c'est le cas, n'hésitez pas à laisser un commentaire.
Si vous souhaitez en offrir un exemplaire, ce livre est également disponible en livre électronique, en télé-chargement audionumérique, et en livre audio CD.

Inscrivez-vous à la liste de diffusion de Maxine Morrey pour recevoir ses actualités, être informé des concours, et des nouvelles à propos de ses futurs livres.
http://bit.ly/MaxineMorreyNewsletter

Découvrez les autres titres de Maxine Morrey
(Images des couvertures : 5 titres)

Retrouvez-nous sur les réseaux sociaux :

City Editions

www.city-editions.com
@cityeditions
www.facebook.com/cityeditions/
@CityEditions
@cityeditions

Achevé d'imprimer en avril 2024
sur les presses de la Nouvelle Imprimerie Laballery
58500 Clamecy
Numéro d'impression : 403703

Imprimé en France

La Nouvelle Imprimerie Laballery est titulaire de la marque Imprim'Vert®